第四届茅盾文学奖获奖作品

第四届茅盾文学奖获奖二十周年纪念

白鹿原

下卷

陈忠实/著

作家出版社

第四届茅盾文学奖获奖十周年纪念

白鹿原

下卷

陈忠实/著

中国文联出版社

第二十五章

白鹿原又一次陷入毁灭性的灾难之中。

一场空前的大瘟疫在原上所有或大或小的村庄里蔓延，像洪水漫过青葱葱的河川的田亩，像乌云弥漫湛蓝如洗的天空，没有任何遮挡没有任何防卫，一切村庄里的一切人，男人和女人，老人和孩子，穷人和富人，都在这场无法抵御的大灾难里颤抖。

瘟疫究竟是从何时传上白鹿原的哪个村子、被害致死的头一个人究竟是谁，众说纷纭。而白鹿村被瘟神吞噬的第一个人却是鹿三的女人鹿惠氏。鹿惠氏先是呕吐，随后又拉稀，呕吐时她没在意，拉稀时还不太在意，这是夏季里常常发生的不适，抗两天缓几晌就没事了；直到她两腿酸软，撑不起身子，躺到炕上呻唤不止，鹿三用独轮木车垫上被褥推着她走进冷先生的中医堂时，她仍然没有太在意，只不过这回拉得猛了点，好汉抵不住三泡屎咯！

冷先生听了鹿惠氏和鹿三的叙说也不太在意，甚至在拔掉毛笔铜帽蘸墨开处方之前，还对鹿三说了一句笑话：「你听过这病叫啥病吗？两头放花！」鹿三觉察出冷先生轻俏的口吻心里完全轻松无虞了。冷先生在墨盒里抹顺了笔尖，就在麻纸上走龙舞蛇一气呵成了药方，交给鹿三去药房抓药。临到鹿三扶着女人出门时，冷先生又补充叮嘱说：「弄几个生柿子烧了

吃几回。」鹿三回到家就去借了沙锅，找了三块砖头支在厦屋外的台阶下，扯下一笼麦草，把一包中药倾入沙锅，又添上水，架在砖头上点燃麦草煎熬起来。干燥的药片药面吃水以后渐渐膨胀，清水也渐渐变成浑黄，变成土红，又变成紫黑色；一股苦涩的中草药味儿在小院里弥漫。小儿子兔娃偷摘下两口袋青柿子，用细竹棍儿扎了眼儿，塞到三个砖头的夹道里煨烧；青柿子被扎透的小眼儿里淌出白色的汁液，泛着气泡儿吱吱响着，青皮很快泛黄了又焦黑了。鹿惠氏躺在炕上，透过敞开的厦屋门瞅着爷儿俩蹲在麦草火堆前专心致志的情景，心里猛然泛起一个可怕的幻影，自己要是死了，那爷儿俩就要烧锅燎灶了。鹿三用一根筷子挡住沙锅里的药渣，把汤汁滗入一只土黄色的小碗，晾到温热时端给女人喝了。刚转过身就听见一声暴响，鹿惠氏伸直脖子浑身一颤，把刚刚喝下的汤汁喷吐出来。兔娃把剥去了焦皮的烧熟变软的柿子递给母亲。鹿惠氏吃下一个旋即又吐出来，只好抚一抚儿子头顶的毛盖儿放下了柿子。连着三天六晌，三服中药全都是在鹿惠氏的肚里打一个过站，就反弹一样喷泄到脚地上；满屋子从早到晚都是一股强烈的中药的苦涩气味。鹿三抱起已经轻若干柴的女人搁到独轮推车上，室外明亮的天光一下照出鹿惠氏脸上的荧荧绿色，心里顿然掠过一道不祥的黑影。冷先生指头捏着脉象，眼睛瞅着鹿惠氏的脸，就用手势示意鹿三把她的后襟撩起来。他用一根大号钢针刺入脊椎，缓缓涌出一圪塔黑紫色的黏稠的血液。他看了看，用麻纸揩掉钢针上的黏液，又执笔开了一笺药方，对鹿三说：「这三服药吃了要是还不回头，就准备后事吧！」

鹿惠氏再也吐不出泄不下什么来，肚腹里完全空秕；她用手按压自己的肚皮时，手指能清晰地触摸到脊梁骨上蒜头似的骨节。她的嘴里不断流出一种绿色的黏液，不断地朝脚地上吐着，直吐到脸颊麻木嘴唇失禁，一任绿色的黏液从嘴角浸流下来渗湿胸襟。到发病的第七天，鹿惠氏呀地叫了一声，就说她什么也看不见了。鹿三攥住她伸到空中乱扑乱抓的双手，瞅

着凹陷下去的两只无神的眼窝，心如刀绞，久久地攥着她的双手，直到冰凉的指头在他手心里温热。她无力地歪着头枕在卷成捆儿的破棉裤上安静下来，俩人就这样久久地沉默着接受了冥冥之中的鬼神施加给他们的灾难。午夜以后，鹿惠氏竟然神奇地坐了起来，黑暗中摸索着用手指拢梳散乱粘结的头发。鹿三急忙点亮油灯，心存侥幸地问：「你感觉精神好点了吗？」鹿惠氏偏过头，不回答他的询问，瞪着两只失明的眼珠儿沉静地问：「是你把黑娃媳妇戳死咧？」鹿三大吃一惊，愣呆在炕上。鹿惠氏不等他回答，又接着说：「你拿梭镖头儿戳的，是从后心戳进去的。」她的肯定无疑的语气和沉静的神态使他无法编造出一句谎话，只是追问：「你啥时候听说的？谁给你说的？」鹿惠氏的双手停止了拢梳头发，滞留在脑后的发纂儿上：「小娥刚才给我说的。她让我看她后心的血窟窿。」屋里似乎噌的一声掀起一股阴风，清油灯盏的火焰猛烈地闪摆了两下差点灭掉，终于又抽直了火苗静静地燃烧。鹿三的头发直竖起来，浑身一阵紧缩，像一盆凉水顺着脊梁浇下去。鹿惠氏颓然垂下拢挽着纂儿的双臂，身子往后一仰跌倒下去。鹿三急忙伸出僵硬的手臂抱住女人。鹿惠氏在他胸前仰着脸咕咕嚷嚷说：「你咋能狠心下手……杀咱娃的……媳妇……」

鹿惠氏倒头以后，在左邻右舍的女人们的帮助下洗了脸擦了身，换上了寿衣。里外分单的夹的棉的三件寿衣，是鹿三在听了冷先生的忠告后，背着女人粜了粮食扯下布料让门族里的女人缝制的。第二天天明着人给亲戚家去报丧，当天午时入殓，一个个穿白戴孝的男人女人在进入白鹿村时就扯开了哭声。棺材是极薄的称作十二圆的杨木板，是鹿三为自己准备停当的寿材。根据已往的和现实的经验，原上的男人比女人都寿短。在刚刚过去的大饥荒的那年，鹿三从山里背粮回来，咬咬牙用一斗包谷在白鹿镇换下了这副棺材的板料，现在就愈加慨叹当初的谋划了。鹿三忙于丧事的全部大小事项，诸如挖掘坟墓，淘粮食磨面，买蜡买香买纸买菜等诸种巨细事务，连跪在灵前痛哭一声的机会也没有，直到压棺人手提斧头捉着

柏木银钉要钉死棺盖的时候，他才被门族中两位身体强悍的弟弟捉着手臂押到棺材跟前，让他再瞧她一眼做永久性的告别；因为怕生者丧失理智甚至要扑进棺材与死者同归阴府，所以一般都由男人或女人押着死者的直系亲属举行此项告别仪式。鹿三刚走到敞开口子的棺材跟前，一眼瞅见鹿惠氏脸上一片荧荧绿光，脊梁上又像浇下一股凉水，还没哭出声来，咣一声就扣上了枋盖。

鹿三人缘极好，白鹿村几乎所有成年女人都在棺材出门以前的不足两天时间里结伴来到这个只有残破的土围墙的院子，在临时搭起的席棚下的灵桌前哭泣一回；几乎所有的成年男人都参与了葬埋仪式：年轻力壮的小伙子扛抬棺材，其余插不上手的男人们扛着铁锨去下葬；葬埋完毕后一齐聚到院里吃白米「捞饭」。尽管没有乐人没有响器，乡亲们却一致赞扬鹿三能做到这个地步已经不错了。当天晚上，鹿三回到白嘉轩家，对主人说：「现时……我得回去，把兔娃一个人撂在屋里不行喀！」白嘉轩早有预料：「叫兔娃过来，就住在这边吃在这边，能做动点啥活儿就做点啥活儿。」鹿三说：「这……俺爷儿俩都靠你养活……不好喀！」白嘉轩生气地说：「三哥，你咋说这种话？你吃的是你下苦挣的嘛！咋能是我养活你爷儿俩？」鹿三还在疑虑不决，白嘉轩动情地说：「而今你回去，屋里孤孤清清你咋受得了？再说……你走了我也受不了……」鹿三父子就在白家留下来。

鹿惠氏以土为安仅过三天，白鹿村东头一个中年男人和西头一个老年女人几乎同时暴发了呕吐和拉稀，差异仅仅是东头的男人「两头放花」，而西头的女人只是拉稀「一头放花」。这俩人几乎同时被家人用独轮木车推进冷先生的中医堂，这才惊异地发现中医堂门里门外以及槐树树荫下停放着许多垫着被褥的独轮木车，他们来自白鹿原上或远或近的那些村子，全都患着一头或两头放花的奇怪的病症，冷先生的门庭呈现出熙攘的气氛。这个中年男人和老年女人经历了与鹿惠氏完全相

同的治疗和发展过程很快死掉了；同样是先瞎了眼睛，随后闭气，脸上呈现出令人畏怯的荧荧绿色。在这两个人还未入土的几天时间里，白鹿村又有一个尚未婚娶的年轻小伙开始放花，发病范围一下子从中老年人扩大到青少年，任何人都不敢再存侥幸心理，整个村庄陷入恐怖之中。鹿惠氏死亡时尚有全村男女热情诚恳地为之送葬，后来就不复再现那种隆重而又依依绵绵的传统乡情了。直到后来，根本组织不起丧葬的仪式，主家只好叫来几位亲门本族的人为死者草草穿戴装殓，草草挖下一个土坑，草草抬去埋葬了事。死掉任何人都不能引起太大的震动和太多的悲哀，如同鸡瘟猪瘟牛瘟流行时死掉一只鸡一头猪一条牛，只是加重一下恐怖的气氛。冷先生的中医堂红火熙攘了一阵又归冷落，他走龙舞蛇开下的处方连一个病人也未能挽住性命，只好叹曰：「再好再投症的药喝了吐了……汤水不进，神仙难抻……抻不住咯！」于是，香火骤然在原上各个村庄兴盛起来，所有村庄的所有庙宇都跳跃着香蜡纸裱的火焰和遍地飘动的纸灰。香火最盛的三官庙内，观音关公和药王的泥塑神像上披挂满了求祈者奉献的红绸和黄绸，和尚每天揭掉一层接着又披上一层。

白鹿村出现了头一个死得绝门倒户的家庭，使恐怖的气氛愈加浓重。这是白姓里的一个六口人家，最后死掉的是这个家庭的内当家，她和老阿公一起埋葬了丈夫，接着她和哑巴弟弟埋葬了老阿公，又埋葬了已经订亲许人的女儿，随之又埋葬了小儿子，最后由她单独张罗邀来本族的弟兄为哑巴弟弟垒墓送葬。埋葬毕哑巴弟弟那天晚上，她一个人躺在四壁皆空的屋内的火炕上疲惫憔悴默然无语，第二天天亮以后再没有醒来……人们惊奇地发现，人原来什么病不生也是可以死掉的。人们悄悄算计的已经不是谁家死过人，而是还有谁家没有死过人。一个人也没有死过的完好家庭逐日缩减，减少到只剩下鹿子霖和白嘉轩两家的时候，人们不禁窃窃私议，是祖荫厚实的财东人旺家盛，瘟神难以人身奈何不得呢？还是瘟神也袒护有钱人家？直到白嘉轩的女人仙草也开始两头放花，这些不无忌妒的议论才渐次消失。

瘟疫一开始流行蔓延的时候，白嘉轩就陷入极度的恐惧之中。他在参加鹿三女人鹿惠氏的葬仪时，尚如往常一样保持着族长宽厚慈爱的情绪，精心地帮助鹿三料理这件不幸的丧事；而当他随后确认鹿惠氏开了这场瘟疫先头的时候，恐惧便与日俱增。白嘉轩显得少见的恐慌无主，跑去请教冷先生：「我的冷大哥，真的就没有方子治咧？」冷先生说：「凡是病，没有治不了的，都有方子可治。」白嘉轩瞪着有点惊慌的眼睛想问：那你怎么连一个放花的人都止不住呢？冷先生做出达观的神态说：「看去这不是病，是一股邪气，是一场劫数。药方子只能治病，可不能驱邪。」白嘉轩点点头说：「我这几天也想到这话……可咋办呢？等着死？」冷先生说：「方子还是有嘛！得辟邪。」说着抽出毛笔，在麻纸上写了大大的一个「桃」字，停顿一下又写了一个「艾」字。白嘉轩当晚回到家，就叫鹿三和孝武带上斧头和独轮木车，到村子北边的桃园里去砍下一捆桃树枝儿，给街门外齐刷刷扎下一排桃木桩，又在街门口的两个青石门墩根下各扎下一根，门楼上嵌着「耕读传家」匾额的地方也横绑下一根桃木棍子，两扇大门上吊着一捆艾枝儿，后门外和庭院里每一个小房门的门坎下也都扎进桃木橛子，心里顿然觉得稳妥多了。村里人发现了白嘉轩的行为举措，纷纷提着斧头走进桃园，各家的桃园很快被斧削成光秃秃的了。

正在家家扎下桃木辟邪的风潮里，鹿子霖家的长工刘谋儿驾着牛车拉回来一大堆生石灰，又挑来几担水浇在石灰堆上，块状的石灰咋咋咋爆裂成雪白的粉末儿，腾起一片呛人刺鼻的白烟。鹿子霖亲自执锨，把白灰粉末铺垫到院子里脚地上，连供奉祖宗神位的方桌下也铺上了半尺厚的白灰，街门里外一片耀眼的白色；刘谋儿经管的牛棚马号里里外外也都撒上了白灰。村人们迷惑不解问鹿子霖，鹿子霖说：「这瘟病是病菌传染的，石灰杀它哩！」人们睁着眼听着这些奇怪的名词更加迷糊，有人甚至背过身就撂出杂话儿：「那咱干脆搬到石灰窑里去住！」白嘉轩又去请教冷先生：「要是子霖用的办法管

用，咱也去拉一车石灰回来。」冷先生说：「子霖前日跟我说了，是他那个二货捎信回来给他开的方子咯！子霖这二年洋了，说洋话办洋事出洋党！」白嘉轩听出冷先生的话味暗自一惊，一向在他和鹿子霖之间保持等距离关系的冷大哥第一次毫不隐讳地讥讽他亲家，而且把他的女婿鹿兆鹏的共产党鄙称为洋党！白嘉轩忍不住也凑上一句：「要是石灰能治病，冷大哥你干脆甭开药铺，开个石灰窑场好了。」俩人畅快地笑起来。嘲笑完了鹿子霖，白嘉轩心头又浮出忧虑：「村里差不多家家户户都扎了桃木橛子，还是不停地死人哩……这邪气看去辟不住。」冷先生豁朗地说：「辟不住了就躲。惹不起辟不住还躲不过吗？」

白嘉轩佝偻着腰走过白鹿镇的街道走进白鹿村，脑海里盘旋着一个个熟悉的面孔，这些面孔仅仅月余以前，还在村巷或者田头或者集市和他打招呼嘘寒问暖，他们现在丢下父母撂下妻子儿女进入阴界，既没有做到作为人子的孝道，也没有尽到作为人父的责任而心意未尽呀！他们的幽灵游荡在村巷田野集镇，寻找那些体质虚弱的人作为替身……白嘉轩把全家人叫到母亲白赵氏的东屋，以不容置辩的强绝口气宣布说：「孝武，你跟你妈还有你屋里的到山里你舅家去，让孝义也跟着去。」他回过头对白赵氏说：「妈，你引上俩孙子（孝文的孩子）到我大姐那儿去，那个书院静宁。」白赵氏说：「我跟那个书呆子没缘儿，我不去。」白嘉轩想到大姐过门前后母亲一直很器重姐夫朱先生，后来渐渐有点烦了，也说不出烦的具体因由儿，只是一味地烦，于是就说：「那你就到城里二姐家去，或者跟孝武到山里去。反正……明天都得起身走！」孝武问：「爸，你咋办？你跟一家人进山去，我在屋看门守家。」白嘉轩冷冷地说：「你守不住，你走。」第二天就实施了整个家庭躲避瘟神的逃亡计划。唯一违背白嘉轩计划的是妻子仙草，她不说为什么，只是不走，于是就留下来。鹿三吆着牛车送白赵氏和孝文的两个娃子出了村子西口，孝武领着弟弟孝义和妻子出了村子的东口，仙草跟丈夫走回空寂的四合

院说：「我咋能撂下你走呢？我比你还贵重吗？」白嘉轩凄然心动：「那咱俩就一块抗着，看谁命大吧！」仙草轻轻摇摇头说：「要是这屋里非走一个人不可，只有我走好。」白嘉轩也摇摇头说：「论起嘛，只有我是个废物，我走了好！怕是走谁不走谁由不得自个儿，也不论谁重要谁不重要。」仙草咯噔打了个冷颤，扬起手捂住嘉轩的嘴。俩人默默注视着，许久都不说一句话。

把一家老少分头打发出门躲走以后的第二天，仙草就染上了瘟疫。她一天里拉了三次，头回拉下的是稠浆糊一样的黄色粪便，她不大在意；晌午第二次拉下的就变成水似的稀屎了，不过颜色仍然是黄的，她仍心存一丝侥幸；第三回跑茅房的时间间隔大大缩短，而且有刻不容缓的急迫感觉，她一边往后院疾走一边解裤带儿，尚未踩稳茅坑的列石就撅起屁股，一声骤响，像孩子们用竹筒射出水箭的响声；她急忙扭过头一瞅，茅坑里的柴灰上落下一片绿色的稀屎。那一刻，她的心里嘎嘣一声响，眼前潮起了一片黑雾。那一声暴响似乎发端于胸腔，又好像来自于后背；像心脏骤然爆裂，又像是脊梁骨折断了。她悲哀地从茅坑边上站立起来，两只胳膊酸软得挽结不住裤带儿，回头又瞅一眼茅坑里落着绿头苍蝇的绿色稀屎，自言自语咕哝着：「没我了，这下没我了！」

白嘉轩傍晚回来时，正好瞅见仙草在庭院台阶上伸着脖颈呕吐的情景。他一早出门到白鹿书院找姐姐和姐夫朱先生去了，既然仙草执意不愿出远门躲避瘟疫，到距家不远的白鹿书院住一段时日也好。书院处于前后左右既不挨村也不搭店的清僻之地，尚未听说有哪位编写县志的先生有两头或一头放花的事。姐姐和姐夫诚恳地表示愿意接纳弟媳来书院躲灾避难，白嘉轩马不停蹄赶回白鹿村，准备明天一早就送仙草出门；不料，瘟神那双看不见的利爪，抢先一步抓住了仙草的头发。白嘉轩佝偻着腰跷进二门时听到「哗哧」一声响，扬起头就瞅见一道呈弧形喷射出来的绿汤，泛着从西墙上斜甩过来的残阳

的红光，像一道闪着鬼气妖氛的彩虹。他的脑子里也嘎嘣响了一声，站在二门里的庭院里木然不动，背抄在佝偻着的后腰上的双手垂吊下来。

仙草倒显得很镇静。从午后拉出绿屎以后，她便断定了自己走向死亡的无可更改的结局，从最初的慌乱中很快沉静下来，及至发生第一次呕吐，看见嘉轩闪进二门时僵呆站立的佝偻的身躯，反倒愈加沉静了。她掏出蓝布帕子擦了擦嘴角的秽物，像往常一样平静温润地招呼出门归来的丈夫：「给你下面吧？」白嘉轩僵硬的身躯颤抖了一下，跌跌撞撞从庭院的砖地上奔过来，踩着了绿色的秽物差点滑倒，双手抓住仙草的胳膊呜哇一声哭了。仙草自进这个屋院以来，还没见过丈夫哭泣时会是什么样子，这是头一回，她大为感动。白嘉轩只哭了一声就戛然而止，仰起脸像个孩子一样可怜地问：「啊呀天呀，你走了丢下我咋活呀……」仙草反倒温柔地笑笑说：「我说了我先走好！我走了就替下你了，这样子好。」

白嘉轩抹掉挂在脸颊皱褶里的泪水，拉仙草去镇上找冷先生看病。仙草挣脱丈夫有劲的大手说：「没见谁个吃药把命搭救下了。这是老天爷收生哩，在劫难逃。你甭张罗抓药煎药的事了，你瞅空儿给我把枋钉起来，我跟你一场，带你一具枋走。不要厚板，二寸的薄板就够我的了。」说完，她就洗了手拴起围裙，到面瓮里挖面，又到水缸里舀水，在面盆里给丈夫揉面做饭。白嘉轩吃惊地瞧着女人镇静的行为，转过身走出街门找冷先生去了。他随即拎着一摞药包回来，在庭院里支起三块砖头架上沙锅，几乎趴在地上吹火拨柴。一柱青烟冒过屋檐，在房顶上滞留不散。

仙草拒绝喝药：「喝那啥也不顶，我不喝。让我安安宁宁死了算了，甭叫人临死还喝苦汤苦汁。」白嘉轩无奈叫来鹿三劝解。鹿三在衣襟上搓擦着手掌竟发火了：「你这人明明白白的嘛，咋着忽儿就麻迷了？你喝嘛，你咋能连药也不喝！」仙草平静地瞅着鹿三诚心憨气的脸色，伸手端起碗咕嘟嘟一饮而尽；擦了擦嘴角沾着的紫色药汁，刚放下药碗就哗啦一声吐

陈忠实 著
下卷
四二一

到脚地上。鹿三立时用双手捂住脸蹲下身去，瘫坐在门坎上。白嘉轩抡起拳头砸下去，桌上的药碗哗啦一声飞散落地，鲜血从他的手上滴注到地上，和紫色的药汁汇合到一起。

仙草的沉静令白家主仆二人震惊慑服。她一天比一天更加频繁地跑茅房，一次比一次拉得少，呕吐已如吐痰一样司空见惯。在跑茅房和呕吐的间歇里，她平静地捉着剪刀，咔嚓咔嚓裁剪着自己的老衣，再穿针引线把裁剪下的布块联缀成衬衫夹袄棉袄以及裙子和套裤；这是春夏冬三季最简单的服装了。在这期间，她仍然一天三晌为丈夫和鹿三做饭，饭菜的花样和味道变换频繁，使嘉轩和鹿三吃着嚼着就抽泣起来。直到她连裹脚布也缝扎齐备，那是一个夕阳如血的傍晚，她挽好线头，用牙齿咬断白线的脆响里，眼睛失明了。她对着顷刻之间变得漆黑的世界叫了一声「他爸——」，猛乍栽倒在炕下。

白嘉轩正招呼木匠割制棺材，听见叫声，便急忙从前院奔进里屋，抱起跌落在脚地上的仙草，发现她失明的眼珠和瘦削的脸上蒙着一层荧荧的绿光。她摸到他的手歉疚不堪地说：「谁给你跟老三做饭呀？」白嘉轩把她搂在怀里，对着那双完全失明却依然和悦的眼睛，敞开嗓子说：「天杀我到这一步，受不了也得咬着牙承受。现在你说话，你要吃啥你想喝啥，你还有啥事要我办，除了摘星星我办不到，任啥事你都说出来……我也好尽一份心！」他说完以后，感觉到她的身子微微蠕扭了一下，瞪大的眼睛随即闭上，沉默许久乞求地说：「你把马驹跟灵灵叫回来让我看一眼……」嘉轩接着问：「还叫不叫咱娘回来？孝武呢？」仙草摇摇头：「他们刚躲走，不叫了。孝文和灵灵，而今不知长成啥模样了？」白嘉轩说：「好！我让鹿三明日上县进城，先叫孝文再接着去叫灵灵。」

白嘉轩当晚到马号跟鹿三说了仙草的心事，鹿三当即答应鸡啼时就起身上县。白嘉轩从腰里摸出两块硬洋塞到鹿三手里说：「先上县，再进城，路数就那样走。你到县上甭见孝文，到城里也甭寻灵灵。」他料定鹿三会惊诧，随即挑明说：

「这两个忤逆的东西，我说过不准再踏我的门坎儿，我再请他们回来？」鹿三张着嘴憋红了脸：「可娃他妈快咽气了呀？」白嘉轩冷着脸说：「即就是我死我咽气，也不许他俩回来！」接着缓和了口气轻松地说：「你先到县上转一圈，再到城里去，明晚上你到三意社看一场戏，想吃啥你就畅畅快快咥一顿，赶天黑回来就说两个海兽都没寻见。」

鹿三第二天傍晚回来，把两枚硬洋又交给白嘉轩，然后走近仙草的炕边，大声憨气地咒骂起来：「俩海兽一个也不在！孝文到汉口接军火去了，说是还得半个月才能回来。灵灵连踪影也问不到，她二姑说，灵灵有半年多不闪面了，猜摸不清到哪达去咧！十有八九不在西安……你呀，你而今甭想这俩海兽咧！你给够了他俩的，他俩欠着你的，你还惦念那俩海兽做啥？我就是这个主意，到死我都不提黑娃一句……」仙草听着合住了眼睛，眼角滚出一滴清亮的泪水：「我知道，我见不着那俩娃咧！」

「想见的亲人一个也见不着，不想见的人可自个闯上门来咧。」仙草噌地一下豁开被子坐了起来，口齿清晰地嘟哝着。白嘉轩闻声也坐了起来，双手搂扶着仙草，心里十分惊异，近两日她躺在炕上连身也翻不过了，怎么会一骨碌坐起来呢？他腾不出手去点灯，故意做出轻淡的口气问：「哪个讨厌鬼闯上门来咧？」仙草直着嗓子说：「小娥嘛！黑娃那个烂脏媳妇嘛！一进咱院子就把衫子脱了让我看她的伤。前胸一个血窟窿，就在左奶根子那儿；转过身后心还有一个血窟窿。我正织布哩，吓得我把梭子扔到地上了……」白嘉轩安慰她说：「你身子虚了做噩梦哩！」随即摸到火鞠儿点着火纸，吹出火焰点着了油灯。灯亮以后，仙草「噢」了一声就软软地跌倒在炕上。白嘉轩对着油灯蹲在炕头抽烟，直到天色发亮，黎明时分，仙草咽了气。白嘉轩没有给任何远近的亲戚报丧，连躲到城里和山里的亲娘亲子以及仙草娘家的人都不告知。他找来几个门中侄儿和侄孙，打了一个墓坑就把她埋葬了。他在隆起的墓堆前奠了三遭酒，拄着拐杖说：「我要是能抗过瘟疫，我给你重修墓立石碑唱大戏！眼下我只能先顾活人哇……」

屋里是从未有过的静宁，白嘉轩却感觉不到孤寂。他走进院子以前，似乎耳朵里还响着上房明间里仙草搬动织布机的呱嗒声；他走进院子，看见织布机上白色和蓝色相间的经线上夹着梭子，坐板下叠摞着尚未剪下来的格子布，仿佛感觉仙草是取纬线或是到后院茅房去了；他走进里屋，缠绕线筒子的小轮车停放在脚地上，后门的木闩插死着；他现在才感到一种可怕的寂寞和孤清。他拄着拐杖奔进厨房，往锅里添水，往灶下塞柴，想喝茶得自己动手拉风箱了。

他把沏好的茶壶摆到石桌上，又摆下两只茶盅，然后走出街门，走进马号院子，看见鹿三正在用长柄扫帚清除杂物。

「三哥！来来来，快跟我过来！」他的声音很大很响，像是呼喊百步半里以外的人，其实鹿三就在几步远的地方背身躬腰扫地。鹿三以为有什么紧事，就扔下扫帚跟着白嘉轩走出马号，又走进街门，连着声问：「啥事啥事？有啥事你咋不说话？」白嘉轩走路时落脚很重，屋里的墙壁连续发出回声。及至走进庭院，白嘉轩横过身一摆手说：「啥事啥事？而今还有啥大不了的事？请你喝茶，就这事！品一盅哇，你坐下，看看我烧下的茶水味道正不正？」鹿三看见摆在树下石桌上的茶壶和茶盅，惊疑的神情顿然松弛下来，明白了嘉轩大声说话大声咳嗽和加重脚步走路的用意，是与命运抗争的义无返顾的气概。他不由地受到感染，接过嘉轩递过来的茶盅，抿了一口就豪爽地大呼小叹起来：「好茶好茶！味道真个正经得很咯！没看出你还有这一手熬茶的绝活儿……」俩人坐在石桌两边，互相递让，畅声说话，全是东拉西扯的嘘叹。白嘉轩问：「老三，今黑咧吃啥饭？你想吃啥我给你做啥。哈！你再尝尝兄弟我做的饭！」鹿三也呵呵笑着朗声说：「随便。你做啥我吃啥。」白嘉轩大幅度地摇摇头：「啊呀三哥！你好大的架子啊！『随便』倒是啥饭的名字？听起来你像是很随和好服侍，其实叫做媳妇的顶难办咧，到底做啥饭才合阿公阿婆的口味呢？」鹿三并不真的在意：「我是说随便做啥饭我都

不弹嫌。我一辈子没挑过食咯！」白嘉轩接着说：「你挑食也不顶用。我最拿手的饭是夹老鸹头！」鹿三哈哈大笑：「天底下的男人都会夹老鸹头，我也会。其实老鸹头又好吃又耐饥，做起来又省事，和些面糊用筷子夹成圪搭撂到锅里就完了。咱俩轮换做，天天吃老鸹头。」

夜里，白嘉轩常常先关后门，再锁上街门，端着水烟壶走进马号，坐在鹿三的炕边上，一锅接着一锅抽水烟，看着鹿三一遍又一遍给牛马拌草撒料说：「三哥，撂出一折乱弹哇！」鹿三也不推诿，靠着槽帮就吼起来。先一折慷慨激昂的《辕门斩子》，接着又撂出一段《别窑》。嘉轩听得热了，从炕边上溜下来，端着水烟壶站在地上也唱起来，更是悲壮飞扬的《逃国》。直唱到给牲口喂过三槽草，白嘉轩才端着水烟壶走出马号回屋去睡觉。

这天晌午，白嘉轩又夹好一锅煮熟的老鸹头，跑进马号，一边揩着汗水一边喊：「三哥吃饭。」鹿三没有应声，端直坐在炕边上一动不动。白嘉轩又喊了一声：「三哥吃饭呀，你聋咧？」鹿三突然歪侧一下脑袋，斜吊着眼瞅过来，发出一种女人的尖声俏气的嗓音：「光叫你的三哥哩！咋不叫我哩？」白嘉轩一愣：「你就是三哥嘛！还要我叫谁呢？」鹿三晃晃头：「我不是你的三哥。」白嘉轩走近两步，细细瞅视着鹿三，他的尖细的声调，轻佻的眼神和歪头侧脸的忸怩动作，显然都不是鹿三的习惯做派。白嘉轩不由地打个冷颤，加重威严的声调逼问：「你不是三哥你是谁？」鹿三扭扭腰晃晃头说：「你连我都认不得吗？你仔细认一认就认得了。」白嘉轩头顶「噌」的一声头发倒竖起来，浑身像浇下一桶凉水抽紧了筋骨，鹿三现在的忸怩姿态和轻佻的声调，使他突然想起了小娥。白嘉轩猛然扬起手，抽击到鹿三的脸上，狠声骂说：「婊子！我怕你个婊子不成？」鹿三突然使出素常浑重的嗓门：「嘉轩，你打我做啥？我弄下啥瞎事了你打我？」说着跳下炕来扑到嘉轩对面，气得脸红脖子粗地吼叫。白嘉轩站在那儿不知是鹿三刚才迷了还是自己发迷了？于是再三道歉赔不

是，拽着怒气不息的鹿三去吃饭。

主仆二人走进院子，鹿三径自坐在石桌旁的矮凳上，等待嘉轩给自己把饭端来。自从仙草过世以后，鹿三总是和嘉轩一起搭手做饭，怎么也不忍心脊背上像扣着一口锅的主人给自己端饭倒茶。现在他挺着腰坐在石桌旁，像一位文质彬彬的上等宾客，拘谨而又客气地接受主人的侍奉。白嘉轩佝偻着腰，一手拄着拐杖，一手端着饭碗从厨房走出来送到鹿三手上，口里叮嘱着：「吃吧吃吧快吃。」转过身又去给自己端来一碗，坐到鹿三对面，放下拐杖吃起来。鹿三吃完一碗饭，吼一声把碗重重地蹾到石桌上，又把筷子扣到碗上，霍地一下跳起来，在白嘉轩对面哈哈大笑，直笑得前俯后仰，又一蹦蹦到厅房的台阶上喊起来：「哈呀呀，值了值了，我值得了！族长老先生给我侍候饭食哩！族长跟我平起平坐在一张桌子上吃饭哩！值了值了我值得了！我是个啥人嘛族长？我是个婊子是个烂婆娘！族长你给婊子烂婆娘端饭送食儿，你不嫌委屈了你的高贵身份吗……」白嘉轩瞪着眼瞅着鹿三豁脚扬手的大动作，把剩下的半碗饭摔到地上，碗片和饭汤四处迸溅，随手从石桌旁捞起拐杖，追打鹿三。鹿三三闪两躲，跳着蹦着窜出院子奔到村巷里去了。白嘉轩气喘吁吁追到门外，叫几个小伙子把鹿三强扭到马号里，把一只簸箕扣到头上，用桃树条子抽击，发出嘭嘭嘭的响声。鹿三突然掀翻簸箕跳起来大叫一声：「你们这些人折腾我做啥？」睁着疑惑不解的目光瞧着围在马号里的男女。白嘉轩从声音和神色上判断出来，真正的鹿三又活转来了。

白嘉轩回到厅房西屋躺下午歇，鹿三的怪异行为还是没有打破他的生活习惯，顶多迷糊了一袋烟工夫，跳下炕来拉了一条家织布手巾到水缸里洗了水，擦搓了脸眼，感到一身轻松，然后捞起拐杖出了门，佝偻着腰往村子南边去了。走过白鹿原漫长的牛车路，傍晚时分进入南山，赶到只有三五户人家的牛蹄窝村。白嘉轩在背沟里看见了一幢用木头垒墙的木屋，一

个长着男人模样的女人坐在木屋前的丝瓜架下抽旱烟，二尺长的丝瓜从木头棚架上垂吊下来，女人寡精寡瘦，黑黢黢的脸，个子却很高，扁平的胸脯，伸直细长的手臂，往那根长烟袋里煨烟末儿。那烟管是一根紫红溜光枸杞木，留着圪圪塔塔的节疤。白嘉轩停步打拱。那女人不等他开口，冷冷地问：「哪个村？」白嘉轩回答以后，女人又问：「咋样闹呢？」

白嘉轩把鹿三鬼魂附体的疯张情景学说一遍，那女人挥了挥长杆烟管说：「你快往回走。」白嘉轩转过身由原路往回走，他知道捉鬼的法官此刻正在木屋里养精蓄锐，须得鸡不叫狗不咬的静夜时分才上路，坐鬼抬斩忽儿一声就去了。

鹿三从后晌直闹到天黑夜静。他的过分灵活的眼神和忸忸怩怩的举止行为，谁一看见都会惊异不已，与往昔里那个鹿三稳诚持重的印象截然不同。他从马号蹿到晒土场上，又从晒土场上蹦回马号，向围聚在马号里和晒土场上的男女老少发表演说：「我到白鹿村惹了谁了？我没偷掏旁人一朵棉花，没偷扯旁人一把麦秸柴火，我没骂过一个长辈人，也没搡戳过一个娃娃，白鹿村为啥容不得我住下？我不好，我不干净，说到底我是个婊子。可黑娃不嫌弃我，我跟黑娃过日月。村子里住不成，我跟黑娃搬到村外烂窑里住。族长不准俺进祠堂，俺也就不敢去了，咋么着还不容让俺呢？大呀，俺进你屋你不认，俺出你屋没拿一把米也没分一根蒿子棒棒儿，你咋么着还要拿梭镖刃子捅俺一刀？大呀，你好狠心……」白鹿村和邻近村庄赶来看热闹的人，至此才知道了小娥的死因，大为感叹。人们把簸箕扣到鹿三头上，用桃木条子抽打一番，鹿三顿时恢复到素有的稳诚持重的样子，翻着有点呆滞的眼珠，莫名其妙地问：「你们围在这儿弄啥？这儿有啥热闹好看？你们闲得没事干了？我还忙哪！」说着就推起小车去装土垫圈。当他刚刚装满一车土，扔下锨又疯张起来了。众人又扣上簸箕用桃条子抽打，几次三番直折腾到夜静，好多人看腻了都回家去了。

白嘉轩刚跨进马号，鹿三一声尖叫从脚地跳到炕上：「族长，你跑哪达去咧？你尻子松了躲跑了！你把我整得好苦你想好

活着？我要叫你活得连狗也不如，连猪也不胜！」白嘉轩一手拄着拐杖，仰起头瞅着站在炕上张牙舞爪的鹿三，冷冷地说：「你是个坏东西，我处治你我不后悔。你活着是个坏种，你死了也不是个好鬼。你立马把我整死，我跟你到阴家去打官司。阎王要是说你这个婊子在阳世拉汉卖身做得对，我上刀山我下油锅我连眼都不眨！」鹿三听了忽儿变出一副油滑的腔调：「噢呀，你倒说得美！我把你弄死太便宜你了。我要叫你活不得好活，死不得好死，叫你活着像狗，爬吃人屎，喝恶水，学狗叫唤。等我看够了耍腻了，再把你推到车轱辘底下，让车碾马踏，叫狼吃狗啃……」白嘉轩震声震气地冷笑着说：「你咋么着折腾我，我都不在乎，你拿啥方子整我死，我还不在乎，不管淹死吊死，摔死烧死碾死，不过就是一死嘛！死了我就好了，我非得抻着你去找阎王爷评理，看看谁上刀山谁下油锅，谁折腾谁吧！我活着不容你进祠堂，我死了还是容不下你这个妖精。不管阳世不管阴世，有我没你，有你没我。你有啥鬼花样全使出来，我等着。」鹿三咧着嘴吊着眼说：「我要把白鹿村白鹿原的老老少少捏死干净，独独留下你和你三哥受罪……」鹿三刚说到这儿，突然尖叫起来，「呜呀不得了了！你滑头，你请法官来了，天罗地网使上了，我上当了……」鹿三从炕上跳下来朝门口扑去，又从门口折回来朝窗口扑去，再从窗口折回来潜入马圈里头；红马暴躁地踢踏起来，鹿三又钻到黄牛肚子底下缩成一团。

一个头裹红绸的人像一股旋风卷进屋来，白嘉轩看见法官左手拿一只黄布蒙着的小罗筛，右手执一根布满圪节的红色短棒，站在马号中央四处瞅瞄。法官又瘦又矮，黄脸，右耳前有一颗黑痣，黑痣上长出一撮长的黑须，人称一撮毛先生。

一撮毛先生从牛肚子底下拉出鹿三，照着嘴吹了三口气，鹿三睁开迷迷瞪瞪的眼睛问：「你是谁？你跑到我的马号来做啥？」一撮毛轻捷如鼠，蹿上炕来又跃进圈里，口中咕哝哝念着咒词，直弄得满头大汗，最后在鹿三给牲畜搅拌草料的砖窖里扑下身去，从小罗筛下拿出一只瓷罐，蒙在罐口的红布嘣嘣嘣直响，像是一只老鼠往外冲。法官说：「添半锅水，烧

黄焙干。」众人看着那个瓷罐全吓白了脸。白嘉轩摸出五个硬洋塞到一撮毛先生手里，正张罗要叫人做饭，一撮毛摇摇头指指天色就走了，害怕鸡叫。

两天里相安无事，鹿三恢复了原先稳诚持重的样子，拉牛饮水推土垫圈绞着辘轳把吊水，只是眼神有点痴呆。白嘉轩心想，经过了这一番折腾，脑子肯定要受点亏，过一段自然就好了。晌午饭后，白嘉轩照旧在炕上午歇，鹿三甩荡着双手轻盈地走进来站在炕下脚地上，乜斜着眼说：「族长呀，你睡得好自在！」白嘉轩一骨碌翻起身来，瞧着鹿三的神气不觉一愣。鹿三洋洋自得地说：「你给法官封的钱太少了，法官把我压了两天又放了。你再去叫法官，我再也不会上当了。」白嘉轩气得捞起拐杖，鹿三却扭着腰肢出了门，在院子里挑战：「从今往后你准备当狗当猪！」

白嘉轩拄着拐杖又到牛蹄窝找到那个长着一张男人脸孔的女人，那女人摆摆长杆烟袋说：「那鬼看见你出门早溜了。」白嘉轩只好回家，果然看见鹿三正给牛槽里添草，而且问他：「后晌没见你的面，你做啥去咧？」白嘉轩说他出门散心去了。话音刚落，鹿三突然把搅草棒子一摔，又变出那个烧包女人的声音：「你叫法官去了，还哄我？我一看见你出门就知道你进山找法官去了！我给——躲咧！」白嘉轩拄着拐杖气得直咬牙，转过身走了。鹿三追着喊着：「你去呀，你再去找法官呀！你栽断腿跑上一百回也捉不住我了！」白嘉轩转过身，用拐杖指着鹿三的鼻梁：「谁我也不找了。我豁出来跟你战！」说罢回到院里，关了前门后门，挺着身子坐在石桌旁一口连一口抿酒，一锅接一锅吸水烟。那根手杖倚靠在右膀上，夕阳从房檐退缩到厦屋高高的屋脊上，很快就消失了，屋院里愈加清静。

白嘉轩关门闭户在屋里呆了一夜一天，一个惩治恶鬼的举措构思完成。又是傍晚，西斜的残阳的红光又从厦屋屋檐往屋脊上隐退，他连着喝下几盅烧酒，鼻子里忽然嗅到一股焚烧香蜡纸表的呛人的气味。他拉上拐杖，开了前门，循着香蜡的气

味走过村巷，到村庄东头的出口处，看见了一派奇观：在黑娃和小娥曾经居住过的窑院前的平场上和已经坍塌了的窑洞的崖坡上，荒草野蒿之中现出一片香火世界，万千支紫香青烟升腾，密集的蜡烛的火光在夕阳里闪耀，一堆堆黄表纸钱燃起的火焰骤起骤灭，男人女人跪伏在蓬蒿中磕头作揖，走掉一批又拥来一批，川流不息。白嘉轩吃了一惊，想不到自己在屋里关了一天一夜，白鹿村的气候竟然发生了如此重大的变化。他拄着拐杖朝慢坡走去，佝偻着腰却昂扬着头，他与任何人也不打招呼，傲视着满地的香火和跪伏在荒草中的男女，从窑院的平场到崖头上转了一圈，用拐杖打散了一堆燃过的黑色纸灰，打落了正在燃烧的一撮紫香和两根红色蜡烛，然后把拐杖甩到腰后，背抄着手走下慢坡来。跪伏在地的人看着他离去，没有谁和他招呼说话。

白嘉轩回到屋里，有三个老汉紧随其后跟进院子，他们声明自己是众人推举出来的头儿，负责向族长转告族人的一项要求。昨天后晌，小娥的鬼魂借着鹿三的嘴公开了一个秘密，眼下流漫在原上的瘟疫是她招来的……于是有人在小娥的窑院里跪下了，点燃了第一支蜡烛和第一炷紫香。半天时间不到，就形成了一个大香火场子，烧香叩拜者远不止白鹿村的男女，远远近近村庄里的人闻讯都赶来了。白嘉轩坐在石桌旁，听着三位老者的叙说不动声色，冷冷地说：「好嘛，那就烧香磕头吧！谁爱烧香尽管烧，谁爱磕头尽管磕去，这跟我无关喀！」三个老汉进一步告诉他，小娥借鹿三的口提出在她的窑畔上给她修庙塑身，对她的尸骨重新装殓入棺，而且要族长白嘉轩和鹿子霖抬棺坠灵，否则就将使原上的生灵死光灭绝……村里人纷纷提出捐钱捐物，只等族长出面统领族人。白嘉轩鼻腔里冲出两声响亮的「哼哼」的声音，霍地一抡拐杖：「你仨老混账……滚吧，快给我滚出去！」三个老汉料想不到族长连一丝面子也不给，面面相觑一下就一溜烟出门去了。白嘉轩站在院子里余气难消，对着溜出街门的三个老者的脊背骂道：「混账混账，全是一帮子混账货！」

小娥那座窑院里的香火日夜不熄，整个原上的村民闻讯都赶来了，窑院里的荒草野蒿早被踩平，香灰纸灰落积得厚如黑毡，香火场子扩展到慢坡土道上和崖坡上的台田里，处处可以看见滚落着捏成石榴桃果的白面供品。四方庙宇的香火却骤然疏落下来，三官庙的庙门已经关闭起来。随后，白鹿村的祠堂前又发展成一个热点，许多族人跪倒在祠堂前和戏楼之间的广场上。三个老者再次结伴壮胆走进白嘉轩的街门，而且做出一副即使族长唾到他们脸上也不擦的坚定神气：「族人给你跪下了！请族长出面领众人修庙祛灾免祸。」白嘉轩这回没有骂，冷笑着说：「现在是不敬神倒敬起鬼来了，还是一个不干不净的鬼。」三个老者按事先商量好的措辞说服族长：「不管啥鬼，总得保住人嘛！」白嘉轩一挥手一翻眼珠：「谁爱跪谁就跪，谁想跪多久就跪多久，要叫我给那个婊子修庙塑身，除非你们来杀了我！」而且指着街门的方向：「你仨走吧，快走！记住再不准为这事来寻我；再来寻我，我就拿拐杖把你仨的门牙打掉！」

孝武在午饭后从山里赶回家来，探视父亲和母亲的身体。他一进门就瞧见了厅房明间里安设的灵桌，哭叫一声便踉踉跄跄跪跌下去不省人事了。白嘉轩从里屋出来慌忙丢了拐杖，抱扶起昏死在灵桌下的孝武，发现孝武额头上汩汩涌出的血流漫过半个脸孔灌进耳朵，便顺手点燃几张黄表纸，把表灰揞到伤口上止了血，再死劲掐孝武的人中。孝武醒来三次又哭得昏死过去三次，直到父亲白嘉轩也被折腾得精疲力竭瘫坐在灵桌下站不起来。孝武找了一块白孝布戴在头上，问了问母亲病亡的经过，随后就用竹笼装着阴纸到坟地去了。孝武在母亲的墓堆前又哭得死去活来，燃烧的阴纸烧灼了手指才清醒过来。孝武回到白鹿村，被三个老者拦住，叙说了鹿三被小娥鬼魂附体的事，又把他引到祠堂前的广场上来，那些跪着的族人一下子把他围裹起来……

孝武傍晚时才脱身回到家中，开口对父亲说：「爸，你总不能让族人就这样跪下去……」白嘉轩问：「按你说咋办呢？」

孝武说：「我看救人要紧。修庙要是能免了瘟疫，就……」孝武还没说完，嘴上就挨了一巴掌。他清楚地感触得出父亲是用手背反弹到嘴上的，粗大坚硬的指头骨节硌得嘴唇疼痛不堪，牙床上硌出的血流出嘴角。孝武抹了一把血愈加慷慨陈词起来：「爸呀，你不管自个也得想想族人，村子里一个接一个死人，难道眼盯着让村子死光死净？祠堂那儿跪着的不单是白姓鹿姓的族人，整个原上十里八村都有人来跪着求你开口。众人说只要你不挡将，修庙塑身的事由各个村子合伙搞；至于装殓入棺厚葬的事，只需你用手扶一扶灵柩的抬杠就行了，只要你屈尊举动一下，众人祛了灾免了祸，原上各个村族准备给你挂金匾哩！子霖叔顺乎人心民意，说只要众人能得安宁，他吃屎喝尿都不在乎……爸呀，我说一句晚辈人不该说的话，跪在祠堂前的人和没跪的人都恼你哩！你拄上拐杖到祠堂门前去转转，看看众人诚心实意的情景，你也许会改变主意……」白嘉轩瞅着儿子流血的嘴和慷慨激昂的姿势毫不动情，反而变得沉静如铁：「为民请命，顺乎民心，你倒是跟你的子霖叔不谋而合。只有我成了孤家寡人！岂止是恼我，众人把我看成绊脚挡路的石头，盼我死哩！」说罢竟自拄着拐杖走出街门去了。

鹿子霖不失时机地抓住了这个机会。当鹿三在稠人广众中吩吣出了杀死小娥的真相，他起初震惊不已，随之就忍不住击掌称好，这桩案子大白于世，无论从哪边看，无论从哪边说，对他都只有好处而没有一丝一毫的损伤；黑娃对他的猜疑和仇恨至此将一笔勾销，瘟疫造成的恐惧势必使原上的每一个还不甘死去的人，怨恨杀死小娥的鹿三以及秉承主家旨意的族长白嘉轩。他对三位在白嘉轩面前碰了钉子的老者说：「那就让众人跪到族长家门口去！」

随后，三位老者又怂恿孝武亲自去找鹿子霖，请他去和鹿子霖直接商议，又鼓动孝武越过白鹿村老族长这一关，以新族长的权力率领原上几十个村庄联合修庙葬尸。孝武的脑子开始发热，看见从祠堂门口移动到自家门口的一片黑压压下跪的男

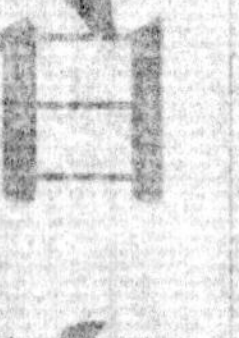

女，他的情绪愈加亢奋，几乎没有什么犹豫就和三个老者走进了鹿子霖铺满生石灰的院子。

鹿子霖拍着孝武的肩膀说：「由原上各村联合承办修庙，这办法可以倒是可以，不过得搁到最后一步。咋哩？那样一办，原上人该咋样骂白鹿村和嘉轩呢？况且，跳过嘉轩哥这一关总不好嘛！顶好的办法还是由嘉轩哥执头儿，由他承办才名正言顺。我说咱们五个人一起去跟族长说，把冷大哥也拉上，看他给不给面子！」说着又一次拍拍孝武的肩膀：「娃娃，你这回领着原上人把庙修起来，你日后当族长就没说的了。」

五个人一起找到中医堂，冷先生也出人意料地表现出灵活的态度：「我早说过这瘟疫是一股邪气嘛！而今啥话都该搁一边，救人要紧。只要能救生灵，修庙葬尸算啥大不了的事？人跟人较量，人跟鬼较啥量嘛！」于是收拾了案头医器墨具，意气昂昂随大伙一起出门。六个人来到孝武家，发觉白嘉轩不在，孝武也闹不清父亲到哪里去了，等到天黑也不见归来。六个人不约而同坐下，下定决心死等，孝武就一锅再一锅烧水沏茶侍候，直等到鸡叫头遍时分，白嘉轩头上结着一抹露水回来了。

「我明白众位聚在这儿的用意。」白嘉轩仰起脸说，「咱们不要在我屋里说，这不是我白某人的家事咯。这是本族本村的大事，该当搁到祠堂去议，跟本族本村的男女一块议。孝武，你去把祠堂的灯点亮，把人都召集到祠堂去。」众人面面相觑，看看白嘉轩只顾在铜盆里洗手洗脸再不说话，就都现出尴尬的模样。鹿子霖率先告别走出门去，三个老者也跟着走了，只有冷先生稳坐着说：「嘉轩，你老弟比我还冷。」白嘉轩说：「你既然来了就甭走，跟我到祠堂去看看热闹。」

白嘉轩走了一趟白鹿书院。「白鹿村就剩下我一个孤家寡人咯！」他向朱先生叙说了鹿三鬼魂附体以来的世态变化，不无怨恨地说，「连孝武这混账东西也咄咄着要给那婊子修庙。」朱先生饶有兴味地听着，不屑地说：「人妖颠倒，鬼神混淆，乱世多怪事。你只消问一问那些跪着要修庙的人，那鬼要是得寸进尺再提出要求，要白鹿村每一个男人从她裆下钻过去，大家怎么办？钻还是不钻？」白嘉轩再也压抑不住许久以来蓄积在胸中的怒气，把他早已构想的举措说出来：「我早都想好了，把她的尸骨从窑里挖出来，架起硬柴烧它三天三夜，烧成灰末儿，再撂到滋水河里去，叫她永久不得归附。」朱先生不失冷静地帮他完善这个举措：「把那灰末不要抛撒，当心弄脏了河海。把她的灰末装到瓷缸里封严封死，就埋在她的窑里，再给上面造一座塔。叫她永远不得出世。」白嘉轩击掌称好：「好好好好！造塔祛鬼镇邪——好哇，好得很！」

祠堂里那盏粗捻油灯亮起来，祠堂院里和门外拥挤着男女族人，许多外村人自觉地跪在外层，把白鹿村人让到院里和前排。白嘉轩拄着拐杖从人窝里走进祠堂大门，端直走进大殿，点燃了木筒漆蜡，插上紫香，叩拜三匝之后，走出来站在台阶上，佝偻着腰昂起头说：「孝武，你念一念族规和乡约。」孝武擎着油灯，照着嵌镶在墙上的族规和乡约的条文念起来。白嘉轩等到儿子念完接着说：「我是族长，我只能按族规和乡约行事。族规和乡约哪一条哪一款说了要给婊子塑像修庙？世上只有敬神的道理，哪有敬鬼的道理？对神要敬，对鬼只有打。瘟疫死人死得人心惶惶，大家乱烧香乱磕头我能想开，可你们跪到祠堂又跪到我的门口，逼我给婊子抬灵修庙，这是逼我钻婊子的胯裆！你们还说在我修起庙来给我挂金匾，那不是金匾，是把那婊子的骑马布挂到我的门楼上！我今日把话当众说清，我不光不给她修庙，还要给她造塔，把她烧成灰压到塔底下，叫她永世不得见天日。谁要修庙，谁尽管去修庙，我明日就动手造塔。」白嘉轩说完走下台阶，凛凛

然走过人群，走出祠堂回家去了。

孝武回到家就给父亲跪下了。白嘉轩端着水烟壶，听着孝武在膝下忏悔的话。按照他的气性，早该把这个在重大事件临头时表现动摇的混账货推开，像当初废除孝文的族长继承人一样。可是推开孝武以后怎么办？三儿子孝义明显不具备族长的德行。他对孝武说：「你明白了就好。你明日就动手造塔。你能把塔造成功，你日后才能当好族长！」

一座六棱砖塔在黑娃和小娥居住过的窑垴上竖立起来。六棱喻示着白鹿原东西南北和天上地下六个方位：塔身东面雕刻着一轮太阳，塔身西面对刻着一轮月牙，取「日月正气」的意喻；塔身的南面和北面刻着两只憨态可掬的白鹿，取自白鹿原相传已久的传说。这是朱先生构思设计的方案。自从孝武领着族人挖开窑洞，掏出小娥已经发绿的骨殖，架火焚烧再压人塔底之后，鹿三果然再没有发生发疯说鬼话的事。不过他日见萎靡，两只眼睛失了神气，常常丢东忘西说三遗四，一天不吃一口饭也不觉肚饿，一旦吃起来又没饥没饱能装进七碗八碗……

第二十六章

瘟疫过后的白鹿原显示出空寂。在瘟疫流漫的几个月里，白鹿村隔三差五就有抬埋死人的响动，哭声再不能引起乡邻的同情而仅仅成为一个信号：某某人死了。瘟疫是随着冬天的到来自然中止的。九月里，当人们悲悲凄凄收完秋再种完麦子的时候，没有了往年收获和播种的欢乐与紧迫。这一年因为偏得阴雨，包谷和谷子以及豆类收成不错，而丰收却没有给田野谷场和屋院带来欢乐的气氛。有人突然扑倒在刚刚扬除了谷糠的金灿灿的谷堆上放声痛哭死去的亲人；有人撂下正在摔打的裢枷，摸出烟袋来：人都死了，要这些粮食弄啥！秋收秋播中还在死人。播下的冬小麦在原上覆盖起一层嫩油油的绿色，刚刚交上阴历十月，突然一场铺天盖地的大雪倾泻下来，一些耐寒的树木尚未落叶，不能承受积雪的重负而咔嚓咔嚓折断了枝股。大雪以后的寒冷里，瘟疫疯张的蹄爪被冻僵了，染病和死人的频率大大缓减了。及至冬至交九以后，白鹿村恐怖的瘟疫才彻底断绝，那时候，白嘉轩坐镇指挥的六棱镇妖塔刚告竣工。村巷里的柴禾堆子跟前再不复现往年寒冬腊月聚伙晒暖暖谝闲传的情景，像是古庙逢会人们一早都去赶庙会逛热闹去了，然而他们永久不会再回到白鹿村村巷里来了。

白嘉轩先叫回来山里的二儿媳和孝义，接着让孝武孝义兄弟两个去城里二姑家接回来白赵氏。白赵氏对仙草的死亡十分痛心，几乎本能地重复着一句肺腑之言：「该死的不死，不该死的可死了！活着我做啥呀……」白赵氏很自然地接受了仙草

死亡的事实，倒是奇怪鹿三的变异。她坐着两个孙子吆赶的牛车终于驶到自家门楼下，第一眼瞅见鹿三就发觉了异常。鹿三木木讷讷说了一句「回来了」的应酬话，转过身就去卸牛，直到晚上吃饭之前，再没有和她照面。天黑时，鹿三从圈场过来吃晚饭，慢吞吞喝了一碗米汤，吃了一个溜软的包谷馍馍，就起身走了，和任何人都没有打一句招呼，也没说一句闲话。鹿三扑踏扑踏缓慢沉重的脚步声消失以后，白赵氏问儿子白嘉轩：「老三看去不对窍？」她还不知道鹿三被小娥妖鬼附身的事。白嘉轩淡淡地说：「三哥老了！」

小娥的骨殖从窑洞里被挖掘出来已经生了一层绿苔。家家户户自愿抱来的硬柴在窑院里堆成一座小山，炽烈的火焰整整燃烧了三天三夜，最后把柴灰和骨灰一齐装进一只瓷坛埋到塔基底下。修塔的匠人请示主事的白孝武说，即可封底。白孝武一个封字刚说出口，站在一边的白嘉轩用手势示意匠人暂缓执行孝武的指令，他正出神地瞅着窑垴塄坎上的草丛，众人这才惊异地发现，雪后枯干的蓬蒿草丛里，居然有许多蝴蝶在飞舞。白嘉轩说：「那是鬼蛾儿，大伙把那些鬼蛾逮住，一个也甭给飞了。」族人们脱下衣衫，摘下帽子，满坡坎上追撵扑打着，把被打死的蛾子捡起来扔到白嘉轩脚下。那是许多彩色的蝴蝶，纯白的纯黄的纯黑的以及白翅黑斑的……白嘉轩从旁人手里借过一把锨，把那些死蛾铲到塔基下的瓷坛根，然后才让匠人封底。十只青石碌碡团成一堆压在上面，取「永世不得翻身」的意思。镇妖塔落成举行了庆祝活动，锣鼓和铳子鞭炮响成一片。自此塔竖起，鹿三果然再没有发生鬼妖附身的事，然而他却完全变成另一个人了。鹿三短了言语，从早到晚常常不说一句话，默默地端坐在那儿发着痴呆；记性儿也差远了，常是赶着牲口扛着犁杖走到地头，才发现忘了给木犁戴上铁铧或是忘了拿鞭子；他用了大半辈子的旱烟袋丢了三四次，都是旁人拾了又还给他；他的素有的主动性正在消

失，往日的勤劳也变得懒散了，没精打采地推着土车垫圈，懒洋洋地挖起牲畜圈粪时一干三歇，尤其是那双眼睛，所有凝聚着的忠诚刚烈和坚毅直率的灵光神韵全部消失殆尽，像烧尽了油的灯芯，又像虫子蛀蚀过的木头。白嘉轩一发现鹿三的变化，就暗暗地想过，被鬼妖附过身的人就是这种架势，鬼妖附着人身吮咂活人的精血得到滋润才能成精。患病的人康复以后吃好东西可以弥补亏空，而被鬼妖附身的人像春天的糠心萝卜一样再也无法恢复元气了。白嘉轩有一次发现兔娃在铡墩前训斥老子鹿三，弹嫌鹿三撬到铡口里的干青草总是不整齐。白嘉轩冷着脸对兔娃提醒说：「说话看向着点儿哇娃子！那是你——大。」他尚未发现孝武孝义对鹿三有什么明显的厌弃或不恭，然而轻视的眼色是无所不在的。一次在一家聚餐的晚饭桌上，白嘉轩瞅到了一个机会，对自己的两个儿子和鹿三的儿子兔娃一并嘱咐说：「你们三伯你大老了。人老了就是这个样子。从明日起，孝义兔娃你俩接替三伯抚弄牲口。你三伯能做啥活想做啥活儿由他做一点，他不想做啥活儿哪怕啥活儿都不做，你们谁也不许指拨他，更不许弹嫌他，拿斜眼瞅他粗嗓子吼他都不准许！听下了没？」孝义首先抢着回答说：「听下了」。他和鹿三感情甚笃，对父亲的话拥护不二。孝武不失未来族长的架道，持重地点了点头。只有兔娃闷头不吭，半晌才抬起憋得赧红的脸，两颊挂满了泪珠，懊悔自己有过对父亲的不逊言语和失礼行为。白赵氏向孙子们解注白嘉轩的话：「你爸向来把你三伯当咱屋一口人待！」

土地上冻以后，白孝武统领着弟弟和兔娃开始了给麦田施冬肥的大项劳动。孝义自幼爱抚弄牲畜，更喜欢吆车，自告奋勇拉牛套车。鹿三第一次没有参加送粪劳动，白孝武安排他经管槽头的牲畜，空闲下来可以随意帮忙装车，这给孝义独立吆车提供了机会。兔娃总是随和腼腆，白孝武以和蔼的口吻征询他想干哪项活路时，他说：「你叫我干啥我就干啥，你随便安置。」白孝武说：「那你就跟车吧！」兔娃说：「对嘛。」说着就捞起锨往车厢里装粪。跟车实际是装车和卸车，在粪

场装满土粪，然后坐到车尾巴上，到地里后，再用一只铁制刨耙把粪块从车厢里刨下来。兔娃已经练成一副劳动者熟练的操锨装粪的洒脱姿势，不慌不急一锨一锨从偌大的粪堆上铲起粪块抛进车厢，不时地给手心吐点唾沫儿搓搓手掌。车厢装满以后，兔娃用锨板把冒出车厢的虚粪拍打瓷实，防止牛车在圪塔塔的土路上颠簸时撒遗粪块。他把一把刨耙架到车厢旁侧，然后从车尾巴上推着车厢帮助黄牛启动。白孝武在旁边看着牛车驶出圈场大门，孝义一边摇着鞭子一边吆喝着牲口，扭着尚不雄健而有点装势作态的腰肢儿，他忍不住笑了。

白孝武回到圈场，在粪堆前捞起镢头，把积攒了一年已经板结的粪块捣碎刨松，免得把大块的死圪塔拉进麦田压死一坨麦苗。这种简单舒缓的劳动不仅不妨碍思考，倒是促进思维更趋冷静更趋活跃，他为自己在修庙与修塔的重大争议中的失误懊悔不迭。

那时候，他刚刚回到家看见母亲的灵堂，只有看见母亲灵堂上的一束表帛一炷紫香，才切肤地感觉到瘟疫意味着什么。他在无以诉说的悲痛里正好遇见了跪伏在祠堂门前的一片男女，看见了一张张熟悉或陌生的脸孔，所有脸孔都带着凄楚和企盼。三个老者立即包围了他，逼真惊惶地给他述说小娥鬼魂附着鹿三的怪事，请他为民请命，率众修庙，以安置暴死的小娥的魂灵。老者说：「小娥算个啥？给她修个庙就修个庙吧！现在得顾全整个原上的生灵！人说顾活人不顾死人。和鬼较啥量嘛！」老者又透露给他鹿子霖也是顺随众人的意思，只有老族长一人执拗着。白孝武架不住那种场合里形成的气氛，脑子一热就赞成老者代表众人的动议，慷慨地表态：「我给俺爸说说。」……尽管他随后很快冷静下来遵从了父亲的意旨，尽管由他监工如期修起了镇邪塔，然而在重大关头的动摇和失误依然留下不散的阴影，甚至成为一块心病，他总是猜疑父亲因此看穿了他而对他感到失望。白孝武想以自己的坚定性弥补过失，终于想到一个重大的行动，再三审慎地考虑之

后，觉得肯定符合父亲的心意，便决定晚间向父亲请安时郑重提出。

冬日的太阳缓缓冒上原来，微弱的红光还是使人感到了暖意，厚重的浓霜开始变色。父亲拄着拐杖走进圈场，察看儿子们送粪的劳动来了。这当儿孝义驾着牛车，车厢里坐着兔娃进了圈场，年轻人生气勃勃的架势谁见了都不能不感动，白嘉轩破例和孩子们说了一句笑话：「今日个上阵的全是娃娃兵噢！」孝义和兔娃得到这句稀罕的玩笑式奖励而更加欢势，俩人很利索地装满一车粪又吆车走出圈场了。白孝武感到父亲此刻心情不错，便决定把晚间要说的事提前说出来，在父亲拄着拐杖踱到粪堆跟前时，他拄着镢头对他说：「爸，我想敬填族谱。」白嘉轩显然正在专心察看厩粪沤窝熟化的程度，没有料及儿子说出这样重要的事，不由地扬起脑袋瞅视儿子一眼，喉咙里随之「嗯」了一声。白孝武解释说：「死了那么多人，该当把他们敬填到族谱上，过年时……」白嘉轩当即赞成：「好。」白孝武进一步阐释更深一层的用意：「做这件事八成在稳定活着的人，两成才是祭奠死者。把死者安置到族谱上祭奠一下，活人心里也就松泛了——村子里太恓惶了。」白嘉轩注视着儿子的眼睛点了点头，补充说：「就是说到此为止。人死了上了族谱就为止了，活人思念死人也该到此为止。不能日日夜夜天天无止地思念死人，再思念啥也不顶了，反倒误了时辰耽搁了行程。」白孝武很受鼓舞，这件事无疑做到了父亲心上，得到父亲赞许令他情绪高扬，然后说出具体想法：「你得先跟子霖叔招呼一声，我是晚辈不好跟人家说这事。」白嘉轩纠正说：「你去跟他说。这不是咱家跟他家两家子的事。这是族里的事。你是族长他也知道。你出面跟他说族里的大事，他不能计较你的辈分儿。」白孝武接受了父亲的话更觉气壮，继续说出深思熟虑的举措：「我想把这个仪式搞得隆重一点，好把众人的心口儿烘热，把村子里恓恓惶惶的灰败气氛扫掉。」白嘉轩把拐杖插进粪堆赞赏这种考虑：「行啊，你会想事也会执事了！」

白孝武连着两个晚上到鹿子霖家去，都未能见着人，第三天晌午，索性走进白鹿镇鹿子霖供职的保障所，看见鹿子霖正和田福贤低声说着话，从他们和他打招呼时有点僵硬的神色和同样僵硬的语气判断，俩人可能正在说着起码不想让第三个人听到的隐秘的事，他不在意地坐下之后就敞明来意。鹿子霖听了似乎有点丧气：「噢噢，你说修填族谱这事？你跟你爸主持着办了就是了。」白孝武似乎觉得受到轻视：「头一天开启神轴儿的大祭仪式，你得到位呀？」鹿子霖毫无兴趣也缺乏热情，平淡地说：「算了，我就不参加了，保障所近日事多。」白孝武也不再恳求就告别了，临出门时谦虚地说：「我要是哪儿弄出差错惹下麻烦，你可得及时指教。」鹿子霖不在乎地摆摆手送白孝武出门，转过身走回原来的椅子，不等坐下就对田福贤说：「白嘉轩这人一天尽爱弄这些事，而今把儿子也教会了，过来过去就是在祠堂里弄事！」田福贤进一步借着鹿子霖嘲笑的口气加重嘲笑：「一族之长嘛，除了祠堂还能弄啥呢？他知道祠堂墙外头的世事吗？这人！」俩人随之继续被白孝武打断了的谈话。

鹿子霖许久以来就陷入一种精神危机当中。郗县长在白鹿原被公开枪毙震撼了原上的男女老少，包括田福贤都惊诧得大声慨叹：「我的天啊！怪道这原上的共匪剿不净挖不断根，县长原来是个共匪头子嘛！」鹿子霖作为乡约参与了这场前所未有的杀人组织工作，按县上的布置，把本保障所所辖各个村庄的男女，按照甲的组织一律排队前往杀场，观看县保安队枪毙共匪县长的现场实景。杀场选择在白鹿镇南面的小学校旁边，从东原西原南原北原各个村子集合到这里的人被严格限制在用白灰划定的区限以内，白鹿仓的保丁们负责维持秩序。小学校周围的围墙下和大门口，由县保安队的保丁们荷枪实弹监卫着，把那些企图窜到墙根下拉屎尿尿的村民赶吆远离围墙。鹿子霖站在白鹿保障所所辖属的村民的队列前头，清楚地看

见了全部过程：两列全副武装的保丁们端着枪走出学校大门，押在中间被五花大绑着的穿中山装的人就是郗县长；背脊上插着一个纸牌，两臂被两个保丁挟持着走了过来。全县的头头脑脑包括各仓的总乡约都坐在临时摆置的主席台上，岳维山坐在正中间。两列保丁作扇形分开，郗县长被押到主席台下。他已经直不起筒子，脑袋低溜下去，双腿弯着无法站立，全凭两个保丁从两边提夹着。鹿子霖最初从小学校门口瞥见郗县长的一瞬间，眼前出现了一个幻觉，那被麻绳捆缚的人不是郗县长，而是儿子鹿兆鹏。随后县保安队大队长和法院院长的讲话，他一概听不进去，岳维山最后讲话也是一个字都听不进耳朵。鹿子霖的耳朵里呼呼呼刮着狂风，响成一片，不由自主地在心里猜估：郗县长站立不住究竟是吓软了，还是腿断了腰折了直不起筒子？说吓软了不见腿脚颤抖，说被打残了又看不见伤势。最后执行枪决命令时，郗县长被跑动着的保丁拖到了围墙根下，鹿子霖看见郗县长拖在地上的双腿有一只脚尖竟然朝后跷起，另一只脚尖也朝外跷着，他才弄明白双腿肯定打断了骨头。一排保丁端着枪瞄住五六步远的跪伏在地上的郗县长，然后扣响枪码子。枪声很大，却没有村民们企望的惊险。鹿子霖在杂乱的枪声里又一次出现幻觉，那个被乱枪击中而毫无反应甚至连一声呻吟也没有的人，不是郗县长，而是儿子兆鹏。

散场之后，凡乡约以上的官员被集中到学校一间教室里，岳维山对他们进行训话：「我首先向诸位检讨我的失职，共匪头子郗跟我住一个县府院子，低头不见抬头见，他能在我眼皮底下稳做好几年县长，可见我麻痹到什么程度！诸位以我为鉴，认真自省是否也有麻痹大意？我们滋水县在全省是共匪作乱甚烈的地区，白鹿原又是本县的红窝子。本县的头一个共匪就出在白鹿原上，共匪的第一个支部还是先在这原上成立的……郗作为本县的匪首总根子已被剪除，我们务必趁其慌乱之机搜挖那些毛毛根，一定要在本原乃至全县一举廓清共匪……」鹿子霖耳朵里还在断断续续刮着呼隆隆响的风声，总是

猜疑岳维山瞅着他的眼神和瞅着别人的眼神迥然不同，及至散会后这预感终于被证实，田福贤截住已跷出教室门坎的他说：「岳书记要跟你谈话。」

谈话的地点改换到校长的小屋子。校长殷勤谨慎地给每人倒下一杯茶后知趣地走开了。屋子里只有田福贤作陪。岳维山直言不讳地对鹿子霖说：「你设法帮助我找找鹿兆鹏。」鹿子霖脑子里轰然一声，急忙分辩：「好多年也没和他照过面，上哪儿找去？」岳维山瞅着他涨红的脸用手势抑止住他，说：「你找见他或者偶尔得到他的消息，你给他说，我期待他回滋水跟我共事，我俩合作过一次还合得来。你给他说明叫响，我请他回滋水来做县长，把他的才学本事用到本县乡民的利益上头。我俩虽然是政治对手，可从私交上说，我们是同学也是朋友。我一向钦敬兆鹏的才魄学识，这样有用的人才如果落到郝县长的下场，太可惜了！」鹿子霖听着这些诚挚的话，耳边的风声止息了，情绪十分专注，努力捕捉这些话语之外的信息，以判断这些话的真诚程度和圈套的可能性。岳维山说：「我得回县里去了。你呀，可甭使我的一番苦心付之流水。一句话，我期待跟他再一次合作。」鹿子霖再三斟酌之后，还是委婉地申述难处：「鹿兆鹏早都不是我的儿了！好几年了我连一面也见不上……」说着瞅一眼田福贤，企图让他给作证。田福贤却摆一下圆圆的光脑袋说：「你还没领会岳书记的意思。」岳维山笑笑说：「是啊，你的话我全信，可说不定也有撞着他的机会。我都意料不到地撞见他了。你是他爸……更有机会撞见。」鹿子霖已经听说过岳维山和白孝文在朱先生的书院撞见鹿兆鹏的事，立即搭话说：「岳书记，你应该当场把他打死！」岳维山依然笑笑说：「我不忍心。我等待着跟他二次携手合作。」

鹿子霖用三天三夜的时间反复嚼磨，企图揣透岳维山谈话的真实目的，尤其是以枪毙郝县长作为谈话的大背景，三天三夜冷静艰涩的嚼磨分析的结果仍然莫衷一是。第四天后晌，鹿子霖找到白鹿仓，想从田福贤口里再探探虚实。鹿子霖首先作出完全信赖岳维山的神气说：「岳书记这人太宽宏大量了咯！我要是能摸准兆鹏在哪达，我把他捆回来送到岳书记跟前。」田福贤平静地说：「你先到城里去碰碰，在亲戚朋友那儿走走问问，这机会可是不能丢掉。」鹿子霖作难地说：「他现在那个模脑儿敢到哪个熟人家去？」田福贤还是坚持说：「找不见没关系，还是去找找为好。将来我见了岳书记也好回话，说你尽心找来……」鹿子霖得着话茬说：「岳书记是不是要我去找？」田福贤瞪他一眼，直率地说：「子霖，你这人脑瓜太灵！太灵了就把好好的事情想到歪处。你先去找找嘛！找着了于兆鹏好，于你也好嘛！找不着也不问你罪嘛！」鹿子霖便做出决心听从的坚定的口声说：「好哇，我去找！」

鹿子霖第二天下原进城先找到二儿子鹿兆海，把岳维山亲自找他谈话的大背景和谈话内容一字不漏一句不错地复述给兆海，让兆海帮助他分析岳维山的真实用意。兆海听完就抱怨父亲说：「爸，你真糊涂！这样明明白白的话你还掂不来轻重揣不准虚实？」随之气愤地说：「这是欺侮你哩！」鹿子霖闷住头不吭声。兆海说：「岳维山毙了郝县长很得意。他明知兆鹏不会投降，故意拿这话给你亮耳，他是猜疑你跟兆鹏可能暗中还有拉扯。你连这绞绞都翻不清？」鹿子霖说：「我想到这一步，只是不敢肯定是这一步，我还想了好几步。」兆海说：「他肯定对你当乡约起了疑心！」鹿子霖说：「这一步我也想到了。」兆海生气地说：「你到哪儿找兆鹏？他再说这话你问他，『你到处悬赏都逮不住，我哪能撞见？』」鹿子霖苦笑一下：「我怎能这么跟人家说话！」海强硬地说：「你不好说我跟他说。这人贱毛病不少！」鹿子霖担心地说：「你可不敢冒冒失失惹事。」兆海说：「你既然进城来了，就在这儿住几天，吃几天羊肉泡馍看几场戏，回去就说你没找见，看他能把你吃了不成！」

鹿子霖住在兆海那儿，每天早晨到老孙家馆子去吃一碗热气蒸腾的羊肉泡馍，晚上到三意社去欣赏秦腔。他心里唯一犯疑

白鹿原

陈忠实 著

下 卷

四四三

作出完全信赖岳维山的神气说：「岳书记这人大度大量了，哈！我要是能寻着兆鹏，哪怕就一次，我把他捆了也要送到岳书记跟前。」田福贤静静地说：「你先到城里去走走，你那几个熟人朋友也走走问问，这机会可不能丢掉。」鹿子霖作难地说：「鹿兆鹏在哪个城里我都不知道，我到哪儿去问？」田福贤不屑地说：「找不见没关系，还是去找找为好。你去找了，岳书记有回话，说你尽心找来……」鹿子霖茫然若有所悟说：「岳书记是不是要我去找？」田福贤瞪他一眼，直率地说：「子霖，你这人脑瓜太灵了，就把好好的事情想到歪处。你先去找找嘛！找着了兆鹏好，找不着也不怪你嘛！」鹿子霖便做出决心的坚定的口气说：「好吧，我去找！」

鹿子霖住在张总督那儿，每天早晨到各小巷子里去吃一碗羊肉泡馍，晚上到三意社去欣赏秦腔。他心里稍一泛起

的是，儿子兆海官至连长，军队上的连长比滋水县的岳书记还大吗？怕是未必。可是从兆海说话口气里，可以明显听出来，岳维山不算个啥咯！吃羊肉泡馍看秦腔戏无疑都是鹿子霖的喜好，这样逍遥舒悦的日子过了三天，第四天后晌儿子兆海回来了，一边解腰里的枪盒子，一边说：「今日个把那个玩艺儿给要治了一回。」鹿子霖愣眨着眼问把谁要了，兆海轻蔑地说：「岳维山那小子！」

鹿兆海拉上团长乘一辆军车奔到滋水县，径直踏进岳维山的办公房，腰里别着系溜着一节牛皮筋条的手枪，介绍说：「这位是国民革命军十七师三团冉团长。」冉团长反过来介绍鹿兆海说：「这是一连连长鹿兆海。他令尊是你的下属，白鹿保障所乡约鹿子霖。我们是专为鹿乡约的事来拜望岳书记的。」岳维山眼里流泄出一缕不易察觉的惊疑，却又不失礼节：「二位有啥事尽管说，我尽力为之。」冉团长装作直愣愣的口气问：「你跟鹿乡约谈了一回话，把老汉吓的三天三夜吃不下睡不着，跑到城里住在鹿连长那儿不敢回原上咧！」岳维山笑笑说：「误会误会，纯系误会。我不过是让令尊见到鹿兆鹏时劝劝他，我是让兆鹏回滋水做县长。令尊想到另地方去了。」鹿兆海这时候才开口说：「你悬赏一千大洋悬了好多年，那一千大洋现在还悬着没谁能碰上运气领赏。你把这难题出给家父不是难为他吗？」岳维山解释说：「卑职绝对没有难为他的意思。令尊是本县很称职的乡约，我很信赖他。出于这一点，我才期望令兄把才能用到本县国民革命大业上来。」鹿兆海说：「你有好心也得看看实际，兆鹏自闹农协跟家父闹翻早成了仇人冤家，原上谁人不知？你要是还对他存有戒心，他就里外都不好活人了。」岳维山优雅大度地摆摆头说：「我也知道这码事。对令尊我向来信用不疑。」鹿兆海说：「原上纷纷扬扬传说，家父要是交不出兆鹏，罢免乡约事小，还要押他当人质。」岳维山轻松地笑笑：「谣言不可信。当着二位的面我说一句，本人只要在滋水，令尊的乡约就没人能替代。你回去可以给令尊说清楚，让他解除误会。」

鹿兆海虚张声势说：「我爸那人看去精明强干，实际上胆子小得很，屁大一点事就吓得天要塌下来一样。我这几年要枪子摔半吊子闯荡惯了，怎么也想不来他怎会越来越胆小。我说我拿这『九斤半』（头）给你仗胆你还害怕啥呢？」岳维山听着这些威胁性的话十分恼火，却不能不继续和颜悦色：「误会纯属误会。」把握着鹿兆海说完了要说的话，并已达到示威目的的恰当火候，冉团长出来圆场子说：「岳书记把话说明了没有旁的用意，这就好了，我们也不打扰了。」俩人便告辞出来，在灰败狭窄的县城街巷里转悠了半天，故意昂首挺胸在县府门口踯躅，根本不屑一顾站岗的县保安队兵丁……

鹿子霖听了兆海的学说，哈哈大笑，畅快地嘲笑岳维山：「哎呀，我只说岳维山在滋水县顶牛皮了，他一上白鹿原跺得家家户户窗门响，没料到他也犯怯，怯那把铁狗娃子嘛（手枪）！我还当他谁也不怯哩！」鹿兆海鄙夷地说：「我说这人贱毛病多咯！」鹿子霖听从兆海的意愿继续在城里吃羊肉泡馍看秦腔戏，有意拖延回原上的时间以冷淡岳维山的谈话。半月后，鹿子霖自己都可以摸到脸颊上增加了的肉块，才决定回去。冉团长特意要派车把鹿子霖送上原。鹿子霖说：「算了算了，咱摆那个阔抖那路威风做啥？」冉团长说：「这回就要摆摆阔气，抖抖威风，看地方上哪个狗毬猫屌东西还敢给你头上垒窝？」汽车一路开进白鹿镇，又开到白鹿仓门口，田福贤以为政府要员亲临本仓，急忙奔出院子迎接，没料到是鹿子霖父子和另一个军官。他们按路上议妥的办法，由冉团长说话：「田总乡约，请多关照兆海家翁，军人也就在外安心赴死了。」田福贤僵硬地连连笑着应着，礼让他们屋里坐，冉团长和鹿兆海登上汽车就走了。

鹿子霖开始了他一生中最洒脱的日子。他对保障所的事，除了非自己亲自交涉不可的大事出面做一做，其余的事就一概交

给桑书手去应酬：某某村某某人的某某事你就这样办，某某村谁谁的那件事你就照我说的那样弄。他腾出身来到处去闲逛去喝酒。镇子上各个店铺的掌柜全是他的朋友和酒仙，白天要是错过了喝酒的机会晚上一定去补上。本保障所所辖属的各个村子以及更远些的村庄都有他的相好和朋友，他有时空荡着手一进门就吆喝：「老哥，快叫嫂子给咱取酒。」有时候进门先把怀揣的酒瓶往桌子上一蹾，就爽快地叫起来：「弄俩菜吧弟妹。万一啥菜都没有，就切一碟子萝卜丝儿。」他常常喝得似醉非醉，一身轻松地回到屋里。女人忍不住说：「我看你到城里走了一回，酒瘾越发大咧？」鹿子霖说：「你说对了！我这回才把世事看开了，酒瘾也大了！」无论什么公务和家事都不再对他构成负累，也不影响他喝酒谝闲话的兴致。只是每天回家进门瞅见兆鹏媳妇淡漠冰冷的模样，就不由得心里一沉，他可怜儿媳在家里守活寡的尴尬处境，但又莫可奈何，如果不是冷先生的女儿，而是任何旁人的女儿，他就会打发她趁早离开这个家庭，起码不致让做阿公的他也背上心理负担，面对亲家冷先生那张冷峻的脸孔，他也无颜说出这样的话。他揣着一瓶酒走进冷先生的中医堂，懊恼地述说岳维山对他的戒忌，又得意地叙说在城里吃羊肉泡馍看秦腔戏的好光景，最后于微醉中借助酒兴吐出来心病：「先生哥啊！兆鹏这狗日的把一家人把亲戚朋友都招祸带灾了！我一个好端端的家庭全给他搅得稀汤寡水……」他这样很有分寸绝不直接触及儿媳尴尬处境的慨叹，意在取得冷先生的谅解。冷先生说：「英雄败在儿女手啊！」鹿子霖就要这句话，这样就可以不再因为儿女的婚事向冷先生赔情道歉，而继续保持友好往来。

鹿子霖的行为引起田福贤的警觉。田福贤到县上开会，岳维山于会后单独找他谈话，询问鹿子霖究竟跟鹿兆鹏有没有暗中牵扯，而且严肃地盯着田福贤红光满面的脸说：「我相信你明白。你可别给我弄个『两面光』的家伙！」田福贤瞪着露仁眼肯定地答复：「没事。鹿子霖这人我里外尽知，心眼不少，可胆量不大，还没有通匪的肚腑。」岳维山鄙夷地说起鹿兆

海借助团长来县上给他示威的事：「两个兵痞二毬货！他们懂个屁，居然来要挟我。」田福贤顺应着岳维山的鄙夷口气嘲弄说：「是人不是人的只要腰里别一把枪，全都认不得自个姓啥为老几了！」心里却顿然悟叹起来，怪道鹿子霖从城里回来浪浪逛逛，原来是仰仗腰里别着一把盒子的二儿子的威风，未免有点太失分量了。

田福贤第二天找到白鹿镇保障所，一开口就毫无顾忌地讥刺鹿子霖：「你这一程子喝得美也日得欢。」鹿子霖腾地红了脸，惊异地大声说：「啊呀老哥，你咋跟兄弟这样开口？」田福贤依然不动声色地说：「你到处喝酒，到处谝闲传，四周八方认干亲。人说凡是你认下的干娃，其实都是你的种。」鹿子霖愈加涨红了脸：「好些人把娃娃认到我膝下，是想避壮丁哩！我这人心好面软抹不开，当个干大也费不着我的啥，你甭听信那些污脏我的杂碎话！」田福贤说：「有没有那些事，只有你心里清清白白，我也不在乎；你精神大你去日，只是把保障所的正经公务耽误了，你可甭说我翻脸不认兄弟！」鹿子霖心虚气短地强撑起门面：「啥事也误不了，你放心！我爱喝一口酒，这也不碍正经公务。」田福贤这时说起鹿兆海给岳维山示威的事：「何心呢？他是个吃粮的粮子，能在这里驻扎一辈子？」鹿子霖脸上的血骤然回落，后脊发凉，这是一句致命的厉害的话。田福贤不说团长更不提鹿兆海的连长，而是把他们一律称为「吃粮的粮子」；作为不过是为了吃粮的一个粮子儿子，当然不可能永生永世驻扎在城里，他也不可能永远到儿子那里去享受羊肉泡馍和秦腔：一旦儿子撤出城里，开拔到外地，还能再指望他腰里系上盒子，乘着汽车给老子撑腰仗胆吗？而岳维山作为真正的地头蛇，却将继续盘踞在滋水县里。鹿子霖看透世事之后的今天，才发觉自己眼光短浅。于是，诚恳地对田福贤说：「年轻人不知深浅啊！老兄你再见着岳书记时，给道歉一句，甭跟二杆子计较。」田福贤却继而不松地对他实施挖心战术：「年轻人要一回二杆子没关系，咱们有了年纪的人可得掌住稀稠不能轻狂……」俩人正说到交紧处，白孝武找鹿子霖商议增补族谱的事来

了……打发走白孝武，鹿子霖对田福贤摊开双手不屑地说：「白嘉轩这人，就会弄这些闲啦啦事！」

平常的日月就像牛拉的铁箍木轮大车一样悠悠运行。灾荒瘟疫和骤然掀起的动乱，如同车轮陷进泥坑的牛车，或是窝死了轮子，或是颠断了车轴而被迫停滞不前；经过或长或短的一番折腾，或是换上一根新车轴，牛车又在辙印深凹的土路上吱嘎吱嘎缓慢地滚动起来了。白嘉轩坐在父亲以及父亲的父亲坐过的生漆木椅上，握着父亲以及父亲的父亲握过的白铜水烟壶呼噜呼噜吸着烟的时候，这样想；他站在庭院里望着烟岚笼罩的巍峨南山也这样想；夜晚，当他过足了烟瘾喝够了茶水，躺在空寂的土炕上时尤其忍不住这样想。他已经从具体的诸如年馑、瘟疫、农协这些单一事件上超脱出来，进入一种对生活和人的规律性的思考了。死去的人不管因为怎样的灾祸死去，其实都如同跌入坑洼颠断了的车轴；活着的人不能总是惋惜那根断轴的好处，因为再好也没用了，必须换上新的车轴，让牛车爬上坑洼继续上路。他拄着拐杖，佝偻着腰，从村巷走过去，听见从某个屋院传出女人哭儿子，或哭丈夫的悲戚的声音，不仅不同情她们，反而在心里骂她们混账！因为无论父亲母亲儿子女儿和丈夫，在任何人来说都不能保证绝对的完美，不可能一家人永远在一起；因为再好的父亲母亲儿子女儿和丈夫，一旦遭到死劫就不会重新聚合了，即使你不吃不喝想死想活哭断肝肠也不顶啥喀！一根断折的车轴！再好再结实的车轴总有磨细和颠断的时候，所以死人并不应该表现特别的悲哀。白嘉轩对仙草的死亡也深感悲哀，以至很长一段日子里总感觉缺了点什么；缺的肯定不单是她每晚小心地顺着他的脚腿伸溜下来的温热的肉体，也有她在屋院里走路的那种沙沙沙的声音，散发到庭院炕头灶台上的一种气息，或者是有别于影像声音气息的另一种无以名状的感觉，所有这些也都确凿不存在了。他的超人，在于他能得出仙草也是一根断裂的车轴这样非凡的结论。白嘉轩在思索人生奥秘的时候，总是想起自古流传着的一句咒语：白鹿村的人口总是冒不过一千，啥时候冒过了肯定就要发生灾难，人口一下子又得缩回到千人以下。他在自己的有生之年里，第一次经历了这个人口大回缩的过程而得以验证那句咒语，便从怀疑到认定：白鹿村上空的冥冥苍穹之中，有一双监视着的眼睛，掌握着白鹿村乃至整个白鹿原上各个村庄人口的繁衍和稀稠……

白嘉轩赞成儿子孝武增补宗谱的举措，正是他死人如断轴的结论形成的时候。

白孝武独当一面开始了补续族谱的神圣使命，从三官庙请来和尚，为每一个有资格上族谱的亡灵诵经超度。庄严而又简练的程序是，按照白鹿两姓的辈分自高至低，同辈人再按照年龄长幼排出顺序，先由死者的儿子或孙子代表全家人点燃三支紫香插入香炉，然后率死者的男女孝子长揖重叩三匝，跪在灵桌前垂首静立恭候；白孝武在砚台里膏顺毛笔尖头，悬腕将死者的名字填写进印红的方格，再放下毛笔对死者行三鞠躬礼；孝子们再三叩首后退离出祠堂；五个小班子乐人在孝子跷进祠堂大殿门坎时便奏起悠扬的乐曲，乐曲吹奏到整个仪式完毕，孝子退出祠堂才告一间歇；和尚在孝子长揖重叩三拜之后开始敲响木鱼，诵念谁也听不懂的经文；待和尚闭起嘴巴不敲木鱼时，乐人再接着吹奏。白孝武严肃恭谨地将所有死去的十六岁以上的男人和嫁到白鹿村的女人都填进一块方格，而本族里未出嫁的女子即使二十岁死了也没有资格占领一方红格。这件牵扯到家家户户的神圣的活动，没有出现任何纰漏或失误，自自然然提高了白孝武在族人里的威望。

白嘉轩只是在开头展放族谱神轴和结束后重新卷起神轴时才来到祠堂，和全体族人一起叩拜。在仪式结束时，白嘉轩从一个个男女的眉眼里看到了族人们轻松的神情，于是不无激扬地对族人们说了一句：「总不能叫牛车老窝在坑里，得让车轮子上路滚起来嘛！」

鹿子霖始终没有进入祠堂。他家没有亡灵超度，不需上族谱并不是因由。白孝武在家里向父亲全面叙述这个浩繁的仪式

时，没有忘记这一点：「展轴和卷轴之前，我都给他说了时日，那人还是没见露脸。」白嘉轩说：「你把他当个人，跑圆路数就行了。他来不来不算啥。我看那人这一程子又张张狂狂到处窜。人狂没好事，狗狂一摊屎咯！轻狂的……」

白嘉轩开始着手给三儿子孝义娶妻完婚的事。他指使孝武请来了媒人，再指令孝武媳妇炒下四盘菜，温了一壶酒，说：「下来的路须得你跑。」媒人吃了喝了，就乐颠颠地跑到女方家庭说她该说的话，办她该办的事去了。白嘉轩把自家应该筹备的巨细事项，一一交待给孝武去承办。首一件事是淘粮食磨面，石磨一天顶多磨三斗麦子，须得提早动手，而且必须估计到腊月里常常不出太阳，无法淘晒粮食要耽搁磨面的可能。这件单纯的活路交给脑子不大灵活的鹿三去办，经管牲畜的事就由兔娃接替鹿三，年轻人常常耐不住石磨悠悠转动着的寂寞。白嘉轩对孝武的安排做了纠正：「让孝义磨面。他那个性子须得在磨眼里磨一磨。」

三儿子孝义对哥哥孝武的指派瞪起眼睛：「我送粪拉土轧花，哪项活儿不比磨面重？叫我磨面转磨道，我嫌瞀乱！」当祠堂里敲磬诵经的和声停止以后，孝义和兔娃把积攒在圈场里的粪肥全部送进麦田，又从土壕里拉回七八车黄土，晾晒到腾空了粪肥的土场上，晒干后用小推车收进储藏干土的土棚。

秋天的阴雨和瘟疫耽搁了干土的储备。他和兔娃吆着牛车走向土壕，常是在浓霜蒙地的大路上碾下头一道辙印，把湿土铺开到圈场上去晾晒。俩人饥肠辘辘走进灶房咥两个烤得焦黄酥软的蒸馍，然后再跨进轧花房踩踏轧花机。在灶下烧火做饭的孝武媳妇给灶膛里烤烘着一堆馍馍，让干活干饿了的人先打个尖，也可以堵住爬出被窝就要馍吃的孩子的嘴。她对狼吞虎咽的兔娃耍笑说：「兔娃，你跟人家孝义跑那么欢做啥？孝义是想娶媳妇哩，你蹦啥哩？」兔娃明白这是说耍话，不在意地笑笑。孝义只顾大咥大嚼，不理会嫂子的挑逗。俩人十分默契十分融洽，欢欢蹦蹦踩踏着轧花机。

孝义对孝武把他和兔娃分开的分工无法接受，就去找父亲申辩。白嘉轩说：「是我叫你转磨道的。」孝义愣了一下，瞪了瞪眼。白嘉轩依然平稳地说：「你就要成家了。成了家你就是大人，不是碎娃了。得在磨道里磨磨你的野性子。」孝义就从早到晚日复一日囚在磨房里，跟着黄牛或红马的屁股，搅起磨台上磨碎的麦粉，再倒进箩柜，然后就摇起摇把，咣咣单调的声音磨得耳朵都木了。鹿三走进来，木然地攥住摇把说：「你出去耍耍。」倔拗的孝义把鹿三推出磨房门说：「我准备在磨道里把我磨成你。」

白嘉轩沉静地把握着各路准备事项的进展。在他看来，娶媳妇不过是完成一项程序，而订亲才是费心劳神的重要环节；能否给儿子娶回来一个合适的配偶，关键不在娶亲而在订亲。白嘉轩闲时研究过白鹿村同辈和晚辈的所有家庭，结论是所有男人成不成景戏的关键在女人。有精明强干的男人遇着个不会理财持家的女人，一辈子都过着烂光景；有仁义道德的男人偏配着个粘浆子女人，一辈子在人前头都撑不起筒子；更不要说像黑娃拾烂菜帮子一样拾掇下的那种货色了，黑娃要是有个规矩女人肯定不会落到土匪的境地。他给孝义订亲时偏重考虑的是儿子的脾性，得选择一个既有教养，而且要稍微活泛一点的女子，意在弥补孝义倔拗的天性。从媒人介绍的五六个对象中反复对比鉴别，白嘉轩瞒着媒人托亲借友打听探询，最终定下西康村一个女子。在这个女子用小推车推着她妈到冷先生的中医堂就诊时，白嘉轩在内室亲眼观察了她的一举一动一言一行之后，才拍了板，把粮食灌齐，把棉花捆扎成捆交给了媒人。白嘉轩心里十分满意，这是三个儿媳中最称心最完美的一个。给孝文订亲时，主要考虑到家里急需用人，因而订下一个比孝文大两岁的壮实女子，但其余各方面很是一般；给孝武订亲，原是冷先生托人提出愿结亲家，他已经没有再选择的余地，不过这媳妇还算不大走样顾得住场面，只是

不太精灵；只有给三儿子孝义订下的这个媳妇是一个无可挑剔的女子。

正月初三举行的婚礼鼓舞起整个村庄的热情。这是瘟疫结束后第一顶在村巷里闪颠的花轿，唢呐奏出的欢乐乐曲冲散了死巷僻角的凄冷，一种令人激荡的生命的旋律在每个人心头震响。因为是德高望重的族长的儿子完婚，白鹿两姓几乎一户不缺都有人来帮忙，鹿子霖成为这场婚礼的当然的执事头。他精明而又洒脱，把整个婚礼指挥得有条不紊秩序井然，他不时与当执事的男人和帮忙的女人调笑耍逗，笑声显示着热烈和轻松。白嘉轩作为主人，不宜指拨任何人，里里外外只能依赖执事头儿鹿子霖。他起始就对鹿子霖说：「哥把全套交给你了。」鹿子霖说：「你放心吸水烟去！我今日碰到喝一盅的好机会咧！」

这场婚娶仪式最不寻常的是朱先生偕夫人的到来。朱白氏陪着母亲白赵氏有说不完的话题，朱先生被白嘉轩迎接到上房西屋自己的寝室就坐，这两个人坐到一起向来没有寒暄，也没有虚于应酬的客套和过分的谦让，一啜茶水便开始他们想说的实事。朱先生不吸烟不喝酒，抿了一口淡茶：「孝文想回原上来。」白嘉轩没有应声。

腊月根上正筹备这场婚事的最后阶段，白孝文曾指使两个保安队兵丁带来了一摞银元，并有一封家书，说他将在正月初一回原来给奶奶和父亲拜年，顺便参加三弟的婚礼，那一摞银元算是对小弟的一份心意。白嘉轩看罢信又把信瓤装进信封，连同那一摞银元一起塞给来人的手里说：「谁交给你的，你再交给谁。」既不问两个保安队兵丁喝不喝水，更谈不到管饭吃，拄着拐杖走到院子，对着厦屋吆喝道：「孝武送客。」

白嘉轩吸罢一袋水烟，做出与己无关的神态说：「他回原上由他回嘛！我没挡他的路喀！」朱先生知道自己的话被钻了空子，便说得更严密准确：「他想回家里来。」白嘉轩说：「他回他的家嘛！我也没堵在他的街门口喀！」朱先生不由得自失地笑笑，白嘉轩还是钻了他的话里的空子，因为孝文已经分家另过，而他自己的家早已被鹿子霖买去拆掉了，白孝文在原上根本就没有家。朱先生说：「他想回来给你认错，也想给他妈上坟。」白嘉轩这才明白了似的悟叹：「噢呀，他是想进我的街门呀？」说着转动一下突出的眼仁装愣卖呆：「我不认识他呀！他给我认什么错？」朱先生并不惊奇，这是早就预料得到的磕绊，沉稳地说：「你不让孝文回来，说不过去，于理不通。」白嘉轩说：「我早都没有这个儿咧！」朱先生说：「可他还是你的儿。他学瞎，你不认他于理顺通，他学为好人，你再不认就是于理不通。」朱先生说到这儿就适可而止，把回旋的余地留给白嘉轩去思量，然后站起身来说：「我到村里去转转。」刚走到门口又转过身来：「我忘了告诉你，孝文升营长了。」白嘉轩扬起脑袋愣了一瞬，扭一下脖子使劲地说：「他当了皇上也甭想再进我这门。」

朱先生走出白鹿村，进入冬日淡凄的阳光照耀下的田野，薄薄的一层凝冻了的积雪覆盖着田畴，麦苗冻僵变硬的稀疏的叶子从雪层里冒出来。大片大片罂粟的幼苗匍匐在垄沟里，覆盖着一层被雨雪浸黄变黑的麦草。生长麦子的沃土照样孕育毒药。他再也没有吆一犋犁杖犁掉烟苗的凛凛威风了。政府发了加征烟苗税的政令，而不再强行禁烟了；烟田税收超过禾田十倍以至几十倍，可以增加县府的银库；百姓初始惊恐，随之便划算清白了里外账，「土」的价格随着烟苗税的暴涨而翻筋斗似的往上翻，种烟比种麦仍然有大利可图，种烟的热情不但得不到扼制，反而高涨起来。阴历三月，原上已成为罂粟五彩缤纷的花的原野。朱先生踯躅在田间小路上独自悲叹：饮鸩止渴！他为自己的无能感到悲哀，看到那大片大片蜷伏在残雪下的烟叶无异于看到了满地蛰伏的小蛇……

新婚祥和欢乐的余音缭绕到鸡叫三遍，贪图新媳妇姣美脸蛋子的闹房的小伙子们才最后离去，静寂的村巷里传播着他们兴犹未尽的狂放的笑声。白嘉轩一家和远路未归的至亲无话找话闲磨着时间，等待最后一拨要媳妇闹新房的人离去。白孝武关了街门，把弟弟孝义和刚刚露脸的弟媳唤到上房明厅，点燃了蜡烛。白嘉轩在祭桌前的椅子上坐着。孝义上香之后就叩拜祖宗。新媳妇白康氏豁开裙子，随着孝义也跪下磕头，优雅的拜叩姿势令所有人动心。白嘉轩照例冷着脸朗诵家训，那是从《朱氏家训》里节选下来的一段精粹词章。最后由孝义领着媳妇逐个拜谒家室里的每一个成员。孝义走到白赵氏的椅子前说：「这是婆。」新媳妇爽甜地叫一声「婆」就豁开裙子磕头。白赵氏张着脱落了牙齿的嘴喜不自胜地说：「俺娃磕头的样式好看得很。」孝义又站到白嘉轩跟前：「这是咱爸。」新媳妇叫一声「爸」再次表演磕头的优美动作。及至给孝武两口分别磕了头，又给滞留家里的亲戚也叩头之后，孝武媳妇就请示婆该煮合欢馄饨了。白嘉轩猛然伸出一只手制止了散伙的家人：「快去把你三伯请来。」孝武想到自己的疏忽，立即跑去请鹿三。鹿三早已鼾声如雷，迷迷瞪瞪穿上衣裤被孝武牵着袖子拉到厅房里，在闪烁的蜡焰前眯睁着眼。孝义说：「这是三伯。」新媳妇甜甜地叫声「三伯」又叩下头去。白嘉轩又一次向家人尤其这对新人郑重提醒一句：「你三伯是咱家一口人。」

不管夜里睡得多么迟，一家人习惯自觉地恪守「黎明即起洒扫庭除」的《朱氏家训》，全都早早起来了，尽管昨天晚上大人们实际只合了合眼，脚下被窝还没有暖热。白嘉轩正在炕上穿衣服，就听见庭院里竹条扫帚扫地的声响有别于以往，就断定是新媳妇的响动。他拄着拐杖出西屋时，新媳妇撂下扫帚顶着帕子进来给他倒尿盆。白嘉轩蹲在孝义媳妇侍候来的铜盆跟前洗脸，看见三娃子孝义刚刚走出厦屋门来，那双执拗的眼睛瞅人时有了一缕羞涩和柔和，断定他昨夜已经经过了人生的那种秘密，心里便默然想道，老子给你娶下一房无可弹嫌的好媳妇。白嘉轩一边用手巾擦着脖颈，一边叮嘱孝义说：「早点拾掇齐整起身上路，回门去学得活泛一点，甭总是绷着脸窝着眼……」

孝义还陷沉在神秘的惊诧的余波之中。吃罢合欢馄饨，他已经累得精疲力竭，三两下丢剥了衣裤钻进被窝，不及摇罢一箩面的功夫便迷糊起来。他对男女之间的事几乎一无所知。白嘉轩的儿子个个都是这样纯洁，娶媳妇的新婚之夜也不懂其实际内涵，便照例倒头睡下去，只是全新的被褥和枕头反倒有一种舒适的陌生。朦胧中他的右臂被一个细腻的肌肤抚摩了一下，竟然石磨压指似的从迷蒙中激灵了过来，便闻到一股异样的气息，似乎像母乳一样的气味，撩拨得他连连打了两个喷嚏，引发出强烈的身体震动，撞碰了身旁那个温热的肉体。那一刻他才开了迷津，喷嚏刚过就转过头搂住了媳妇，顿然觉得自己此刻以前纯粹是个只会拉车套车的傻瓜。她不仅不反感，反而依就他，这又使他大为惊奇，及至他脑子里轰然一声浑身紧抽起来，下身喷射过后，才安静下来，被窝里有一股类似公羊身上散发的腥臊味儿。这样的喷射又反复了一次。及至他第三次疯狂潮起的时候，她才把他导引到一个理想的福地。那一刻他又悟叹出来：仅仅在这一次之前自己其实还是一个傻瓜……他完成了第三次探索之后，她就披衣起身了。她穿戴整齐溜下炕沿的时候，他又潮起那种欲望，便抻住她的胳膊示意她脱掉衣服重新躺进被窝。她噘噘嘴笑笑，猛然弯下身在他脸上亲了一口，转身拉开门闩出去了……

孝义在铜盆跟前蹲下来时已经平静下来，在父亲刚刚丢下布巾的铜盆里洗脸，对父亲说：「我先跟兔娃拉几车土，他一个人顾不过来。回门跟得上。」兔娃一个人驾着牛车已经走出了圈场。孝义跳上牛车坐下来，脑子里忽然冒出昨夜那种进入福地的颤抖。他瞅着兔娃想，兔娃肯定还跟昨晚以前的自己一样是个瓜蛋。进入土壕装土的时候，兔娃冷不丁问：「你昨黑夜跟媳妇睡一个被窝吗？」孝义一愣，这个腼腆的小兔娃大概在琢磨这个神秘的问题。兔娃连着又问：「你跟女子娃钻一个被窝害羞不害羞？」孝义骤然红了脸，俨然用大人对小孩的训诫口气说：「兔娃，娃娃家不该问的话不许问。没得一

点礼行！」兔娃愣了一下就不再开口，执锨往牛车车厢里抛起土来，仅仅一夜之间，亲密无间的孝义怎么变成另外一个人了？兔娃心中掠过一缕寂凉，淡淡地说：「你去回门去吧！小心把新衣裳弄脏了。我一个人能行。」孝义瞅了瞅兔娃没有说话，看来他们幼年的友谊无可挽回地终结了……

第二十七章

白孝文终于从大姑父朱先生口里得到了父亲的允诺，准备认下他这个儿子，宽容他回原上。

白孝文开始进入人生的佳境，正春风得意。保安大队升格为保安团，原先所属的两个支队递升为一营和二营，团丁正在扩编中。孝文被直接擢升为一营营长，负责县城城墙圈内的安全防务，成为滋水县府的御林军指挥。他告别了那个书手的桌案，开始活跃在县城里的各个角落，操练团丁，检查防务，处理各种事务；他的威严的脸眼被县城的市民所注目，他的名字很快在本县大街小巷市井宅第被传说；被人注目和被人传说本身就是一种荣耀，显示出这个有一双严厉眼睛的人开始影响滋水的社会政治和生活秩序……

白孝文很精心地设计和准备回原上的历史性行程，全部目的只集中到一点，以一个营长的辉煌彻底扫荡白鹿村村巷土壕和破窑里残存着的有关他的不光彩记忆。正当他一切准备就绪即将成行的最后日子，县里发生了一件震动朝野的大事，土匪头子黑娃被保安团擒获，这是他上任营长后的第一场大捷，擒获者白孝文和被活捉者黑娃的名字在整个滋水县城乡一起沸沸扬扬地被传播着……回原上的时日当然推迟了。

点礼行！"兔娃得了一下就不再开口，执意住在牛圈里起土来，仅仅一夜之间，亲密无间的孝文忽然变成另外一个人了。兔娃心中惦记一桩事，说："你去回去吧！小心把新衣裳弄脏了。"他一个人留下。孝文瞅了瞅兔娃没有说话，看来他们幼年的友谊无可挽回地终结了……

第二十七章

白孝文终于从大姑父朱先生口里得到了父亲的允诺：准许这个儿子，宽容他回原上。

白孝文开始进入人生的佳境，正春风得意。保安大队扩编为保安团，原先所属的两个支队扩为一营和二营，因了正在编中，孝文被直接提升为一营营长，负责县城围墙内的安全防务，成为滋水县好的森林军指挥。[illegible]

字很快在本县大街小巷市井宅第被传说：被人注目和被人传说本身就是一种荣耀，显示出这个人开始……

响滋水县的社会政治和生活秩序……

白孝文很精心地设计和准备回原上的历史性行程，全部目的只集中到一点，以一个营长的辉煌照亮白鹿村祠堂土壕那破窑里进行着的有关他的不光彩的记忆。正当他一切准备就绪将要成行的最后日子，县里发生了一件震动朝野的大事，匪头子黑娃被保安团捕获，这是他上任后的第一场大捷，满城都在谈论白孝文和黑娃的名字和这个滋水县的头一[illegible]地被传播着……回原上的时间已经推迟了。

营救黑娃和严惩黑娃的各种活动都循着各自的渠道隐蔽而紧张地进行，只有白嘉轩的行为属于公开。白嘉轩正在准备接待大儿子孝文的回归，突然收到孝文派人送来的一封家书，略述捕获匪首、公务紧迫、只好推迟回原的日期。白嘉轩送走送信的团丁，转回身来就把褡裢挂到肩上准备出门。孝武走进门来问：「你背褡裢到哪达去？」白嘉轩说：「县上。」说着就把那封信交给孝武。孝武看完后舒一口气：「这下可除了个大害！」转过脸猜测着问：「你去县上做啥？」白嘉轩说：「探监。看看黑娃，给送点吃食。再问问你哥，把黑娃放了行不行？」白孝武惊讶得转不过弯儿，愣愣呆呆地问：「你说你去探监？给黑娃还送吃的？你想托人情释放那个土匪？」白嘉轩平稳地说：「就是的。」白孝武憋红了脸：「你的腰杆给他打断了你忘了？你忘了我还没忘！」白嘉轩说：「我没忘。」白孝武说：「那你还看他救他？」白嘉轩说：「孔明七擒七纵孟获那是啥肚量？我要是能救下黑娃，黑娃这回就能学好。瞎人就是在这个当口学好的。」白孝武说：「你救黑娃让原上人拿尻子笑你！」白嘉轩坚定不移地说：「谁笑我是谁水浅！」

白嘉轩赶天黑先来到白鹿书院。朱先生以少有的激情赞扬他搭救黑娃的行动：「以德报怨哦嘉轩兄弟！你救下救不下黑娃且不论，单是你有这心肠这肚量这德行，你跟白鹿原一样宽广深厚永存不死！」说到具体事，白嘉轩让姐夫朱先生设法把孝文叫到这里来，因为孝文还没有经过正经恢复父子关系的程序，所以得先搁在书院见面，如若自个儿找到保安团就有投拜儿子的倒茬子影响。

朱先生着一位同仁到县城给孝文送信。孝文于天黑后才匆匆赶来，一见父亲就跪下了。白孝文听到父亲要救黑娃的话咯咯咯笑起来：「爸你尽是出奇之举！你一提说黑娃，我还当是催我快快处置了那个祸害哩！没想到你……」白嘉轩又说着如同对孝武讲过的道理：「瞎人只有落到这一步才能学好。学好了就是个好人。」朱先生插话发挥着白嘉轩的思路：「杀了可就少一个人了。」白孝文不作正面拒绝，软软地说：「上边已经批示就地枪决。土匪不是共匪，不需再三审问杀了算了。你们说啥也不顶用，我根本没有杀他放他的权力。」白嘉轩急切地说：「那让我先到监里看一回总可以吧？」白孝文笑笑说：「看不成。谁也不准看。十二道岗道道都是俩人把守，蝇子也飞不进去——防他的土匪弟兄劫监。」白嘉轩一下子凉下来默然无措。白孝文说：「爸，你心好我知道，可这事比不得族里的事喀！你回去吧！枪决黑娃以前，我给他说知道明，你想探监还想救他。让他小子死到阴司再琢磨他对住对不住你！」

白孝文回到县城已夜深人静，让随身的团丁回团部，自己便径直回到城关东街。妻子给他拉开门闩，白孝文进门后，反过身来重新推上门闩，这当儿突然被人搂卡住脖子塞住了嘴巴。他听见了妻子在身后有同样遭遇的动静，他的眼睛先被蒙住，接着捆死了双臂，随后就被推拽到自己的寝室里。黑暗里有人说话了：「我来跟你谈一笔生意。你先给你手里囤的货开个价吧！你尽量往大往高开我都能接受。」孝文明白了这是黑娃的弟兄来了，眼被蒙着，嘴被堵塞着无法交涉，依然支楞着脑袋。那人继续说：「你愿意把那囤货发给我，价开再大再高都好说；你要是不愿意把囤货发给我，我给你把话说明白：当下先给你炕上的这个太太开了膛，你日后再娶一个我杀一个，你娶十个我杀十个，你这辈子只能逛窑子，可甭想太太陪房；你先房女人留下两个娃，炕上这位太太肚里正怀着一个，这三个出世的和没出世的后人注定都得嫩撅，你这辈子甭想留后；原上你老窝里有七八口人，我想弄死谁谁也逃不脱；我把他们一个一个慢慢地处置掉，最后才拾掇你的老子；你的老子先前给打断了腰杆子，这回我再把他的腰杆子抻直拉平，你们白家就从原上雪消化水了；只留下你单崩儿一个受熬煎！」白孝文被陌生人描述的血腥图景吓得浑身抖颤，猛烈挣扎着还是无法表态。那人沉静地公开了自个的身份：「我是大拇指郑芒。」白孝文听到这个名字更紧张了，急迫中终于想到一个唯一可能的表态方式，扑通一声跪倒到脚地上。郑

芒说：「给他把嘴腾了。」

随后就变成大拇指芒儿和保安团白营长共同设计营救黑娃的密谋。方案有二，由孝文在检查岗哨查巡防务时捎给黑娃一根钢钎，让他自己挖抠砖缝的石灰自行逃脱；再一个办法需大动干戈，组织一次游街示众，由郑芒领土匪相机劫持黑娃。俩人都认为第二个办法属于下策，只能作为迫不得已采取的行动。芒儿说：「见不着我的二拇指都不算数，太太得跟我到山上逛几天风景，我会照顾好她的。」

第二天傍晚，白孝文就把一根细钢钎塞给了黑娃。黑娃接住钢钎时，那双死绝的眼睛烁出一道利光。白孝文当晚刚回到东街住屋，后半夜时又有人敲窗棂。他开了门，黑暗里瞅不准面孔。那人说：「我给你捎来一封信。」白孝文心里紧缩起来，进屋到灯下拆开信封，原以为是土匪头子郑芒捎来的，不料却是鹿兆鹏的亲笔信，同样是求告他设法留下黑娃性命。白孝文看罢信扬起头来。送信人往灯前挪了两步，嗤的一声笑着问：「你还认识我不？」白孝文惊恐地叫起来：「韩裁缝？」韩裁缝说：「请你给个回话。」白孝文紧张地说：「你给鹿兆鹏说，让他甭胡搅和，他越搅和黑娃死得越快。」韩裁缝你也是共党分子？今日要不是在我屋，我就把你扣起来。」韩裁缝沉稳地笑笑：「咱俩一对一你不是我的对手，拾掇你不用枪只用一把剪子就够了。」白孝文也强撑面皮：「有礼不打上门客，你走吧！下次再这样我就不客气。」韩裁缝说：「鹿兆鹏也很重义气。黑娃不过跟他闹过几天农协，后来不随他了，可他还是想救他一命。你给个回话我就走。」白孝文冷静下来重复一遍刚才的话：「你共党甭胡乱搅和。你越搅和黑娃死得越快。还要啥回话呢？你走吧！」

黑娃越狱逃跑的消息比缉获黑娃在县城引起的轰动还要大。那个由黑娃掏开的墙洞往幽暗的囚室里透进一个椭圆形的光圈，被各级军政长官反复察看反复琢磨，却没有一个人怀疑到白孝文身上，因为黑娃是白孝文率领一营团丁抓获的。白孝文按照早已筹算好的办法，严厉地拷打站岗的送饭的团丁，因为只有他们才可以接近死囚室里的黑娃。道理很简单，拷问越严厉，他自己就越安全，终于打得一个送饭的团丁忍受不住而招了假供。白孝文请示了保安团张团长，就着人把奄奄一息的屈死鬼团丁拉出去埋了，这件事才渐次从记忆中消失了。

又一天夜深人静时分，白孝文猛然听到窗根下太太的隐声呼叫，他急忙开门后，又差点儿被什么东西绊了个筋斗。他把太太扶进门来，到灯下一瞅，太太完好如初，才甚为欣慰，却仍然忍不住说：「你受苦了。」太太淡淡地说：「他们还算义气。」送太太回归的土匪先翻墙后开街门已经走掉。白孝文去查看了一下街门木闩，回到房门口就瞅见绊过脚的一只袋子；拎起来一看，竟是一只完好的山兽皮筒子，到灯下解开扎口，里面装着满满一筒子硬洋。太太说：「黑娃回去以后，他们对我恭敬得很，黑娃给我磕了三个响头。」白孝文说：「黑娃要是回不去，你就回不来了！」太太说：「黑娃让我捎给你一句话，说他跟你的冤仇一笔勾销。」白孝文心里一震，瞬即深深地舒一口气，捕获黑娃的昂扬和释放黑娃的紧张全部消失，更要紧的是冰释了一桩无以化解的冤结。他与小娥的那种关系，黑娃早放出口风要杀他以祭小娥。至此，白孝文弄不清在这个事件中获得多少好处了。他从柜子里拉出一瓶酒说：「喝一盅为你接风压惊。」俩人干掉一盅酒，白孝文以彻底卸除负累后的轻松舒悦的口气说：「我们得准备回原上的事了！」

为了做得万无一失，白孝文于次日演出了一场辞官戏。他换了一件长袍礼帽的便装，把附有营长军阶标志的军服整整齐齐折叠起来，径直走进张团长的屋子，双手托着军服，把腰里那把短枪摘下来搁在军服上头，一齐呈放到桌子上，向张团长深深鞠了一个大躬。张团长瞅着他虔诚的举动，莫名其妙地问：「你这是干啥？」白孝文说：「枉费了你的栽培。严重失职——我引咎辞职。只能这样。」张团长晃一下脑袋，很不满意地说：「你怎能这样？是小娃娃脾气，还是书生意气？」

说：「给，他把[illegible]了。」

黑娃被收编招安的消息在县城里引起的震动还不太大，那个由黑娃挑开的话题[illegible]圈，就各有[illegible]，却没有一个人能想到白孝文身上，因为黑娃是白孝文[illegible]，由白孝文[illegible]，因为只有他才可以探视死囚里的黑娃，这一重道理他当然明白。[illegible]白孝文[illegible]息的温暖里，因了拉出去毙了，这件事在人们记忆中消失了。

白孝文更加真诚：「无颜面对本县百姓。」张团长说：「没有人责怪你嘛！岳书记侯县长都没有说你失职嘛！」白孝文难受地摇摇头说：「我自己无地自容。」张团长笑了：「我刚把你提起来，等着你出力哩，你可要走？好吧，按你这说法，我也得引咎辞职！」白孝文没有料及这行动会引起张团长的敏感，于是委婉地说：「说真话，我是想承担责任，旁人就不再对你说长道短……」张团长受了感动，就站立起来，把手枪拿起来，在手心抛颠了两下交给孝文，说：「快把袍子脱了，把团服换上，咱俩出去散散心。这毬事把人搅得鸡飞狗跳墙！」白孝文涌出眼泪来了。

阴历四月中旬是原上原下一年里顶好的时月。温润的气象使人浑身都有酥软的感觉。扬花孕穗的麦子散发的气息酷似乳香味道。罂粟七彩烂漫的花朵却使人联想到菜花蛇的美丽……

白孝文携妻回原上终于成行，俩人各乘一匹马由两个团丁牵着。白孝文穿长袍戴礼帽，一派儒雅的仁者风范。太太一身质地不俗颜色素暗的衣裤，愈显得温柔敦厚高雅。在离村庄还有半里远的地方，孝文和太太先后下得马来，然后徒步走进村庄，走过村巷，走到自家门楼下，心里自然涌出「我回来了」的感叹。弟弟孝武恰好迎到门口，抱拳相揖道：「哥你回来了！」白孝文才得着机会把心里那句感叹倾泄出来：「我回来了！」及至进入上房明厅，父亲没有拄拐杖，弯着腰扬着头等待他的到来，白孝文叫了一声「爸」就跪伏到父亲膝下，太太随即跪下叩头。白嘉轩扶起孝文，就坐到椅子上。白孝文又领着太太给婆白赵氏叩拜，然后便引着太太和两个弟弟、两个弟媳相见相认。白赵氏把两个重孙推到孝文跟前：「这是你爸。」孩子羞怯地往后缩。白孝文伸手去抚摩孩子的头时，俩娃跑到白赵氏身后藏起来了。白嘉轩对孝武说：「把饭菜端上来，咱们今日吃个团圆饭。」刚说完，又记起一件事来：「孝文，你领上你屋里人，去拜一下你三伯。」

拜谒祖宗的仪式安排在午饭过后。因为长幼有序，白孝武不能主持这个仪式，只是做着具体事务，而由白嘉轩亲临祠堂主持。白鹿两姓的成年男女，一听到锣声，便早早拥进祠堂，看那个回头的浪子重归的风采，不便出口的兴趣更在他的新娘子身上。白孝文领着太太在孝武的导引陪同下走进祠堂大门，便瞅见那棵又加粗了的槐树，脑子里顿然浮现出由他主持惩罚小娥和由弟弟主持惩罚自个的情景。他心里一阵虚颤，又一股憎恶，然后移开眼睛，径直走过院子，跨上台阶，走近敬奉着白鹿宗族始祖及列代祖宗的祭桌前站定，那幅从屋梁上吊垂下来的宗谱，密密麻麻填写着逝者的名字，下面空着的红线方格等待着后来的人续填上去。白孝武点燃了两支注满清油的红色木筒子蜡烛便退到一旁。白嘉轩佝偻着腰站在祭桌前，面对众人发出洪大如钟鸣的声音：「祖宗宽仁厚德。不孝男白孝文回乡祭祖，乞祖宗宽容。上香——」白孝文从香筒里抽出五根紫香在蜡烛上点燃，双手插进香炉，退后一步和太太站成齐排儿，一道长揖后跪拜下去，太太也作揖叩首三匝。白嘉轩又诵响了下一项仪式：「拜乡党——」白孝文和妻子转过身面对祠堂里外拥塞得黑压压的男女乡亲，抱拳作揖，乡党们也作揖相还。

祭祖之后的又一项重要活动是上坟，仍然由孝武陪引。孝义提着装满阴纸和阴币的竹条笼也陪着大哥去祖坟祭奠。兄弟三人站在离他们最近的母亲坟前，白孝文叫了一声「妈」就跌伏到坟头上，到这时他才动了真情。他酣畅淋漓地哭了一场，带着鼻洼里干涸的泪痕回到家里，才感觉到自己与这个家庭之间坚硬的隔壁开始拆除。母亲织布的机子和父亲坐着的老椅子，奶奶拧麻绳的拨架和那一摞摞粗瓷黄碗，老屋木梁上吊着的蜘蛛残网以及这老宅古屋所散发的气息，都使他潜藏心底的那种悠远的记忆重新复活。尤其是中午那顿臊子面的味道，那是任何高师名厨都做不出来的，只有架着麦秸棉秆柴火的大铁锅才能煮烹出这种味道。白孝文清醒地发现，这些复活的情愫仅仅只能引发怀旧的兴致，却根本不想重新再去领受，恰如一只红冠如血尾翎如帜的公鸡发现了曾经哺育自己的那只蛋壳，却再也无法重新蜷卧其中体验那蛋壳里头的全部美妙

了，它还是更喜欢跳上墙头跃上柴禾垛顶引颈鸣唱。白孝文让太太把带回来的礼物分送给大家，包括一大袋子各式名点。给父亲的是地道兰州水烟，给婆的是一件宁夏皮袄筒子，给两个弟弟和弟媳的是衣服料子，给鹿三的是一把四川什邡卷烟。自己却只身到白鹿仓去拜会田福贤。田福贤于他刚进家不久，便差人送来了请帖。白孝文到白鹿仓纯粹是礼节性拜访，走了走过程就告辞了。田福贤已着人在镇上饭馆订做了饭菜，白孝文还是谢绝了，他必须天黑前回到县保安团。他怕田福贤心犯疑病，很爽快地说：「田总，你随便啥时候到县城，你招呼一声我就接你，我请你。」白孝文还想拜谒鹿子霖，是他把他介绍到保安团的。鹿子霖不在家，他托弟弟孝武把一把什邡卷烟捎给他。

最后要处理的一件事是房子。孝文对父亲说：「忙罢我想把门房盖起来。」白嘉轩说：「孝武把木料早备齐了。你想盖房，另置一院庄基吧。兄弟三个挤一个门楼终究不成咯！」白孝文豁达地说：「这个门房还是由我经手盖。」门房是经他卖掉被鹿子霖拆除的，再由他盖起来就意味着他要洗雪耻辱张扬荣耀。他解释说：「这房盖起来由你安顿住人吧。我不要了。我要是想在原上立脚，我另择基盖房。」白嘉轩说：「你的用意我明白。干脆也不分谁和谁，你跟你兄弟仨人搭手把门房盖起来，这院子就浑全了。」白孝文说：「也行。」

谢辞了上至婆下至弟媳们的真诚的挽留，白孝文和太太于日头搭原时分启程回县城，他坚辞拒绝拄着拐杖的父亲送行，白嘉轩便在门楼前的街巷里止步。白孝文依然坚持步行走出村庄很远了，才和送行的弟弟们分手上马。他默默地走了一阵又回过头去，眺见村庄东头崖坡上竖着一柱高塔，耳边便有蛾子扇动翅膀的声音，那个窑洞里的记忆跟拆房卖地的记忆一样已经沉寂，也有点公鸡面对蛋壳一样的感觉。他点燃一支白色烟卷猛吸了一口，冷不丁对太太说：「谁走不出这原谁一辈子都没出息。」太太温存地一笑：「可你还是想回来。」白孝文说：「回来是另外一码事！」白孝文不再说话，催马加快

了行速。太太无法体味他的心情，她没有尝过讨来的剩饭剩菜的味道，不知道发馊霉坏的饭菜是什么味道，更不知道白孝文当时活的是什么味道。在土壕里被野狗当作死尸几乎吃掉的那一刻，他几乎完全料定自己已经走到人生尽头，再也鼓不起一丝力气，燃不起一缕热情跨出那个土壕，土壕成为他生命里程的最后一个驿站。啊！鹿三一句嘲讽调侃的话——「你去吃舍饭吧」，把他推向那口沸腾着生命液汁的大铁锅前！走过了土壕到舍饭场那一段死亡之旅，随之而来的不是一碗辉煌的稀粥，而是生命的一个辉煌的开端……好好活着！活着就要记住，人生最痛苦最绝望的那一刻是最难熬的一刻，但不是生命结束的最后一刻；熬过去挣过去就会开始一个重要的转折，开始一个新的辉煌历程；心软一下熬不过去就死了，死了一切就都完了。白孝文现在以这种深刻的人生体验呼唤未来的生活，有一种对生活的无限热情和渴望。他又一次对他的太太说：「好好活着！活着就有希望！」妻子抿嘴笑笑：「你回到老家心情很好！」白孝文依然觉得太太不能理解他的心情。

白嘉轩从族人的热烈反响里得到的不仅是一种荣耀，更是一种心理补偿。他听到人们议论说「龙种终究是龙种」，就感到过去被孝文掏空的心又被他自己给予补偿充实了，人们对族长白家的德仪门风再无非议的因由了。他依然拄着拐杖佝偻着腰走进家门走出街巷，走进畜棚走向田野，察看棉田备耕观望麦子成穗的成色，听孝义兔娃喝斥牲畜的嘎气的嫩嗓子的吼喊，或者和愈见笨拙愈显痴呆的鹿三对着烟锅吸一袋旱烟，在村巷田头和族人们聊几句庄稼的成色讨论播种或收割的时日，并不显示营长老子的傲慢或声势。决定棉花下种的那天后晌，他丢了拐杖挎起盛着经过拌灰的棉籽的竹条笼，跟在兔娃屁股后头往犁沟里抛点棉籽儿。他不是怕孝武孝义撒籽不匀，而是想在湿漉漉的田地里走一走。他不是做示范，而是一直坚持干到把那块棉田种完，才跟着儿子们一起于傍晚时分收工回家。他端起儿媳侍候上来的小米黄粥喝得起了响声，

声音像扯断一幅长布。白嘉轩心情很舒活地对儿子们说：「人是个贱虫。人一天到晚坐着浑身不自在，吃饭不香，睡觉不实，总觉得慌惶兮兮。人一干活，吃饭香了，睡觉也踏实了，觉得皇帝都不怯了。」儿子们不甚理解地笑着。那一晚白嘉轩睡得很踏实，直到孝武在院子里失魂丧魄吼叫他才醒来，醒来就看见了窗户上乱闪乱射的电光。白嘉轩听到院子里惊慌压抑的哭声，那是儿媳和孙子们被吓的哭声。他断定又有土匪进屋，反倒缓缓穿戴齐备才去开门。外面的人等待不及，撞开门板将他撞翻在地，他们就在屋子里搜查起来，有人抓着他的衣领把他拎起来喝问：「人呢？」

「你寻谁？」白嘉轩问。

「还装还蒙啥哩！」

「我真不知道你们搜谁。」

「你的共匪女子白灵藏哪儿？」

「……」

全家人都被驱赶撕抻出来集中到庭院里，由一个人拿着手枪威逼着统统蹲到地上，另外大约五六个人把每一间屋子的每一件可以藏身的板柜瓷瓮面缸都统统抖翻了，柴火房也给掀倒了，各种农器家具碰撞跌碎翻倒的声音连续不断，那些人最后全都空手来到庭院里继续喝问：「快把人交出来！」白孝武壮起胆子说：「她多年都不认这个家咧！」搜查的人仍然不肯轻易放过：「我们已经得着消息，她逃回乡下老家了。」白嘉轩说：「你的消息不准。她死也不会回家。她早都不认我这个老子，我也不认她是我女了。」那一杆子人说了一通威胁恐吓的话就窜出门去。白嘉轩吩咐家人尽快收拾好被捣乱了的家具，可是儿子和儿媳们全都围聚到老祖宗白赵氏的屋子里。白赵氏放声长哭，完全丧失了理智，大声哭叫着「灵灵娃吔

婆想你呀……」惹得眼软的两个孙子媳妇也都抽泣垂泪。白嘉轩对母亲丧失理智的哭叫缺乏耐心，有点生硬地说：「你还想那个海兽做啥？」白赵氏愈发气急了：「都是你……把我灵灵娃……逼到这地步……」说着竟从炕上溜下来往门外走：「你不要女，我还要孙女！我到城里寻去呀！」白赵氏不是威逼白嘉轩，而是她真实的心思。她老大年纪小小尖脚凭着一门焦虑的心劲往外扑，孝武孝义和两个孙子媳妇竟然撕拉不动。白嘉轩换了妥协的口吻乞求母亲：「黑天咕咚你怎样出门？让孝武明日一早到城里去寻！」在众人劝慰下，白赵氏才重新被扶到炕上。

骤然而起的家庭内部的混乱局面暂且平息，待到天明日出时却又进一步加剧了。原上的几家亲戚先后接踵进门，报告着同样的恐怖遭际，几乎在同一时间夜半时分，都被穿黑制服的人封堵在家里翻箱倒柜进行搜查，说话的口吻和用词都是惊人的一致：「把共匪白灵快交出来！」白嘉轩无法向亲戚们解释共同劫难的因由，只是加重了他对这件事的严重性的看法。最后到来的是朱先生，他的书院在昨晚也遭到搜查，天明后朱白氏就催他上原来问问究竟。朱先生拐个弯先走了一趟县城，向孝文述说了昨晚的事，白孝文说：「据你说的那些人的情形判断，肯定是军统。」朱先生看见嘉轩又看见那么多惊慌失措的亲戚，料就遭遇大致相同，就说：「孝文说那帮子人是军桶。」白嘉轩睁大惊疑不解的眼睛问：「军桶是弄啥的？」朱先生平生第一次错上加错念了白字：「军桶我也弄不清是做啥用的桶。」直到夜深人静，白孝武从城里赶回家来，才大略说清了灾变的原委：中央教育部陶部长到省里来给学生训话，遭到学生的谩骂和追打，甩出头一块砖头的就是妹子灵灵。白嘉轩全神贯注地听着，不禁失声「噢」了一下又绷紧了脸色。白赵氏惊恐地瞪着眼露出可怜巴巴的愣呆神色。白孝武叙说，二姑家的皮货铺店被砸了，二姑父被拉去拷打了三天三夜，说不清白灵的去向，却交待了咱家的亲戚。白嘉轩又「噢」了一声，问：「还听到啥情况？」白孝武说：「二姑父也就只说了这些情况。这回遭害最重的是二姑家。

二姑父躺在床上养伤，皮货铺子给封了，说是犯了窝藏共匪罪……」白嘉轩说：「真对不住你二姑父哇！」

白灵和鹿兆鹏在枣刺巷度过了一段黄金岁月。鹿兆鹏遵照省委的指示暂且留在城里做学运工作。日本侵占东北三省，中国国内局势发生重大变化，新的震荡已经显示出诸多先兆。鹿兆鹏说：「太阳旗像一面镜子插到中国东北，把中国政坛上大小政客的嘴脸都暴露无遗。」白灵热烈地赞同说：「日本侵略者的铁骑惊醒了中国人，分出了自己民族的忠奸善恶。昨天，连以委员长名字命名的中正中学里，也贴出了一张要求政府收复东三省的呼吁书。」白灵已经成为省立师范学校的学生自治会主席，正在筹备建立一个大中学校抗日救国统一指挥机构，把各个学校自发分散的救亡活动统一步调一致行动。鹿兆鹏对白灵的活动能力组织才能刮目相看，在做学校工作方面白灵比他还要熟练。鹿兆鹏在白灵的帮助下，秘密会见各学校的学生领袖，把共产党的意见传输给他们，一个强烈的地震正在中国西北历史古城的地下酝酿着。这种秘密状态的生活环境使他们提心吊胆又壮怀激烈，他们沉浸于人生最美好的陶醉之中，也不敢忘记最神圣的使命和潜伏在窗外的危险。他和她已经完全融合，他隐藏在心底的那一缕歉意的畏缩已经灼干散尽，和她自然地交融在一起。他们对对方的渴望和挚爱几乎是对等的，但各人感情迸发的基础却有差异，她对他由一种钦敬到一种倾慕，再到灵魂倾倒的爱是一步一步演化到目前的谐和状态。他的果敢机敏、热情豪放的气韵洋溢在一举手、一投足、一言一笑、一怒一忧之中，他的长睫毛下的一双灵秀的眼睛，时时都喷射出一股钩魂摄魄的动人光芒。她贴着他，搂着那宽健的胸脯静宁到一动不动，用耳朵谛听生命的旋律在那胸脯里奏响。他对她的爱跨过了种种道德和心理的障碍，随后就显得热烈而更趋成熟，从而使自己心头一直亏缺着的月亮达到了满弓。她贴着他的耳根说：「兆鹏，你可能要当爸了。」鹿兆鹏猛然搂紧她，抚摸着她的腹部：「你肯

定生一个最漂亮的孩子！我自信咱俩还不算丑。」日渐潮起的抗日热流，使他们共同陷入亢奋之中，反倒抑制了俩人之间的夫妻情分，俩人常常在热烈地策划一个行动之后一齐就寝，反倒觉得那种交媾变得不如以往甜蜜。

民国政府教育部陶部长亲临古城，是受到蒋委员长的指令急匆匆启程的。蒋委员长正在集中精力围剿中国南方山区的共产党红军，忽然得到中国西北有学生闹事的情报，便电示教育部：「怎么搞的？还不快去管一下！」陶部长到来之后三天都未公开露脸，到第四天报纸上公开了省教育局局长被撤职的新闻，种种传闻随着这条消息在各个校园里传播，陶部长对这里学生的无政府行动大为光火，对容忍这种局势发展的教育局长训斥说：「麻木不仁贻误大事。」陶部长指令新任局长与军统取得联系，在教育系统建立剿共情报机构，建立健全三青团、国民党在学校的组织网络……云云。这些传闻对学校里形成的抗日热潮正好起到一个催发的酵母作用，一股强烈的反陶情绪一夜之间便形成气候。陶部长频频接触本省党政军特各方要人，促成各方合作共同消除学校里的无政府状态。到第六天，陶部长准备对西安各个学校的学生代表进行训导，以此结束他的西部之行……白灵得知这个消息以后，便和刚刚建立的西安学界抗日促进联盟的学生领袖做出决定：给陶部长一个下马威。陶部长训话的会场几经变更，给白灵他们的组织工作造成不少的麻烦，直到开会的那天早晨，才搞准确会址又挪到民乐园礼堂，她又立即对原先的布置做出相应修改……绝不能错失这个千载难逢的机会。

民乐园顾名思义，属民众娱乐场所。这是国民革命废除皇权提倡平民意识的结果。民乐园是个快乐世界，一条条鸡肠子似的狭窄巷道七交八岔，交交岔岔里都是小铺店、小吃铺、小茶馆、小把戏、小婊子院的小门面，在这儿能看杂耍的、说书的、卖唱的、耍猴的表演，也能品尝到甜的辣的酸的、荤的素的、热的冷的各种风味饭食，荟萃着饸饹粉皮、粉鱼凉粉、腊汁肉、茶鸡蛋、三原蓼花糖、乾州锅盔、富平倾锅糖等各种名特小吃。有卖人参鹿茸虎骨等名稀药材的，也有挖鸡眼、

陈忠实　著　下卷　四七二

剔猴痣、割痔疮、拔倒睫毛、挖鼻息肉的各路野大夫；有西洋的转盘赌和传统的打麻将、摇宝掷骰子、摸牌九、搓花牌的各种赌博，供不同兴趣不同层次的赌徒选择。最红火的行业是妓院，有雕梁画栋两层阁楼的高级妓院，也有不饰门面的中下等卖淫场所以及一个锅盔可以睡一回的末等婊子棚，供各色嫖客发泄，一个个挂着金缕门帘、竹皮门帘和稻草帘子的客房里，从早到晚都演出着风流。那些摸骨看相算卦的，卖水果的露水摊号，更是把本来狭窄的小巷壅塞得水泄不通……陶部长选择这样一个腌臜龌龊、藏污纳垢之地是出于安全的考虑，企图以出其不意而躲开赤党学生可能的捣乱。陶部长的汽车进入民乐园，果然没有引起任何反响，人们对坐车逛窑子的事已经司空见惯了。

白灵穿过小巷走到礼堂门口，只看见三四个卫兵守侍在那里，有两个验查入场券的便装工作人员，气氛显得轻松并不紧张。她丝毫不为这种表面的轻松气氛而松懈，情报说陶部长坚持不要造成大兵林立的局面，那样会损伤文职官员的尊仪，也显得自己更加豁达从容，但对地方官员改派便衣警戒的举措没有干预，小巷里那些游荡的闲人和坐在礼堂里的学生代表中，肯定混杂着数以百计的特务和警察。她把一张蓝色道林纸印制的听讲券交给门卫，就选择了会场中间靠右的一个位置，掏出一张报纸来等候开会。陶部长在众多的官员陪伴下走上讲台。陶部长既有一表人才，又擅长演讲，一言一行和言语中的神态都显示着南京政府官员居高临下的气魄，也显示出与地方官员的截然区别。他从国际形势到国内局势，侃侃而论蒋委员长「攘外必先安内」的既定方针；又从理论和道德以及治学的几重关系，阐释蒋委员长「学生应该潜心读书，抗日的事由政府管」的宗旨；陶部长不惜假传圣旨，把蒋委员长自江西「剿共」前线发来的训斥他的电示改编成对学生的柔肠寸心，「委员长让我转告他对西北学生的问候，并对学生的爱国之心表示钦敬！再次申明学生要安心读书，日后报效党国，抗日的事政府能管得好的。」他也许没有料到，经过严格审查的学生听众中，混杂着一批蓄意破坏委员长旨意的赤党分子，他们是专意儿给陶部长下巴底下支砖头、给眼睛里揉沙子、往耳朵里灌水、朝脸上泼尿来的；来就是为了燎他的毛，搔他的皮，伤他的脸，杀他的威风的，可谓来者不善。

骚乱起初是从一张字条引发的。一绺扭成麻花的字条儿从台下传到台上，主持会议的省教育局新任局长看了条子上的字，就像看见一条长虫似的变了脸，扬起头时，却装出一副生硬紧巴的笑脸说：「今天是陶部长的训导报告，不安排回答问题。回答问题将另行安排专门的会议。」台子底下没有反应，条子却一绺接一绺抛上讲台。新局长拉下脸来厉声禁斥：「我刚说过，回答问询另安排时间嘛！你们会听话不会听话？」台下便激起了由零星到纷乱的回声，顷刻之间就乱成一窝蜂，有不少学生离开座位窜到讲台下的走道里质问陶部长。陶部长巍然不动也不开口，白灵也窜到讲台下的人窝里，高喊一声：「打这个小日本的乏走狗！」一扬手就把半截砖头抛上台去，不偏不倚正好击中陶部长的鼻梁。陶部长惨叫一声，连同座椅一起跌翻到台子上。学生们大声呐喊着，把板凳和从脚地上揭起的砖头抛上讲台。有人把摆列在台下花池里的盆花也抛掷上去，有人跳进花池再拥上讲台。陶部长满脸血污，被人拉起来拖挟到后台，仅仅只抢先一步从窗口翻跳出去。大厅里有人撑开一条写着「还我河山」的横幅布标，学生们便自动挽起臂膀在横标的引导下冲出礼堂，踏倒了卦摊儿，撞翻了羊肉泡馍的汤锅，一路汹涌，一路吼喊着冲上大街。白灵的胳膊被左右两边的男女同学紧紧钩挽着，忽然想到自己像镶嵌在砖墙里的一块砖头。游行队伍涌流到端履门时，遭到蜂拥而至的宪兵和警察的封堵拦截和包围。冲突刚一发生，就显示出警察宪兵的强大和学生们的脆弱，游行队伍很快瓦解，学生被捕者不计其数，白灵却侥幸逃走了。

从古城最热闹最龌龊的角落向全城传播着一桩桩诙谐的笑话和演义性传闻，陶部长临跳窗之前，还在训斥搀扶他的省教育局新任局长：「你说这儿是历朝百代的国都圣地，是民风淳厚的礼仪之邦，怎么竟是砖头瓦砾的干活？」教育局长说：

「你赶快跳窗子呀！小心关中冷娃来了……」人们纷传，抡出第一块砖头而且呐喊叫打的竟是一个女生！那女生根本不是学生，而是北边过来的一个红军的神枪手云云……全城的大搜捕并不受任何传闻的影响正加紧进行，特务机关从侦察和审讯被捕学生的口供中，确认了共党插手操纵了学生，又很快确定了追缉的目标，白灵被列为首犯。

白灵穿小巷走背街逃回枣刺巷，鹿兆鹏正焦急地等待着她，屋子里的铺盖被褥和简单的行李已捆扎整齐。鹿兆鹏说：「你完全暴露了。得挪个窝儿。我估计他们顶迟到晚上就会来。」白灵说：「他们杀了我，我也不亏了。」鹿兆鹏冷静地说：「咱俩得暂时分开。我从这儿搬走，给他们制造一个逃走的假象，你仍旧留在这儿就安全了。」白灵问：「我留这儿？我留到啥时候为止？怎么跟你联系？」鹿兆鹏说：「我跟房东魏老太太说好了，你跟她住。我来找你，你等着，千万不要出门。」白灵点点头说：「我等你，你要尽早来。」鹿兆鹏说：「你现在去找魏老太太，剩下的事你不要管了。」说罢搂住白灵，抚着她的肩膀说：「你一砖头砸歪了陶部长的鼻子，也把我们的窝砸塌了。」白灵猛地吻住兆鹏的嘴，眼泪濡进她和他的嘴，有一股苦涩。院子里响起魏老太太的声音：「怎么还不走？」白灵从兆鹏的怀抱里挣脱出来，抹了抹眼睛就跳出门，跟魏老太太走进上房。魏老太太指着桌下的一个方形洞口说：「你下去呆着，我不叫你别上来。」

果然当晚夜静更深时分有人到来，白灵在地窖里听到魏老太太和陌生人的对话：

「你屋住的房客呢？」

「搬走了，后晌刚搬走。」

「搬哪达去咧？」

「我不问人家这些闲事。」

「那是两个什么人？」

「说是生意人。」

「那女人呢？是不是姓白？」

「女人是姓白。」

「人呢？」

「刚才说了，两口子一搭搬走咧。」

「那是两个共匪！你窝藏……」

「她脑门子上没刻字，我能认得？」

「你老不死的，不知罪嘴还硬！」

「你嫩秧秧子吃了屎了，嘴恁臭！我掌柜的反正起事那阵儿，你还在你爸裆里打吊吊哩！你敢骂我，我拉你狗日找于胡子去……」

一阵杂沓的脚步声远去不久，魏老太太喊：「你上来吧，没事了。」白灵爬上地窖，才惊讶魏老太太竟是辛亥革命西安反正的领头人物之一的魏绍旭先生的遗孀，所以张口就是于胡子长于胡子短的。魏老太太说：「世事就瞎在这一帮子混账二球手里了。」

白灵完全放心地住下来。魏老太太让她和她睡在一铺炕上，叙说魏绍旭先生当年东洋留学回国举事反正的壮举……白灵听得津津有味，忍不住突发奇想：「你老好好活着，等到世事太平了，我来把你先生的事迹写一本书。」

十你，走出城南门时，小心夹在中间进来了……」人们纷纷传说，抢，抢出第一枪而且喊叫打的竟是一个女生，那女生根本不是学生，而是北边过来的一个红军的神枪手……全城的大搜捕并不受任何传闻的影响正加紧进行，特务们天天从街巷和市民、被捕学生的口供中，确认了共党插手操纵了学生，又很快确定了这个组织的头目，白灵被列为首犯。

「搬走了，后晌就搬走。」

「搬到哪达去了？」

「我不问人家这些闲事。」

「那是两个什么人？」

「说是生意人。」

「那女人呢？是不是姓白？」

「女人是姓白。」

「人呢？」

「刚才说了，两口子，搭伙走啦。」

「你老不死的，不知黑白还嘴硬！」

「你嫌快快子吃了，呆了，嘴硬！我掌柜的反正起事那阵儿，你还在你爸裆里打吊吊哩！你敢吊我，我拉你向日本打子弹去……」

三天后的一个晚上，兆鹏来了。鹿兆鹏瞅见白灵完好如初，顿时放下心来，转过脸就对魏老太太深深鞠躬。魏老太太转身进入东边屋子，把时空留给他们去说要说的话。白灵紧紧盯着鹿兆鹏的眼睛，乞盼他带来新的安排。鹿兆鹏说：「你得离开这儿，到根据地去。」白灵问：「哪儿？」鹿兆鹏说：「南梁。廖军长已经创建下一个根据地了。」白灵问：「怎么去？」鹿兆鹏说：「你先到渭北张村，地下交通一站一站把你保送到南梁。关键是头一站——走出城门。」白灵说：「怎么出去呢？」鹿兆鹏说：「明天早晨有个西北军军官来接你，你和他扮作夫妻，由他引护你到张村。」白灵说：「我们这就分手了？」鹿兆鹏压抑着波动的情绪，答非所问地说：「送你的军官可靠无疑。你尽管放心跟他走。我明天不能露面了。」白灵颤着声儿问：「你说我们啥时候能再见面？」鹿兆鹏咳了咳哽塞的嗓子，做出昂扬的样子说：「你跟廖军长打进西安，我在城门口迎接你。」白灵颤栗着扑进兆鹏怀里说：「孩子快出世了，你给起个名字吧！」鹿兆鹏再也撑持不住奔涌的情感，紧紧抱着白灵哽咽低语：「叫『天明』吧！不管男女，都取这名字。」

那一夜白灵没有睡觉，躺在炕上听着魏老太太比一般男人还雄壮的鼾声直响到窗户发亮，穿上了兆鹏昨夜捎来的丝绒旗袍和白色长靿线袜，打扮成一个富态华丽的贵妇人模样。她吃了点早点，就潜入地窖静静等候，防止临走之前些微的疏忽而铸成大错。

白灵已经从昨夜与兆鹏生离死别的情感里沉静下来，等待即将开始的冒险逃亡。屋子里有了重重的脚步声，一个浑厚的男人的声音问：「嫂子在哪里？」魏老太太这时才揭开地窖盖板叫她上来。白灵爬到窖口，探出头来，不免大为惊诧，站在窖口的军官竟是鹿兆海。鹿兆海在瞅见她的那一瞬，也凝固了脸上的表情，俩人同时陷入无言的尴尬境地。魏老太太开玩笑说：「看看！一瞅见嫂子眼都瓷了！有本事自己也娶个嫂子这样心疼的媳妇！」鹿兆海僵硬地坐到椅子上，取烟和点火

的手都颤抖不止。白灵爬出地窖，对魏老太太掩饰说：「我换了身新衣服，就把兄弟吓住了。」鹿兆海深深吐出一口烟，没有搭茬儿回话……

昨天晌午，鹿兆鹏大模大样走进西北军驻地，多年来头一回寻找胞弟。鹿兆海对鹿兆鹏前来找他很感动，料定家里发生了重大变故，非得弟兄们协作办理不可，否则哥哥是不会登门寻他的。他有点急切地问：「是不是家里出事了？」鹿兆鹏说：「是的。不过事情不大，你甭紧张。」鹿兆海愈加情急：「不管大事小事，你快说清。」鹿兆鹏这才以轻淡的口气说：「你嫂子要回乡下坐月子，得你去护送一下。」鹿兆海顿然放下一颗悬浮的心，眉毛一扬，声调也欢畅起来：「你又娶一房新媳妇？你也不给我打个招呼，你真绝情！」鹿兆鹏说：「哥的苦处你又不是不知道，给谁也不敢声张。」鹿兆海同情哥哥家里那桩僵死的婚姻，完全能够理解他秘密娶妻的行动，便很爽快地应承下来：「护送嫂夫人，兄弟责无旁贷哦！我正好借机瞅认一下新嫂子。你说几时动身？」鹿兆鹏说：「明天。」接着交待了到什么地方接人和要送到的地点，末了不无遗憾地说：「没有办法。原上老家回不去，只好到她娘家屋坐月子，这是犯忌的事。」鹿兆海能体谅哥哥的难处：「我明白。你放心。」鹿兆鹏意味深长地说：「我是万不得已……才托你帮忙。」鹿兆海豪爽地说：「我很悦意帮这个忙。你相信兄弟，兄弟就赴死不辞了！」鹿兆鹏推托说还要做起身前的准备事宜，就告辞了……

鹿兆海坐在椅子上陷入烟雾之中，怎么也想不到哥哥兆鹏会使出这种绝招儿，当哥的夺走了弟弟的媳妇，居然涎着脸求弟弟护送她去乡下坐月子！他瞅着从地窖里爬出来的白灵嘲笑说：「鹿兆鹏肯定能成大事——脸厚喀！脸厚的人才能成大事。」白灵更加尴尬，这种安排出乎她的意料，更使人无地自容，便赌气地说：「兆海，你回去吧！我自个儿出城回乡下。」鹿兆海这会儿才猛然意识到某种圈套，白灵的婆家和娘家都在原上白鹿村而不在渭北，兆鹏说到渭北娘家坐月子不

过是个托词，肯定有危险性的不愿实说的原因。看看房东魏老太太疑惑的眼光，便装出玩笑说：「我的使命是护嫂夫人『过江』哇！起身吧！」白灵执拗地说：「你回吧，我不麻烦你了。」鹿兆海急了说：「我为你跑闲腿，你还使性子？」

俩人齐排坐在一辆人力车上。鹿兆海把车厢前的吊帘豁开，让一切人都可以看见他和她，遮遮掩掩反倒容易引起猜疑。白灵戴着一架金丝眼镜，披肩的秀发披散在两肩，旗袍下丰满的胸脯和隆起的腹部，很难使人把她与那个甩砖头的赤党学生联系到一起，更何况身边巍然倚坐着一位全副武装的军官。大街上游荡着的宪兵傲慢而又下流地瞅着车上的这一对男女……古城东西十里长街没有任何麻烦，直到西门口遇到了例行的盘查。鹿兆海恶劣地歪过头斜着眼骂卫兵：「你贼熊皮松了？想叫我给你挣皮是不是？」卫兵咽一口唾液，翻一翻白眼儿往后退去。车夫拉着车子又跑起来，直到出了西关狭窄的街道踏上乡间的官路，鹿兆海摸出一块银洋，拍拍车夫肩膀，车夫转过头接过钱，连连歉谢：「太多了太多了，老总你太瞧得起下苦人了哇！」鹿兆海说：「你只管拉车，可甭听我们的悄悄话！」车夫谄媚地嘿嘿嘿笑着说：「好老总，咱下苦人混饭吃，哪敢长嘴长舌。你们尽管说话，把我甭当个人，当是一头拉车的牛。」鹿兆海转过脸，对白灵说：「从今往后，我没有哥了——鹿兆鹏不配给我当哥！」白灵木然地说：「我也不配给你当嫂子。」鹿兆海再也压抑不住，肆无忌惮地发泄起来：「我瞧不起他！瞧不起鹿兆鹏！我过去同情他，现在憎恶他！」白灵冷着脸说：「不怪他，你憎恨我，下瞧我吧！是我寻他要跟他过的……」鹿兆海打断她的话：「不对不对！你甭替他开脱，是他早都起了坏心！我从保定回来，咱俩约下第二回见面，你没出面，他倒是代替你来给我传话。我那会儿虽有点疑惑，总相信他是哥，也是个人……没料到他什么都不是！」白灵也忍不住急躁地分辩说：「你多心了。我跟他……待将来再澄清吧。你不要一门心思把他看得不是人！」鹿兆海发泄一通，又莫可奈何地说：「反正我永生永世再不见他。」

车子越过平原上大大小小的村庄，在一道慢坡前停下来。鹿兆海和白灵下了车开始步行。鹿兆海问：「你真的是到乡下坐月子？」白灵坦白地说：「不是。是逃跑。」鹿兆海问：「出麻烦了？」白灵说：「我打了陶部长一砖头。」鹿兆海猛然跳起来，转过身瞅着白灵：「我的天哪！扔砖头的原来是你哇！」白灵平静地说：「吓你一跳吧！你还敢娶我不？谁娶我谁当心挨砖头！」鹿兆海说：「你我虽然政见达不到共识，可打日本收复河山心想一处。兵营里官兵听说有人打了陶一砖头，都说打得好！凭这一砖头，我今日送你就值得，再啥委屈都不说了。」白灵心里稍觉松弛了，也兴奋起来：「还恨你哥吗？」鹿兆海又灰下脸，咬牙切齿地说：「我一点无法改变——恨！」白灵说：「那就恨吧！反正恨他的人够多了，也不在乎多你一个少你一个。」鹿兆海说：「只有我恨他恨得不可调解。」白灵说：「我明白。」走上慢坡又拐入一个坡坳。白灵注视着远处和近处的几个村庄，按照兆鹏的嘱咐辨别着环境，指着左前方的一个小村庄说：「那个就是张村。」

鹿兆海瞧着一二华里处的张村，心头潮起一种路行尽头的悲凉：「坐满月子还要我接你回城不？」

「不咧。」

「你在这儿永久住下去？」

「住不了几天。」

「我还能见到你吗？」

「三五年怕不行。」

「我今日最后给你说一句，我……永生不娶。」

「这又何必，这又何必？别这样说，别这样做！你这是故意折磨你折磨我！」

「不折磨不由人啊……」

「千万别这样！我求你……」

「天下再没有谁会使我动心。我说话算话。你日后鉴证我的品行。」

「那你还不如打我骂我……」

「我想……亲你……」

白灵瞧一眼鹿兆海，闭上了眼睛，感到一种庄严的痛苦正在逼近。他的手轻轻地按住她的脊背，渐渐用力，直到把她裹进他的怀抱，他没有疯狂慌乱，轻轻地在她脸颊上吻了一下，彬彬有礼地松开手臂，说：「我更坚定了终生不娶，这就是证据。还要我送你进村吗？」白灵说：「当然。」

白灵进入张村还没住下来，当天后半夜又被转送到几十里外的雷家庄，第二天精疲力竭地睡了整整一天。夜里又走了八十多里，进入一道黄土断崖下的龙湾村。她住进窑洞后便生下了孩子，再也不能按照原定日期前进了。

这是一个六口之家，老大娘身子强健，主宰家政。家里有儿媳妇和两女一男三个孩子，儿子在邻村的一所小学校里当工友，打铃、扫地、淘公厕、烧开水，被学校里的地下党发展为党员。他对白灵说：「经我手送过去二十三个了，你是第二十四个，放心吧，没一点麻达。」白灵在窑洞里的火炕上坐着月子，接受老大娘熬烧的小米粥和烤得酥脆的馍片，看着老大娘熟练地从孩子身上抽下尿湿的褯子又裹上干的，忍不住动情地对老大娘说：「我就认你是亲妈。」老大娘笑着压低声儿说：「你要下这娃子，怕还是个共产党吧？」白灵惊愣一下笑了……

白嘉轩沉默了大约半月光景，绝口不提及白灵的事，也不许家里人再谈论被搜家的事。这一晚，他对守候在白赵氏炕前的两个儿子说：「你俩还没经过多少世事。世事你不经它，你就摸不准它。世事就是俩字：福祸。俩字半边一样，半边不一样，就是说，俩字相互牵连着。就好比罗面的箩柜，咣摇过去是福，咣摇过来就是祸。所以说你们得明白，凡遇好事的时光甭张狂，张狂过头了后边就有祸事；凡遇到祸事的时光也甭乱套，忍着受着，哪怕咬着牙也得忍着受着，忍过了受过了好事跟着就来了。你们日后经的世事多了就明白了。」白孝武点头领会：「古书上『福兮祸所倚祸兮福所伏』就说的这道理。」白嘉轩说：「咱没多少文墨，没有古人说得圆润，理儿一样。」

白赵氏的呻唤烦躁而虚弱。自得知孙女白灵的祸事后，身体骤然垮了。哭泣不止，直到声嘶力竭；整日价不吃一口饭，只是喝水；喝水不喝开水，专门要喝从井里刚吊上来的新鲜凉水，整碗满瓢咕嘟咕嘟灌进喉咙，还是喊说心口里烧得像着火。这几天已经喊不响也哭不出声了，躺在炕上闭着眼睛喘气。冷先生劝告白嘉轩给母亲中止服药，及早准备后事，并且安慰他说：「你已经尽了心，这就算孝。」白嘉轩仍不甘心，明明白白母亲根本没得什么病，是灵灵的劫难引发出来的。按白赵氏的气性不会是吓成这样子，多半是思念孙女积郁成疾的，于是便编造出一套假话给母亲宽心。他悄悄趴在白赵氏耳根神秘地说：「妈呀，我给你说句悄悄话，我大姐说，灵灵前日到书院看望她，浑浑全全结结实实没一点麻达……」白赵氏猛然睁开眼坐了起来：「真个？」白嘉轩神秘地说：「你想想，我大姐大姐夫一辈子说过一句虚话没？」白赵氏问：「灵灵而今在哪达？」白嘉轩说：「还在城里。那女子又鬼又胆大，谁也抓不住。她说叫屋里人甭记惦她。还说……贵贱不敢冒问乱打听她……」白赵氏突然松弛下来，对嘉轩说：「噢呀……你去把木梳篦子拿来，妈的头发揉成一窝子麻了……」

白嘉轩给冷先生叙说罢一句假话救下母亲一条命的异事，朗声笑起来：「我明日也能坐堂诊病咯……人有时候还得受哄！」

第二十八章

鹿子霖的儿媳疯了。她变疯的原因村人丝毫也不知晓。秋末冬初的一天晌午，平时很少在村巷里露脸儿的她突然从四合院轻手飘脚蹦到村巷里哈哈大笑不止，立即招引来一帮闲人围观。她哈哈大笑着又戛然停止，瞬间转换出一副羞羞怯怯、神神秘秘的眉眼，窃窃私语：「俺爸跟我好……我跟俺爸好……你甭跟俺阿婆说噢！」围观的男女大为惊骇，面面相觑，谁听到这样可怕的事，不管心里如何想，脸上都不愿表现出幸灾乐祸神情，一些拘谨的人干脆扭身走开了，有几个女人拉着劝着，禁斥着，不要她胡吣。她却反而瞪大眼睛向人们证明：「谁胡吣来？你去问俺爸，看他跟谁好？你们甭下看我！他娃子不上我的炕，他爸可是抢着上哩！」仁义的村人们没有被这个天大的笑话所逗笑，而是惊叹不已。白孝武要去镇上正好走到跟前，听到一句就竖起眉毛，断然斥责几个女人：「还不赶紧把她拉回家！还听她胡吣乱吠？」几个女人得了指令，便下势死劲拉扯。那女人两臂一抡，把三四个拉她的女人全都甩开，撒腿端直朝镇子上跑去，一边跑着一边叫着：「我到保障所寻俺爸去呀……我想俺爸了呀……」这个女人发疯的事便在村子里哗然传播。

她跑到白鹿镇上，看见了稠密的人伙儿便愈发兴奋，不断咕哝着重复着「俺爸跟我好，我跟俺爸好」的话，引得那些从四面八方赶集来的男人哄笑不止。她从街道上张张扬扬走过去，屁股后头拥着一堆看热闹的陌生人。白孝武抢先一步跨进保

障所，鹿子霖正跟几个逛集顺便和他聚会的友好在屋里闲聊。白孝武神色紧张地说了发生的事，儿媳妇已经闯进院子，看热闹的人围在大门口不敢进去。鹿子霖顿然吓黄了脸，一句话没说，跨上前去抽了儿媳一记耳光。儿媳被打得趔趔趄趄在原地转了一圈，晕头昏脑地问：「爸，你不跟我好了还打我？」鹿子霖气得脸色蜡黄，又甩出一巴掌，那女人就跌倒在院子里。鹿子霖说：「孝武，你快把这祸害拉回家去。」白孝武一把攥住那女人的胳膊，拖着拽着走出保障所院子，又禁斥那些尾追的人说：「疯子嘛，有啥好看的？」鹿子霖紧随其后赶回家来，把儿媳推进厦屋就从外边锁上了门板，喘着气送孝武出门：「孝武，你深明大义！」

鹿子霖被这件难以辩解的瞎事搞得惶惶不安。他的女人鹿贺氏却冷漠地给他撇凉腔出气：「这下你在原上的名声越发的大了！」鹿子霖吸着水烟根本不理会她。鹿贺氏在自家门楼里奚落他的话再难听也无伤大局，麻烦的事是这个疯子儿媳怎么办？她胡吣乱呔的瞎话要是传到冷先生耳朵，他还怎么和他见面说话？这件事发生得这样突然，简直是猝不及防，一下子传播到整个原上，像打碎的瓷器一样不可收拾，难以箍浑。他想去找冷先生当面说清，准定能够先入为主澄清事实，考虑到此时镇子上人群拥动被人注视的尴尬，直等到集散街空，他才走进冷先生的中医堂。冷先生一见面倒先开口：「子霖，你来了先坐下。我知道晌午发生的事了。」鹿子霖顿然觉得心头宽释，脸上也自在了。冷先生平静地说：「你不要跟小人计较。」鹿子霖真心地感动了，说：「大哥呀，我对不住你！」冷先生说：「先前的事先前的话都不说了。我给她把病治好，你让兆鹏写一张休书了事。」鹿子霖凄婉地说：「你前二年说这话，我不忍心，我总想得个圆满结局哩！没料到越等越糟。咱先不说休书，等病好了再说。」冷先生便跟着鹿子霖到家里去给女儿诊病。

冷先生走到庭院，就听见女儿的喊叫声：「爸吔，回来吔快上炕！」冷先生腮帮上的肌肉抽扭着走到窗前。女儿瞅了冷先

生一眼就愣呆呆地僵住，随之哇的一声哭叫。冷先生说：「把锁子开开。」鹿贺氏打开锁子开了门。冷先生进了厦屋瞅着女儿。女儿这时清醒过来，抹着泪招呼父亲坐到椅子上。冷先生说：「你怎么了？」女儿莫名其妙：「不怎么。我好好的嘛。」冷先生说：「不怎了就好。你等着，我让你兄弟拉毛驴来接你回娘家住几天。」女儿说：「不麻烦兄弟，我不去。眼看下雪呀，我还有两双棉窝窝没绱完哩！」女儿一切正常，没有任何异常表现，冷先生坐了一阵儿回中医堂去了，临走叮咛说：「再犯病的时候你叫我。」

冷先生刚走进中医堂还没坐稳，鹿子霖又来了，不用说是儿媳的疯病又犯了。冷先生啥话不说又来到鹿子霖家，先在院子里伫立谛听。厦屋里传来女儿的声音：「我有男人跟没有男人一样守活寡。我没男人我守寡还能挣个贞节牌，我有男人守活寡倒图个啥？你娃子把我瞅不进眼窝，你爸跟我好得恨不能把我吸进鼻孔儿……你不上我的炕你爸爱上……」鹿子霖站在侧后，满脸烧骚得恨不能钻进地缝儿。冷先生转过身走出门来说：「你跟我去拿药。」

半年前一天深夜，鹿子霖喝得醉醺醺回家来用脚猛踢街门。街门闩子咣一声响门扇启开，鹿子霖跷门坎时脚尖绊了一下，跌倒在门里爬不起来，大声呻唤着发脾气：「你狗日……还不赶快扶我，还……立在那儿……看热闹！」他以为开门的是老伴，却料不到今晚是儿媳开的门。儿媳难为情地说：「爸……是我。」鹿子霖分辨不清是谁的声音，继续发脾气：「我知道是你……你不扶我，盼着跌死我？」儿媳便伸手抓住他的胳臂往起拉。鹿子霖仍然大声呻唤着，挣扎着爬起来，刚站立起来走了两步，又往前闪扑一下跌翻下去。儿媳急忙抱扶住他的肩膀帮他站稳身子。鹿子霖本能地把一只胳膊搭到儿媳肩膀上，借助着倚托往前挪步，大声慨叹着：「老婆子，还是你对我实受！」儿媳满脸骚烧，低声分辩说：「爸，你尽说胡话——不是俺妈是我。」鹿子霖眼睛一瞪，站住脚：「你妈咋哩，你咋哩？都一样咯！你对爸也实受着哩……也好着哩

咯！」她扶着阿公走过门房进入庭院，一轮半圆的月亮贴在天上，院里弥漫着香椿树浓郁的香气。鹿子霖站在庭院里连着打了两个震撼屋院的喷嚏，变出一副柔声憨气的调子说：「俺娃你……孝顺得很……」说着就伸过右臂来把儿媳抱住了，毛茸茸的嘴巴在她脸颊上急拱，喷出热骚骚的烧酒气味，几乎同时就有一只手在她只穿着一件单衫的胸脯上揉捏。她惊叫一声，浑身燥热双腿颤抖，几乎陷入昏厥的恍惚中，又本能地央告说：「爸呀，这成啥话嘛……快丢手……」鹿子霖说：「这怕啥嘛……俺娃身上好软和……」儿媳终于从突发的慌乱中恢复理智，猛力挣脱出来奔进厦屋将门关死。鹿子霖又摔倒在地，哼哼着爬不起来。儿媳在炕边上坐了一会儿，镇静一下，从小木窗朝外看去，阿公仍然躺在庭院砖地上拉起鼾声。她叹口气，断定阿公真的是喝醉了糊涂了，恻隐之心又催使她开了厦屋小门走出去，再次把阿公拉起来拖向上房砖垫台阶。阿公已经完全不省人事，任她拖着拽着架着走进上房东屋按在炕边，顺势就倒在炕上，依然呼噜打鼾。她给阿公脱掉布鞋把双腿掀上炕去，拉开一条薄被搭在阿公身上，然后就走回自己的厦屋。这一夜，她睁着眼坐到天明，听了整整一夜从上房东屋传出的忽高忽低忽粗忽细的鼾声。

鹿子霖醒过来已到早饭时辰，在穿鞋时似乎才想到昨晚根本没有脱衣服，渐渐悟觉出来昨晚可能在酒醉后有失德的行为，但他怎么也回忆不出具体过程。儿媳把一铜盆温水放在台阶上。鹿子霖一边洗脸一边朝灶房发问：「你妈哩？是不是又烧香拜佛去咧？」灶房里传出一声「嗯」的回答。鹿子霖鄙夷地说：「烧碌碡粗的香磕烂额颅也不顶啥！」灶房里的儿媳没有应声。鹿子霖看不出儿媳有什么异常，就放心地走到明厅方桌旁坐下吸烟。儿媳先端来辣碟儿和蒜碟儿，接着又送来馏热软透的馍馍，第三回端来一大碗黄灿灿的小米稠粥，便转过身回灶房去了。鹿子霖操起筷子搅了搅碗里的稠粥，霎时脑子里轰然爆响气血冲顶一阵天旋地转——碗底搅翻出来一窝子铡碎喂牲畜的麦草。鹿子霖端起碗举到半空又改变了主意，

没有掷到地上而是原样儿放回桌面。那一瞬间，他脑子里闪过一个惊问，摔了碗以后下来的戏怎么往下唱呢？不可改易的关键是自己昨晚肯定做下丢脸的事了；不声不响把饭端进牲畜棚圈倒进牛槽，然后甩手到保障所去，似乎也不妥，往后还进不进这个门呢？经过迅疾的分析和判断之后，鹿子霖重新捉起竹筷，埋下头大口大口喝起稠粥来，声音响亮诱人，把一根一根麦草刮拨到大碗的一边，直到碗里的米粥喝光刮净只剩下一窝麦草，然后对着灶房喊：「盛饭。」

儿媳坐在灶锅下的麦草蒲团上沉静如铁，等待着碗被摔碎的声响和阿公的咆哮谩骂。她预想的一切都没有发生，听到了呼噜呼噜喝粥的响声，自己反倒慌乱无措了，及至听到阿公像平常一样呼叫添饭的声音，心头那如铁壁一般的堡垒顿时土崩瓦解。她低着头走到明厅方桌跟前，就瞅见碗里那一撮麦草。她双手端起空碗急忙转身走回灶房，再没有勇气敢瞅阿公一眼。她掀开锅盖，捞起勺把儿又犹疑不定，把饭再舀进碗里呢，还是把碗里的麦草刮掉倒出来？她咬咬牙就把勺里的米粥倒进装着麦草的碗里，豁出来了，看他怎么办吧！

鹿子霖看出端饭来到桌前的儿媳眼里惶惑，断定她已六神无主乱了阵脚。他在等饭的间隙里，就着红艳艳的油泼辣子和醋水拌的蒜泥，吃完了一个软馍；又埋着头一如既往地把碗里的米粥喝光刮净，仍然把那一窝子麦草留在碗底，然后抹抹嘴走出街门上保障所去了。他想，你把麦草塞给我的时光，肯定不会想到这窝子麦草最终还会归还到你手里，看谁倒掉这窝子麦草吧！你倒掉了……你就输了。

儿媳洗碗时倒掉了麦草，憋在心头的那股勇气全部消失，阿公这一手软杀法使她再也鼓不起报复的勇气。她洗着碗筷洗着锅，仍然无法判断阿公的举动，难道真的是阿公承认自己是吃草的牲畜呢，还是他不与小人较量？还是另有其他什么意思？

麦草事件没有造成任何影响，阿婆从三官庙回来后也没有任何异常的察觉。阿婆自瘟疫以后更笃信神灵了，她把自家成为白鹿村唯一未死人的家庭并不看作幸运而是归功于她的香蜡纸表。阿婆每逢初一和十五到三官庙为神守夜，风雨无阻，小病不违，除非病倒躺下动不了身。儿媳发觉自己陷入一种灾难，脑子里日夜都在连续不断反复演示着给阿公开门的情景，她拉着风箱烧火做饭时，脑子里清晰地映现出阿公搂着她肩膀的样子；摇着纺车踏着织布机或是绱鞋抽动绳子的时候，在纺车的嗡嗡声、织布机的呱哒声和麻绳嗞嗞的响声里，突然会冒出阿公「俺娃身上好软和」的声音；尤其是晚上，她躺在炕上就能感到阿公那双揉捏胸脯乳房的大手，能感觉到那急拱她脸颊的毛茸茸的嘴巴，可以嗅见阿公身上那种像骡马汗息一样的气味……她想到那些揉捏，那些醉话，那种骡马的气息，由不得害羞，又忍不住渴盼。她对那些情景十分惊异，同时也发现自己原来一窍不开，兆鹏新婚头一夜在她身上匆忙溜过，自己根本毫无感觉，老爷爷把兆鹏从学校逼回家来，他晚上和衣囚了一夜又走了，她有某种渴盼却完全是不成影像的模糊。她现在得到了具体的新鲜的被揉捏奶子时的酥麻，被毛茸茸嘴巴拱着脸颊时的奇痒难支，以及那骡马汗息一样的男人气味的浸润和刺激，如此具体，如此逼真，如此钩魂荡魄！她无力阻隔那些诱惑而又十分清楚这些全部都是罪恶。她有时瞅着阿婆松弛发黄的脸颊愣愣地想，阿公大概夜夜都用毛茸茸的嘴巴在那脸颊上拱呀蹭呀，肯定用手揉捏阿婆那两只吊垂着的奶子。阿婆突然斜着眼问：「你死盯住我看是认不得我了？」她猛一哆嗦，从迷幻的境地灵醒过来垂头不语。阿婆半是训斥半是无意地说：「我看你像是没睡灵醒迷里迷瞪的？」

繁重而又紧张的收麦播秋持续了一月，她被地里场里和灶间头绪繁杂的活儿赶得团团转，沉重的劳作所产生的无边无际的疲倦，倒使她晚上可以睡上半宿踏实觉了。然而麦收一过，热浪滚滚的伏天到来以后，她又陷入那种奇异的境界而且更加沉迷。午歇时，她穿着短衣短裤躺在炕上，想到阿公的大手和毛茸茸的胡子嘴就浑身瘙痒，竟而忍不住呻唤起来。阿婆照例初一十五到三官庙去烧香去磕头去守夜，为她的两个都处在危险中的儿子求乞神灵。十五那天晌午饭时，她给阿公端上饭后没有即刻离开，站在桌子一角侧着身子说：「爸，你爱喝酒在自家屋喝，跑到外村在人家屋里喝多麻烦？」鹿子霖听到麻烦俩字不由心悸，强装笑笑说：「在家喝酒没对手咯！我喝酒跟朋友谝一谝图个爽快。」儿媳说：「俺妈不在屋时，你黑天甭出去，我一个人在屋……害怕……给你开门也……不方便……」鹿子霖腾地红了脸埋下头吃饭，待脸上的烧骚退去以后，才侧着脸说：「噢噢噢，我不出去了。」儿媳趁机说：「你想喝酒就在咱屋里喝，我给你炒俩菜。」鹿子霖张大嘴巴忘记了咽食，吃惊的程度不亚于从粥碗里搅翻出麦草那一回，竟然完全慌乱地随口应诺说：「那好……那好嘛！」

事情就是在那一夜发生的。鹿子霖坐在庭院的石桌前摇着扇子，青石矮桌上蹾着一壶酒和一只黄铜酒盅。灶房里煎油爆响的声音止歇以后，儿媳用木盘托着四碟炒菜送上来，月光下可以看出是炒鸡蛋、醋熘笋瓜、烧豆腐和凉拌绿豆芽。儿媳把菜碟摆到石桌上站在旁边问：「爸，你尝尝咸不咸？」

「嗯！这鸡蛋不咸不淡，也嫩得很！」

「你尝尝笋瓜？」

「笋瓜也脆嘣嘣的。」

「你再尝尝熬豆腐？」

「噢呀！这豆腐又麻又辣味儿真美咯！」

她没有再问第四样菜的口味儿，便捉住酒壶往酒盅里斟满了酒：「爸，你消停喝、消停吃。」然后提起靠在石桌一侧的木

盘退到灶间，刷刷拉拉洗锅刷碗。收拾清楚后，她回到厦屋用凉水洗了脸，擦了脖子上的热汗，拢一拢头发又走出厦屋门，站在门口问：「爸，你还要啥不要？」鹿子霖喝着酒夹着菜悠悠然摇着扇子，满圆的月亮从头顶洒一院子明亮的光，儿媳的一举一动、一言一语都向他证明着他的预感，尤其是嗅到儿媳新搽的粉香味儿，搞了半辈子女人还看不透这点露骨而又拙劣的伎俩吗？唯一的障碍还是那一撮麦草。给碗里塞进麦草的行为和今天发射的信号以及超常的殷勤，使他无法解释这两种截然相反的举动。他遇到过半推半就的女人，也遇到过操守贞节坚辞拒绝的女人，他在这一方面的全部经验都不能用来套解儿媳的矛盾行为。为了更进一步探到实处，他对她说：「你来坐这儿陪着爸说说话儿，爸一喝酒就想跟人说话儿。」儿媳忸怩着说：「那成啥样子，叫人笑话……」却依然挪步走过来坐到对面。鹿子霖说：「你陪爸喝一盅。」儿媳连连摇手说她嫌酒太辣，却站起身又斟满一盅酒递到阿公手中。鹿子霖接那小酒盅时无法不触及儿媳的手指，儿媳不仅不躲避，进而用左手攥住了阿公的手腕，自然是以让他把稳酒盅为借口的，这就使他的判断基本接触到矛盾行为里的真实性，同时也就横下最后决心。他对儿媳说：「你不喝酒你吃菜。你炒的菜也该你尝尝嘛！」儿媳忸怩着鼓起勇气操起筷子吃了一小口笋瓜。鹿子霖进一步鼓动说：「你再尝尝凉拌豆芽。」儿媳这回比较自如地把筷子伸向豆芽碟子。当她把豆芽送进嘴里就呕哇一声吐了出来，吓得愣呆在石桌旁。她吃到了麦草。鹿子霖是在她回厦屋洗脸搽粉时，把麦草塞进豆芽碟子的。麦草和绿豆芽的颜色在月光下完全一致。鹿子霖哗啦一声把筷子甩到碟子上，站起身来厉声说：「学规矩点！你才是吃草的畜生！」

陈忠实 著
下卷
四九〇

儿媳从最初的惊吓愣呆中清醒过来，才突然意识到豆芽里的麦草是怎么回事，羞辱得无地自容，想哭又哭不出来，听着阿公的脚步声响到上房东屋，接着就是门闩迅猛关插的响声。她不知不觉从石礅上溜跌下去，跌在地上，双手紧紧抓着胸前的衣襟，垂下无法支撑起来的头，意识到自己永远也站立不起来了。她四肢麻木，浑身冷得打颤发抖，上下牙齿咯噔咯噔碰响。她感觉到脖颈上有一股温热，用手摸到一把鲜血，才知道嘴唇咬破了，开始有疼痛的感觉。她扬起脑袋乞望天宇，一轮满月偏斜到房脊西侧，依然满弓，依然明亮。她低下头，瞅见狼藉的杯碟和掺杂着碎麦草的豆芽儿，默默地收拢筷子碟子，到灶房里洗刷后又回到厦屋。她想到一根绳子和可以挂绳子的门框，取出绱鞋用的绳子把五股合为一股后却停住了挽结套环的手，说不清是丧失了勇气还是更改了主意，把绳子又塞到炕席底下……

她从这一夜起便不再说话，阿婆吩咐她做什么她就一声不吭只管去做，做完了就回厦屋脚地摇动纺车，可怕的是在纺车悠扬徐缓的嗡嗡声里，眼前依然再现阿公醉酒时搂肩捏奶的情景，身体里头同样发生那种被搂被捏被毛茸茸的胡茬嘴拱蹭时的奇异感觉，她默不作声地任凭那种感觉发生和消失，期待那种感觉驻留更久……这种哑巴式的生活持续了三四个月，进入秋末冬初时，她除了做饭以外再无事干，从早到晚盘腿坐在纺车前纺线线。那是早饭后，她纺罢五根棉花捻子刚接上第六根拉出线头儿，突然从身体的某一部位爆起一串灼亮的火花，便有一种被熔化成水的酥软，迫使她右手丢开纺车摇把，左手也扔了棉花捻子，双臂不由自主地搂抱住胸脯，像冰块融化，像雪山崩塌一样倒在纺车前浑身抽搐颤栗。她期望这种美丽的颤栗永不消失直到死亡，却猛乍听见脑子里嘎嘣一声，有如棉线绷断的响声，便一跃而起跑出厦屋，跑出街门，跑到村巷，直冲进阿公供职的白鹿保障所……

鹿子霖接过抓药相公递过来的三包中药，却没有当即起身，他想给亲家冷先生进一步解释冤情，却又无法开口，怎么想也想不出一句合适的话来解脱自己的难堪。不说吧，又太冤枉，又担心冷先生把他也认定是吃草的畜生。冷先生无动于衷地

启发他说：「你先回去煎药。」鹿子霖终于没有张得开口，便提着药包出了门。冷先生送到门口叮咛一句：「服了药有啥动静，你来给我说一下。」

儿媳拒绝服药。鹿贺氏熬煎好中药滗在小黄碗里端给儿媳，儿媳说：「我没啥啥病嘛，喝那苦水水弄啥？」鹿贺氏哄她说：「补养身子。」儿媳反而说那是毒药，想毒死她好给阿婆离眼。鹿子霖在上房明厅听着，就给鹿贺氏摇手示意不要硬逼，等她这一阵疯病过去了再说。看来儿媳的疯病是一阵疯一阵好，属于阵发性的。果然儿媳过了一阵安静下来，鹿贺氏把药再送去时，她就一气喝下去了，喝了没过一锅烟工夫，便酣然入睡，睡梦中大声亲昵地叫着：「爸吔，把我搂紧搂紧，搂得紧紧儿的！」鹿贺氏从窗缝里往里一瞅，儿媳脱得一丝不挂，双手塞在两腿之间，在炕上扭着滚着。她走进上房东屋，对鹿子霖说：「这不要脸的货得的是淫疯病。」鹿子霖心里暂得宽舒，无需再向鹿贺氏辩证自己的清白无辜了，于是说：「我早就看出这病的名堂不好明说。」鹿贺氏说：「得这病的女人一见男人就好了，吃药十有八九都不顶啥。」鹿子霖默认而不言语。鹿贺氏说：「你去城里寻兆鹏，磕头下跪也得把他拉回来，跟那个不要脸的货睡一夜，留个娃娃就好了。」鹿子霖说：「到哪达寻呀？」鹿贺氏说：「你悄悄去悄悄打听，问问兆海也许能摸清他哥的住处……」鹿子霖说：「等这三服药吃完再看。」

儿媳吃罢三服药，整日整夜昏睡了四天。冷先生停了两天药，想看看药劲散了以后还疯不疯。那天后晌，儿媳清醒过来，竟然捉住笤帚扫起院子。鹿贺氏从自家窗里瞧着她优雅的扫地动作心头一热。这时候鹿子霖走进院子，儿媳瞅了一眼阿公，突然张狂起来，嘎嘎嘎笑着扬起笤帚说：「爸吔，你喝醉了我来扶你上炕。」鹿子霖骤然红了脸，加快脚步走进上房东屋。第二天他就进城寻鹿兆鹏去了。

儿媳这回犯病更加严重，一天比一天疯的时候多，好的时间少。鹿贺氏不得不叫来邻居女人帮忙给她硬性灌药。儿媳不见好转，日见疯劲更足。鹿子霖走了五天回来，完全失望地悄悄告知鹿贺氏说：「兆鹏跟白家女子过活到一搭咧！」鹿贺氏说：「大妇小妻也行嘛！你得让他回来，把这头也安抚住呀？」鹿子霖说：「根本摸不清他的影踪。」他随后对冷先生悄悄叙说了进城找兆鹏的过程，以表明他对儿媳尽了最大的努力，自然不能提及兆鹏和白灵私自成婚的事。末了他说：「你把药底子下重。」冷先生依然不动声色，交给鹿子霖一包药。这服药灌下去以后，儿媳睡醒来就哑了，只见张嘴却不出一丝声音。鹿子霖皱眉沉吟着问：「这服药大概底子下得太重了？」鹿贺氏白眨白眨着眼说：「药轻不治病。」鹿子霖觉得女人根本没有理解他的意思，依然沉吟着说：「只有冷大哥才敢下这样重的药底子！」

儿媳不再喊叫，不再疯张，不再纺线织布，连扫院做饭也不干，三天两天不进一口饭食，只是爬到水缸前用瓢舀凉水喝，随后日见消瘦，形同一桩骷髅，冬至交九那天夜里死在炕上。左邻右舍的女人们在给死者脱净衣服换穿寿衣的时候，闻到一股恶臭，发现她的下身糜烂不堪，脓血浸流……

白嘉轩对鹿家这桩家丑自始至终持一种不评论态度。这桩丑闻从头一天发生就传遍白鹿原的许多村庄。白鹿村是丑闻的发源地，早就纷纷扬扬了。有的说鹿子霖和儿媳有那号事，有的却截然信不下去；说有的人是根据鹿子霖一贯喜好女色的本性判断的，证据是鹿子霖不止和田小娥有过，还和原上好多村子谁谁谁家女人都有过；鹿子霖喜好当干大，在好多村子认下十多个干娃。「娃娃的干大，娃他妈的麻达。」凡是鹿子霖认作的干娃的母亲都是有几分姿色的，挂上干大的名号，和干娃他妈来来往往就显得非常正常了。说鹿子霖不会有那种事，是坚信鹿乡约还不至于无耻到畜生的程度，关键是那女人

自始至死也没吭出和鹿子霖有那种事的任何一句具体细节，仅仅只说鹿子霖跟她好，那不过是守寡熬急了的疯言浪语而已。这种事只能在背巷土壕闲扯一通，没有人做出裁决，属于自然流传。白嘉轩不仅不说，连听这类话也不听，遇见有人说这类话，他就掉头拄着拐杖走开了。平心而论，他倾向于说鹿子霖有那种事的看法。他早都认定鹿子霖在男女之事上，实际就是畜生。但他不能说。世上有许多事，尽管看得清清楚楚，却不能说出口来。有的事看见了认准了，必须说出来；有的事至死也不能说。能把握住什么事必须说，什么事不能说的人，才是真正的男人。这件丑闻之所以不能说，关键是背后有个冷先生。骂鹿子霖一句，等于骂冷先生半句；吐鹿子霖一口唾沫有一半就落到冷先生脸上。白嘉轩及时走进中医堂，达观而不无惋惜地对冷先生安慰说：「当初为了两家好，没料到把娃娃害了。不过，人都没有早知道咯！抓紧给娃看病……」

鹿子霖按照习俗为儿媳举办简单的葬仪的那天晚上落了一场大雪。白嘉轩那天晚上失眠睡不着，直熬到下半夜才入睡，这是他平生很少发生过的现象。刚睡着又被一个奇异的梦惊醒来，再也无法重新入睡，便拄着拐杖在茫茫雪原上连滚带爬朝北走去，天明时便跨进白鹿书院，让大姐夫朱先生给他解梦。那时候，朱先生正站在院子雪地里晨读。

朱先生依然保持着晨读的习惯。他开开门看见了一片白雪。原坡上一片白雪。书院的房瓦上一片白雪。大树小树的枝枝杈杈都裹着一层白雪。天阔地茫冰清玉洁万树银花。世间一切污秽和丑陋全都被覆盖得严丝不露了。雪景瞬间消除了他许久以来的郁闷。他漱了口洗罢脸，就取来书站在庭院里朗声诵读。他大声朗诵，古代哲人镂刻下来的至理名篇似金石之声在清冷的空气中颤响。朱先生听到大门被推开的响动，却没有理睬，听到叫「哥」的声音才扭过头去，一个浑身粘着雪的人

正朝他走来，像从雪窝里滚过来的。那佝偻匍匐的形状，朱先生几乎误看成一条冻得无处躲藏的野狗。听见声音，看见了拐杖，才辨认出白嘉轩来。朱白氏闻声连忙给弟弟拍打身上的雪团儿，强迫他换下湿透的棉鞋棉袜。白嘉轩抿了一口茶，迫不及待地说：「我做下个怪梦——」朱先生惊讶地笑问：「就为一个梦，你黑天雪地跑来？」朱白氏斥责弟弟说：「也不怕滚到雪窖里冻死？」白嘉轩满脸严肃的神色，郑重地说：「这梦怪得很——

「我一辈子有一样好处，就是头一落枕就打呼噜。鹿子霖拆我门房门楼，我黑天照样睡下不醒。我只记得孝文娘死那一晚，我半宿睡不下。昨个黑怪。喝了汤跟咱娘问安时，就有些不自在，我想早点歇下。刚睡下，觉得心口憋得心慌气短，就披上皮袄坐在炕上吸烟。吸烟嘛，火镰急忙打不出火，越急越打不出，急得我冬冷寒天额头上冒汗。总算是打着火了，可刚吸了一口，就把水烟壶里的苦水水吸进喉咙，整得我呕了一阵子，吐了一阵子，还是烧躁瞀乱坐不住睡不下。我想我一辈子没害过人，没亏过人，没做邪事恶事，这是咋么了？噢噢噢，大概我白嘉轩阳寿到头了，阎王爷催我起程去阴家哩！这也好嘛，该去就去，我也活够数了，总不能挂在枝上不落喀……折腾到后半夜才睡着。刚睡着，就看见咱原上飘过来一只白鹿，白毛白蹄，连茸角都是白的，端直直从远处朝我飘过来，待飘到我眼前时，我清清楚楚看见白鹿眼窝里流水水哩，哭着哩，委屈地流眼泪哩！在我眼前没停一下下，又掉头朝西飘走了。刚掉头那阵子，我看见那白鹿的脸变成灵灵的脸蛋，还委屈哭着叫了一声『爸』。我答应了一声，就惊醒来了……

「我越加睡不着，听见咱娘在屋里呻唤。我穿了衣服过去看咱娘咋么了。咱娘说她做了个梦……那梦跟我的梦一模一样！我的老天爷，天下竟有这等奇事？我没敢给咱娘说我的梦，怕她更加犯心病，只安抚了她几句……

「我起初想，是不是鹿子霖儿媳死得冤苦给我托梦？昨日晌午刚把那可怜媳妇埋了。她是不是要向我鸣冤？可怎么又变成

陈忠实 著 下卷 四九六

灵灵的模样呢？我睡不住，我就寻你来了。」

朱先生听罢，没有立即解析。

朱白氏惊讶地说：「天哪！我昨个黑也梦见白鹿了，可没有看出灵灵的模样。白鹿飘着飘着忽儿栽进一道地缝里……」

白嘉轩更加惊讶地盯着朱先生。

朱先生心里说：白灵完了，昨夜完的。他不能给妻弟白嘉轩说这种凶兆，便不经意地说：「是雪的影响。干燥一冬始得瑞雪。瑞雪滋润天地万物也滋润人。人就发生异常心情，自然免不了做怪梦。白雪白鹿都是白的嘛！」

白嘉轩对这个解析不甚折服，来时蒙结在心头的紧张怯惧情绪却松弛下来，但愿如此更好。这时候他才感到浑身像散了架似的疲惫不堪，两条腿已经僵硬，须得用手扳着挪到炕边上。姐姐和言劝导他现在应该什么事情都不要管，家里族里的事都交给儿子们去办，这样年龄和这样身体（佝偻）的人只图心情宽畅就够了。白嘉轩说：「我早都不理事了咯！」朱白氏反驳说：「为一个梦，你黑天雪地跑几十里，还说不理事不操心哩！」朱先生要到前院书房去做文墨事，叮嘱白嘉轩说：「不过你要记住昨天的日子。」

朱先生绝妙而诡秘的掐算不幸而言中，白灵正是在这一夜走向她的生命尽头的。

在这个奇异的梦后十几年不到二十年的一个春天，五个穿四兜制服的干部和一个穿灰色军装的军人来到白鹿村，寻问白灵的家。村人把那六个人引导到白嘉轩门口，指着那个在台阶上晒太阳的像狗一样蜷弯着腰的老人说：「这是白灵她爸。」六个人接连和老汉握手。白嘉轩很不习惯握手拉胳膊的亲昵动作，甚至有点反感地说：「要说啥要问啥尽管说尽管问，捏我老汉的鸡爪子做啥？六个人中的一个说：「老人家，我给你说件使你老伤心的事，你可得挺住——」白嘉轩不屑地笑笑：「你们小瞧老汉了！」那人就说：「白灵同志牺牲了……」白嘉轩「噢」了一声，微微扬起脱光了头发的脑袋，用只剩下一只明亮的眼睛瞅着蓝天上的太阳没有说话，有关女儿白灵的记忆开始复活。那人从提包里取出一块黄底上刻着「革命烈士」红字的牌子交给他，他接到手里看了看，依然没有说话。那六个人在他面前站成一排，向他行鞠躬礼。白嘉轩这时才问：「灵灵怎样死的？」六个人商量好了似的，全都不说死亡的具体情况，只是笼统地说共产党领导劳苦大众进行革命牺牲的先烈成千上万，赞扬白灵是个忠诚于党忠诚于人民的好同志。白嘉轩接着又问死亡的具体时间。军人还是笼统地说：「十二月。」白嘉轩问：「你拿庄稼人的历法说。」军人抱歉地笑着：「拿农历说大概在十一月……」白嘉轩突然把靠在腿旁的拐杖提起来，往地上一拄，斩钉截铁地说：「阴历十一月初七！」六个人惊讶地面面相觑，问他怎么知道的？白嘉轩以不可动摇的固执和自豪大声说：「我灵灵死时给我托梦哩……世上只有亲骨肉才是真的……啊嗨嗨嗨……」浑身猛烈颤抖着哭出声来……

最终弄清白灵死亡过程的人是作家鹿鸣。这已经到了二十世纪八十年代中期，白嘉轩也死掉了，自然至死也不清楚女儿灵灵死亡的具体情况。鹿鸣翻阅一本专事追述死亡英雄的《革命英烈》杂志时发现了白灵。

鹿鸣五十年代中期在白鹿村搞农业合作化时结识了白嘉轩，在白嘉轩的门框上看到过那块「革命烈士」的牌子。他写过一本反映农民走集体化道路的长篇小说《春风化雨》而轰动文坛，白嘉轩被作为小说中顽固落后势力的一个典型人物的生活原型给他很深印象。鹿鸣读了那篇追忆白灵生平死亡的文章，竟然激动不已，连着一周东奔西颠终于找到了文章作者。作者是一位满头白发的革命老太。老太太说她和白灵曾是同学，她和白灵一前一后被地下党转送到南梁根据地。白灵在根据

地清党肃反中被活埋时，她正在接受审查，就住在关过白灵的囚窑里等待活埋。此时，中央红军到达陕北，周恩来代表党中央毛泽东亲赴南梁制止了那场内讧，她才幸免于难。那时候，白灵刚刚被活埋三天……

鹿鸣没有惊诧而陷入深沉的思考，更令他悲哀的是，在他年过五十的今天，他才弄清楚，白灵是他的亲生母亲……

白灵一进入红军在南梁的根据地，就有一种受虐待的小媳妇回到娘家的舒展和放松的畅快感觉。她一看见那些在坪场上操练的战士，就忍不住笑得弯下了腰。令她发笑的是红军战士五花八门的服装，有的是当地拦羊汉常穿的黑袄黑裤；有的上身穿一件有垫肩的国军军官呢子制服，下身却是一条手工缝制的大裆折腰棉裤；有的上衣是已经开花露絮的破袄，下身却穿着乡村土财主才穿的暗花条纹绸裤。帽子和鞋更不讲究了，有的戴瓜皮红顶小帽，有的戴黑呢礼帽，有的戴狗皮毛帽，有的戴国军士兵制帽，有的裹一块白布或蓝布帕子。脚上蹬着的有布鞋皮鞋棉窝窝麻鞋和草鞋。服装已经不能看出主人的身份，吃饭也是一样的。无论士兵，无论大队长支队长乃至最高统帅廖军长，都在一个锅里舀取同样的饭食。没有椅凳，更没有饭桌，大家一律蹲在地上，围成一圈边吃边聊，为数不多的几位女队员，也习惯了和男队员一样蹲在一堆吃饭。白灵第一次端着打上了洋芋丝小米干饭的碗蹲下去时，忍不住又笑得差点跌倒。

白灵被安排做文化教员。一孔窑洞里摆着石头树根和顺地放着的木头，战士和军官轮流上课，轮流进出窑洞，轮流坐石头和木头。她的黑板是一扇用锅底黑墨染制过的门板，粉笔是用黄土泥巴搓成指头粗细的泥条；后来有热心的战士在山坡上发现了一种质地酥软的灰白色料礓石，写出字来跟标准的粉笔锭儿相差无几，从而代替泥条。战士们则一人一根树枝在地上练写。白灵在黑板上写一划，战士用树枝在地上划一划，给战士教会了「共产党红军为人民打日本救中国」这些字，而每个人的名字就得分别施教了。白灵面对那些稚气未脱的小战士，感到一种庄严和神圣，这些穿着五花八门连自个名字

也不会写的大孩子，注定是中国腐朽政权的掘墓人，是理想中的新中国的奠基者，他们将永远不会忘记在这孔土窑里跟她学会了读写自己的名字。她得到上至廖军长下至小队长的表彰，也得到游击队员们的拥戴，一方面是她出色的工作，另方面则由于她活泼开朗的性格。她给游击队员教字学文化，也帮他们缝补撕裂磨损的衣裤鞋袜，报酬往往是要求他们给她唱一支家乡民歌。这些大都来自黄土高原沟沟岔岔里的娃子，操着浓重的鼻音唱出一曲又一曲悠扬哀婉的山歌，令人心驰神荡。他们生硬怪异的发音，使她听不懂歌词的意思，常常一句一句、一字一字订正后才翻译成长安官用语言。她每得到一首便抄摘到小本上，居然收集汇拢了厚厚一本。她把那些酸溜溜的倾泄爱的焦渴的词儿改掉，调换成以革命为内容的唱词，只需套进原有的曲调里，便在干部和队员中间很快流行起来，有一首居然成为这支红军游击队的军歌。

白灵半年后调到军部做秘书。军部也是一孔窑洞，有五六个男女工作人员。她对他们包括廖军长都不陌生，不过现在接触的机会更多了。她第一次见廖军长是听他给队员们讲军事课。廖军长的面貌似乎就是一个军长应该有的面相：四方脸，短而直的鼻梁，方形的下巴，突出却不显「奔」儿的额头，那双镶嵌在眉骨下的眼睛，很容易使人联想到石崖下的深涧。白灵一下子意识到游击队员中有许多张和廖军长极其相似的脸型，这是黄土高原北部俊男子的标准脸框，肯定是匈奴蒙古人的后裔，或是与汉人杂居通婚的后代，集豪勇精悍智慧谦诚于一身，便有完全迥异于关中平原人的特点而具魅力。他是整个游击队里文化最高的人，也是军事知识最丰富的人。他毕业于黄埔军校，参加过北伐战争，随后被迫退到关中拉起一杆共产党军队举行暴动。暴动失败，又退回北部高原再次组军，直到把那支红三十六军又葬送到滋水县的秦岭山中。现在的红军仍沿用三十六军的番号，他已变得聪明，变得老练，再不贸然出击了。廖军长刚登上讲台（土台子），突然指着白灵佯装愣呆呆地问：「这个同志哥儿啥时候溜进来的，我咋认不得？」白灵豁朗地站起来：「报告廖军长，战士白灵向你报

到，我从西安逃来的，半个月了。」廖军长愈加显出愣呆莫名的神色问：「你是关中人？关中也有你这么漂亮的同志哥儿？」窑洞里骤然爆发出轰然大笑，白灵也不由地脸红了。廖军长恍然大悟地自语道：「我还以为漂亮的同志哥儿、同志妹儿，都出在咱们陕北哩……」然后仰起头纵声朗笑……

白灵到廖军长的窑洞去送一份密件。廖军长突然问：「大地方娃娃到沟岔里来，习惯不习惯？」廖军长总是开玩笑称她为大地方来的娃娃或同志哥儿，却从来不称她为同志妹儿或直呼其名。她说：「挺好。」廖军长皱皱眉，摇摇头说：「不好不好，你说有什么好？这儿的人除了放羊再弄不了啥。没文化，没麦子，没棉花，连水也缺得要命——你没说真话。」白灵笑说：「这儿有好听的曲儿。」廖军长赞成地点点头说：「这倒说对了，曲儿可以称得上再好没有了！我走过好多地方，包括你们大地方关中，都听不到这么好的曲儿。你说还有啥好哩？」白灵笑说：「男娃子一个个都漂亮俊俏！」廖军长突然说：「给你找个女婿怎么样？」白灵就在那一刻，从身底的暗袋里摸出一条纸绺交给廖军长。那是临行前兆鹏让她交给廖军长的。她进根据地时，没有交给廖军长，现在觉得有必要交出来了。廖军长看罢字条儿，缓缓站起来，久久地瞅着她，然后庄重地伸出右手。白灵和廖军长的手握在一起。廖军长说：「白灵同志！」白灵激动地说：「鹿兆鹏同志让我代他向你致敬！」廖军长说：「可是你……为啥到现在……才说呢？」白灵说：「我怕你太照顾我……」廖军长说：「好啦！只要我活着，就保你无事。以鹿兆鹏同志的名义……」

后来部队发生了揭露国民党潜伏特务事件，并因此而导致了一场内乱，使这支刚刚蓬勃起来刚刚形成气候的红军游击队又急骤直下陷入灭顶之灾。那个特务以投奔革命的名义潜入根据地时，也带着西安地下党的路条；他比白灵晚半年来到南梁，被分配给一位游击大队长做随身秘书。他在前几天突然逃亡，游击队的情报小组从获得的证据最终鉴定出这个人可怕的身份。紧接着举行了廖军长和毕政委的最高层密谈，内容不得而知。又紧锣密鼓似的在当晚举行了支队长以上的干部大会，内容依然不得而知。白灵开始预感到自己已跌入一种危险的境地。这并不是她过于敏感，而是凭她的常识。她平时能旁听各种重要会议，包括廖、毕二人的最高决策。凡这些会议或决策，都由他们两三个机要人员作出记录，形成文字，写成决议，整个根据地的重大决策和军政大事都对她不存在保密的问题。她没有被通知旁听廖、毕的最高会议尚可自慰，而支队长以上指挥官会议也回避她参加，她就感到了不正常，一种被猜疑、不被信任的焦虑开始困扰着她；尤其是支队长以上指挥员会议之后，整个根据地里陡然笼罩着一片沉默紧张的严峻气氛，白灵从那些指挥员熟悉的脸上摆列的生硬狐疑的表情更证实了某种预感。她晚上失眠了，这是进入根据地一年多来的第一次困扰。第二天晌午，她被通知参加全军大会，会议由毕政委做肃反动员报告，宣布组成肃反小组名单，紧接着就对十一个游击队员当场实施逮捕。白灵在惊恐里猛然发现，十一个被宣布为潜伏特务的游击队员全部是由西安投奔红军的男女学生，禁不住一阵哆嗦。

白灵被调出军部编入游击支队。游击队员们不再跟她学写名字，不再求她补缀衣服，更不给她唱动听的信天游曲儿，全都用一种狐疑，一种警惕戒备的眼光瞅她。白灵很痛苦却无法摆脱。整个根据地里迅速掀起一股强大的仇恨风暴，甚至比对国民党当局的仇恨还要强烈。这是对内奸的，她可以理解，却忍受不住被怀疑被仇恨的压迫和冤屈。她终于决定要找廖军长去说明自己，突然被两个女队员扯回窑洞，正告她不许乱跑乱找，这时她才意识到自己早已被专人监控着。七八天后，又实施了第二次逮捕，被拘捕的七个人仍然是从西安来的学生。白灵心里稍一盘算，全部从西安陆续来到根据地的二十一名学生，只剩下连她在内的二女一男了，这时她又感觉到，同样的下场已不可逃脱，而且已经为时不远。

第二次逮捕发生的前一天晚上，第一批被逮捕的十一个人中的五个被活埋。第二天，就有一张布告贴在各大队聚会的窑洞门口。白灵是在她做文化教员经常进出的那个窑洞门口看到的，五个人全部被判定为特务。到离第一次逮捕刚刚半月时间，头批被逮的十一个中余下的六个和二次被逮的七个中的两个又被处死，同样采取的是挖坑活埋的刑罚。这种处死的办法并不被队员们看为残忍，因为子弹太珍贵了。游击队员手中的枪和枪膛里的每一颗子弹都是从敌人手里夺来的，为此有许多游击队员牺牲了性命。这个时候，在根据地发生了更严重的一件事，第一大队的大队长被肃反小组下令逮捕。大队长在一次高层会议上拍着胸脯对毕政委喊：「我敢拿脑袋担保那些西安学生绝对不会全部是特务！你把他们一个个活埋了等于自己消灭自己！往后谁还敢投奔到咱们这杆军旗下……」会议结束的当天晚上，逮捕这位大队长的命令就形成了文字也形成了事实。分歧一下子从高层逐级扩散一直到游击队员中间，裂缝在迅猛地扩大延长着。廖军长在惊悉他的爱将第一大队长被捆绑押进囚窑时，终于失去了最后的忍耐，直接找到毕政委住的窑洞立逼他放人。毕政委毫不妥协：「拘押大队长是为了禁绝右倾思潮的蔓延，与潜伏特务有区别。不拘押大队长就会影响肃反进一步深入。」肃反小组被赋予绝对权力，可以审查一切人，廖军长实际只剩下对敌作战这一项军事指挥权。毕政委说：「你也防止右倾思潮冒头。」

接着发生了一部分指挥员联名写血书要求停止杀人，停止肃反的请愿活动，毕政委毫不手软把那七八个政治异己全部逮捕，而且由肃反进一步发展到揭发右倾机会主义分子的斗争，一批又一批指挥员和游击队员被拘捕扣押起来，他们可能只说过一句对肃反态度不甚坚决的话。肃反早已超过了原先的对象范围，也不管你是不是从西安来的那条路数了。廖军长和毕政委的分歧终于发展到表面化公开化，廖军长说：「你这是……」他气急如焚却不知给毕政委扣什么主义的帽子合适，急迫中联想到那个叛变投敌的姜政委：「你跟那个叛徒是一路子货！」毕政委没有再继续争辩，而是签发了逮捕廖军长的

命令。毕政委召集全体将士会议，宣布肃反取得彻底胜利，不仅挖出了潜伏到根据地来的一小帮特务，重要的是挖出了一条隐伏在红军里的右倾机会主义路线，其中的骨干分子结成了一个反党集团……

白灵是在这个大会上被逮捕的，她是西安来的二十一个人中最后被抓的一个，那是廖军长下了死令保护的结果；廖军长自己已被打入囚窑，白灵的保护伞自然没有了。

白灵被抓得最迟，却被处死得最快，这可能主要是她与廖军长的过密关系被看作死党，也可能是她的野性子招致的结果。她被关进囚窑，日夜呼叫不止，先是呼叫毕政委：「我要跟你说话！」接着呼叫毕政委的尊姓大名，随后就带有侮辱性挑衅性地呼叫毕政委的外号：毕——眼——镜——毕瞎子！看守囚窑的游击队员汇报给肃反小组，便决定提前审问她。白灵的嗓子堪称天生的铁嗓子金嗓子，在囚窑里像母狼一样嗥叫了三天三夜，嗓子依然宏亮，精神亢奋，双眼如炬。她看了一眼审讯她的肃反小组成员说：「叫毕政委来，我有重要话说。」

毕政委进来时踌躇满志地扶扶眼镜。白灵已无法控制腾起的激情，便抛出砖头一样的话：「听说你也是『关中大地方人』？」她引用了廖军长和她说笑时的用语，「我因为跟你同是关中人感到耻辱！」毕政委当即变了脸色：「你是最狡滑，也是隐藏最深的一个。你已经打入我们的心脏！」白灵已不在意毕政委说她是什么，说她是什么不是什么都不重要了，最重要的是时间，是她不可能再争取得到的和他直接说话的时间。她像一头拼死的母狮凶猛而又沉静地咆哮起来：

「你的所作所为，根本用不着争辩。我现在怀疑你是敌人派遣的高级特务，只有经过高级训练的特务，才能做到如此残害革命而又一丝不露，而且那么冠冕堂皇！如果不是的话，那么你就是一个野心家阴谋家，你现在就可以取代廖军长而坐地为王了。如果以上两点都不是，那么你就是一个纯粹的蠢货，一个穷凶极恶的无赖，一个狗屁不通的混蛋！你有破坏革命

的十分才略，却连一分建树革命的本领也不具备！我过去最憎恨的是那些软骨头叛徒，现在最瞧不上眼的就是你这号难以形容的人……」毕政委烧骚得坐不住了，拍响了桌子：「廖军长庇护你，你迷惑了他！我早看穿了你，你骂我不在乎，这是反革命垂死的疯狂……」白灵冷笑一声说：「我早已不考虑我的下场了。我的下场早都摆在那儿了。我今天死比前半月前一月死没有两样，唯一的好处是我把骂你的机会等到了！你处死我，你也同时记住：你比我渺小一百倍！」

……

白灵被活埋就在那天晚上，天上下着雪。其余有关活埋她的细节和情节都无法查证。执行活埋她的两个游击队员后来牺牲在山西抗日阵地上。廖军长被周恩来下令释出囚窑后又当了正规红军师长，也牺牲在黄河东边的抗日前线指挥堑壕里，是被日军飞机抛掷的炸弹击中的。毕政委后来也到了延安，向毛泽东周恩来检讨了错误之后，改换了姓名，业已无从查找……

作家鹿鸣也不执意要找到毕某问询什么。他觉得重要的已不是烈士的死亡细节和具体过程，那仅仅只是对未来的创作有用；重要的是对发生这一幕历史悲剧的根源的反省。

第二十九章

朱先生的县志编纂工程已经接近尾期，经费的拮据使他一筹莫展，那位支持他做这件事的有识之士早已离开滋水，继任的几茬子县长都不再对县志发生兴趣，为讨要经费跑得朱先生头皮发麻，竟然忍不住撂出一句粗话来：「办正经事要俩钱比毬上割筋还难！」引发起他的那一班舞文弄墨的先生们一片欢呼，说是能惹得朱先生发火骂人的县长，肯定是中国最伟大的县长。朱先生继续执笔批阅修改业已编成的部分书稿。孝文走进屋来，神色庄重地叫了一声：「姑父。」把一张讣告呈到面前。朱先生接住一看，脸色骤然变得苍白如纸，两眼迷茫地瞅住孝文，又颓然低垂下去。这是鹿兆海在中条山阵亡的讣告。讣告是由兆海所在的十七师师部发出的，吊唁公祭和殓葬仪式将在白鹿原举行，死者临终时唯一一条遗愿就是要躺在家乡的土地上。白孝文告诉姑父，十七师派员来县上联系，军队和县府联合主持召开公祭大会。白孝文说：「姑父，十七师师长捎话来，专意提出要你到场，还要你说几句话。」朱先生问：「兆海的灵柩啥时间运回原上？」白孝文说：「明天。先由全县各界吊唁三天，最后召开公祭大会，之后安葬。」朱先生说：「我明天一早就上原迎灵车，我为兆海守灵。」白孝文提醒说：「姑父，兆海是晚辈……」朱先生说：「民族英魂是不论辈分的……兆海呀……」朱先生双手掩脸哭出声来……

那是前年深秋时节的一天后晌，朱先生在书院背后的原坡上散步，金黄色的野菊花开得一片灿烂，坡沟间弥漫着馥郁的清香，遍坡漫沟热烈灿烂的菊花掩盖不住肃煞的悲凉。朱先生久久凝视着原坡坡地上拔除棉秆的乡民，又转过身眺望着河川里执犁播种回茬麦子的庄稼人的身影，忽然心生奇想，如果此刻有一颗炸弹在村庄或者堆满禾秆的垄亩上爆炸，那拔花秆的扶犁的撒种的以及走出村口提篮携罐送饭的乡民，该会是怎样一番情景……心头泛起一层「空有一番黄花开」的凄凉。他看见一辆汽车在河川公路上自西向东疾驶，搅扇起来的滚滚黄尘骤起四散，汽车开到书院对面时却放缓速度，然后岔开公路驶上朝南通向原根的官道，在滋水河边上停下来，一个人站在河岸上指指点点，另一个脱了鞋袜，挽起裤子涉水过河，沿着通往书院的弯弯小路走上来，朱先生看清他的衣着原是一位军人，便转过身依然瞅着山坡和河川深秋时节的田园景致。这里宁静安谧的田园景致与整个即将沦陷的中国是如此不协调，他怨愤以至蔑视中国的军人，无法理解如此泱泱大国如此庞大的军队怎么就打不过一个弹丸之地的倭寇？朱先生看见看门的张秀才在书院围墙外的坡田上呼叫他：「你的学生鹿兆海来列——」朱先生撩起袍襟急步走下坡来。

朱先生在书院门口看见了一身戎装的鹿兆海。鹿兆海举手敬礼，脚下的马靴碰得嘎哧一声响。朱先生点点头礼让兆海到屋里坐。走进书房，鹿兆海神情激动地说：「先生，我想请你给我写一张字儿——」朱先生轻淡地问：「你大老远从城里开上汽车来，就为要一张字儿？」鹿兆海诚挚地说：「是的，是专意儿来的。」朱先生调侃地笑笑：「你不觉得划不着吗？为我的那俩烂字值得吗？」鹿兆海并不觉察朱先生的情绪，还以为是先生素常的伟大谦虚，于是备加真诚地说：「我马上要出潼关打日本去了，临走只想得到先生一幅墨宝。」朱先生「噢」了一声扬起头来，急不可待地问：「你们开到啥地方去？」鹿兆海说：「中条山。」

朱先生从椅子上站起来，满脸满眼都袒露出自责的赧颜：「兆海，请宽容我的过失。我以为你们在城里闲得无事把玩字画。」鹿兆海连忙站起扶朱先生坐下：「我怎么敢怪先生呢！我们师长听说我要来寻先生，再三叮嘱我，请先生给他也写一幅。他说他要挂到军帐里头……」朱先生的脸颊抽搐着，连连「哦哦哦」地感叹着，如此受宠若惊的现象在他身上还未发生过。朱先生近来常常为自己变化无常的情绪事后懊悔，然而现在又进入一种无法抑制的激昂状态中，似乎从脚心不断激起一股强大的血流和火流，通过膝盖穿过丹田冲击五脏六腑再冲上头顶，双臂也给热烘烘的血流和火流冲撞得颤抖起来，双手颤巍巍地抓住兆海的双肩：「中条山，那可是潼关的最后一道门扇了！」鹿兆海也激昂起来：「要是守不住中条山，让日本兵进入潼关践踏关中，我就不回来见先生，也无颜见关中父老。」

朱先生滴水入砚亲自研墨，鹿兆海要替朱先生研墨遭到他无声而又坚决的拒绝。朱先生控制不住手劲，把渐渐变浓的墨汁研碾出砚台。朱先生亲自裁纸，裁纸刀在手中啪啪颤着；从笔架上提起毛笔在砚台里蘸墨，手腕和毛笔依然颤抖不止。朱先生挽起右臂的袖子，一直捋到肘弯以上，把赤裸的下臂塞进桌下的水桶，久久地浸泡着，冰凉的井水起到了镇静作用，他用布巾擦擦小臂，旋即提笔，果然不再颤抖，一气连笔写下七个遒劲飞扬的草体大字：

砥柱人间是此峰

朱先生停住笔说：「这是我写的一首七绝中的一句。我刚中举那阵儿年轻气盛，南行回来登临华山诵成的。现在我才明白，我连一根麦秸秆儿的撑劲都没有，倒是给你的师长用得上。」鹿兆海也情绪波动，泪花涌出。朱先生重新铺就一张横

幅，蘸饱墨汁再次毅然落笔：

朱先生写完放下毛笔，猛然抬起手咬破中指，在条幅和横幅左下方按盖印章的部位，重重地按上了血印。鹿兆海吃惊地看见朱先生中指上滴滴嗒嗒掉到字画上的血花儿，扑通一声跪下去：「先生放心，我一定要拿小日本一桶血赔偿先生……」

朱先生怆然吟诵：「王师北定中原日，捷报勿忘告先生哦！」

朱先生撕一块废纸裹住中指，坐下来时显得极为平静，温厚慈祥如同父亲：「兆海呀！临走还有啥事须得我办，你就说，只要我能办到……」鹿兆海也坐下来：「没有没有，没有啥事要劳烦先生的。我决定不回原上，免得俺爸俺妈操心。日后要是他们问到你，就说我们开拔到陕南去了。」朱先生说：「我会说好这事的，放心。」鹿兆海说：「只有一件小事要给先生添麻烦——」说着把手塞进胸襟，从内衣口袋里摸出一枚铜元，腼腆地笑笑：「先生，你日后见到白灵时，把这铜元亲手交给她。」朱先生奇异地问：「一个铜子？你欠她一个铜子？也太当真了。」鹿兆海说：「半个。这铜元有她半个，有我半个，谁拿着就欠对方半个。」朱先生笑问：「那白灵拿着不是又欠你半个了？」鹿兆海说：「她欠我比我欠她好。」朱先生从兆海的眼睛里窥见了一缕深沉的隐情，便问：「不单是一枚铜子吧？」鹿兆海坦然叙说了这枚铜元的游戏所引起的俩人的衷情。「噢！天！」朱先生叹惋着，「那后来咋办呢？」

「后来……她成了我的嫂子了。」鹿兆海嘲笑着说，「她跟我哥兆鹏都姓『共』噢！」

「这么说这铜元比金元还贵重咯！」朱先生看了看龙的图案，又翻过来看了看字面，交还鹿兆海手上，「你应该带着。」

「我一直装在内衣口袋带着。我也从来没给任何人说过这个铜元的事。」鹿兆海平静地说，「我要上战场了。我怕这铜子落到鬼子手里就污脏咧……」说着就又把铜元递过去。

朱先生心里猛乍一沉，把铜元紧紧攥到手心。把铜元交给他而且讲述凝结在铜元上头的两颗年轻男女的情意，这行为本身，原来注释着鹿兆海战死不归的信念啊！朱先生说：「我会保存好的，等你回来再完璧归赵，还是由你送给白灵好。」

鹿兆海站起来辞行。朱先生把编纂县志的同仁先生一一呼叫出来为鹿兆海送行。十余个老先生一再拱拳，直送到书院门口。鹿兆海已经重新焕发起精神来，问：「先生还有啥话要说吗？」朱先生冷冷地说：「回来时给我带一样念物：一撮倭寇的毛发。」鹿兆海嘎哧一声敬了个军礼：「这不难！这太容易办到了。」朱先生更冷下脸说：「要你亲手打死的倭寇一撮毛发。」

这是白鹿原绝无仅有的一次隆重的葬礼。整个葬礼仪程由一个称作「鹿兆海治丧委员会」的权威机构主持，十七师茹师长为主任委员，滋水县党部书记岳维山和侯县长为副主任委员，社会军队各界代表和绅士贤达共有二十一人列为委员，名儒朱先生和白鹿村白嘉轩，以及田福贤都被郑重地列入。所有具体的事务，诸如打墓箍墓，搭棚借桌椅板凳，淘粮食磨面垒灶等项杂事，都由白鹿家族的人承担。白嘉轩在祠堂里接待了十七师和县府派来安置这场葬礼的官员，表现出来少见的宽厚和随和，对他们提出的新式葬礼的各项议程全部接受，只是稍微申述了一点：「你们按你们的新规矩做，族里人嘛，还按族里的规矩行事。」他转过身就指使陪坐在一边的孝武去敲锣，又对官员们说：「下来的事你们就放心。」

咣—咣—咣—咣，宏大的锣声在村巷里刚刚响起，接着就有族人走进祠堂大门，紧接着便见男人们成溜结串拥进院子；锣声还在村子最深的南巷嗡嗡回响，族人几乎无一缺空齐集于祠堂里头了，显然大家都已风闻发生了什么事情，以及知道了它的不同寻常的意义。白嘉轩拄着拐杖，从祠堂大殿里走出来站在台阶上，双手把拐杖撑到前头，佝偻着的腰颤抖一下，扬起头来说：「咱们族里一个娃娃死了！」聚集在祠堂庭院里的老少族人一片沉默。白嘉轩扬起的脖颈上那颗硕大的喉圪塔滞涩地滑动了一下，肿胀的下眼泡上滚下一串热泪。眼泪从这样的老人脸上滚落下来，使在场的族人简直不忍一睹，沉默的庭院里响起一片呜咽。白嘉轩的喉咙有点哽咽：「兆海是子霖的娃娃，也是咱全族全村的娃娃。大家务必给娃娃把后事……办好……」有人迫不及待地催促：「你说咋办？快安顿人办吧！」白嘉轩提出两条动议：「用祠堂攒存的官款，给兆海挂一杆白绸蟒纸、一杆黑绸蟒纸；用祠堂官地攒下的官粮招待各方宾客，减除子霖的支应和负担。」族人一嗡声通过了。谁都能想到两条动议的含义，尤其是后一条，鹿子霖家里除了一个长工刘谋儿再没人咧呀！老族长白嘉轩这两条动议情深义朗深得众望。白嘉轩接着具体分工，他一口气点出十三个族人的名字：「你们十三个人打墓箍墓，一半人先打土墓，另一半人到窑场拉砖。拉多少砖把数儿记清就行了。墓道打成，砖也拉了来，你们再合手把墓箍起来。」白嘉轩又点出十一个人去搭灵棚：「灵棚咋个搭法？你们按队伍上和县府官员说的法子弄。顶迟赶明个早饭时搭好，灵车晌午就回原上。」白嘉轩又一一点名分派了垒灶台淘麦子磨面的人，连挂蟒纸的木杆栽在何地由谁来栽也指定了。族人无不惊诧，近几年族里的大小事体都由孝武出头安顿，老族长很少露面了，今日亲自出头安排，竟然一丝不乱井井有条，而且能记得全族成年男人的官名，心底清亮得很着哩！白嘉轩最后转过脸，对侍立在旁边的儿子说：「孝武，你把各个场合的事都精心办好。」

一切都在悲怆的气氛下紧张地进行着。白孝武实际操持着巨细事项，一阵儿到墓地上主持破土仪式，一阵儿又在祠堂前戏楼下和族人议定灵棚的具体方位，不断回答各项活路办事人的问询，不断接待邻近村庄的官人和亲戚，他把各项主要工程的进程主动汇报给队伍和县府的官员，更不忘给这场不寻常的丧事的主人子霖叔说清道明。鹿子霖像个重病未愈的人坐在椅子上，哭肿的眼泡挤住了眼仁，似乎对如何安葬的事毫无兴味：「孝武，你就看着办吧！你觉得合适，叔也就合适了……你放心办去！」

朱先生刚刚赶上迎接灵车。灵柩从汽车上抬下来，一边是胸戴白花臂缠黑纱的士兵，另一边是头裹白布身穿白褂的白鹿村的年轻族人，合伙抬着灵柩从村口进入白鹿村村巷。灵柩前头是军乐队低沉哀婉的乐曲，灵柩后头是一班本原乐人喇叭唢呐悠扬忧伤的祭灵曲。心软眼也软的女人们自从汽车停稳看见了漆成黑色的棺材就扯开嗓子哭嚎起来，引得许多男人也嚎哭了，声震村巷。灵柩进入灵棚，三声震天撼地的火铳连续爆响，两条黑白蟒纸徐徐升上高杆，在空中迎风舞摆。军方和县府各界代表把早已备好的花圈挽联敬挂起来。邻近村庄也纷纷送来纸扎的或绸扎的蟒纸，一个英雄的魂灵震撼着古原的土地和天空。朱先生在白嘉轩的陪伴下走在灵柩后头的前排，他没有哭泣，也没有说话，默默地进入灵棚，跪倒在灵台两侧装着碎麦草的口袋上，默默地为他的学子守灵。白嘉轩劝他尽了心意就行了，到祠堂或者到自己屋里去歇息。朱先生木然跪着不言不语。白孝武进来弯下腰在他耳边悄声说：「姑父，队伍上的马营长在祠堂等你，说兆海托他给你捎来一样东西……」

朱先生进入祠堂，马营长把一只铁皮罐头盒子交给他说：「鹿团长临终前托我交给你。我一直没敢打开。」朱先生把那个铁盒子在手里转了转掂了掂，又交给马营长说：「你把它撬开。」马营长用手抠了抠盖子抠不开，就歪着脖子打算用

牙齿咬开。朱先生连忙制止了他：「不要用嘴碰它——太脏。」马营长愣怔一下。朱先生说：「那里头装着一撮死人的头发。」马营长眨眨眼问：「先生，你算卦算的？」朱先生说：「是他上中条山之前，我朝他要的，要一撮倭寇的毛发。」马营长惊讶地瞪起眼睛，接着就噢噢噢干呕起来。祠堂里的人纷纷围过来看那只铁皮盒子，手劲大的人把盖子抠起来了，里头果然是一堆头发。倒在地上，才发现不是一撮，而是四十三撮，每一撮都用一根细铁丝拦腰扎死。众人一齐瞪起眼睛。朱先生说：「兆海呀，我明白了，你杀死四十三个倭寇。你……」说着一把抓住马营长的胳膊问：「你跟兆海都上了中条山，你说得准这四十三个野兽残害了多少中原同胞？」马营长「哇」的一声哭了：「谁算得清啊……」

一项事先未作安排的祭礼被朱先生提出来，在刚刚安置下灵柩的灵棚前，焚烧四十三撮野兽的毛发，以祭奠兆海的灵魂。这件撼动人心的事已经纷纷传开，人们拥挤到祠堂里来，争着看那些毛发，究竟是人的头发，还是狼虫虎豹的皮毛？好多人看罢就丧气了，说那些毛发跟本原上人的头发一模一样，都是黑色的直发，却怎么就要到中国来作恶呢？那些毛发被人拿到灵棚前的场地上焚烧，一股焦臭的气味弥散开来，引起好多围在跟前的人呕吐不止……

朱先生在白嘉轩的陪引下去看望鹿子霖。鹿子霖瞧见朱先生就哭了，嗓子完全嘶哑，一声没哭出来就从椅子上软软地跌到地上昏迷了。亲家冷先生一直守候在身边，对轮番昏迷的鹿子霖和鹿贺氏施扎冷针。朱先生扶起苏醒过来的鹿子霖说：「白鹿原上顶好的一个子孙战死了……他是你养的；你不要光是难过，还应该豪气一些！」

朱先生突然改变主意，不再继续参与祭奠活动，在嘉轩家吃了点饭就下原去了，天黑严时回到白鹿书院。他一回来就开始整理书院珍藏的图书，弄得头发上落着一层尘灰。接着就清理书院的财产和粮款账目，包括书院出租土地历年收回租粮的数字，租粮的开销以及剩余的数字，历届县长批拨给编纂县志的经费和开销情况。这些事整整忙了两天，他才于夕阳残照的傍晚时分走出书院，独自一人又转到书院背后的原坡上来，还是秋风萧瑟菊黄如金的深秋时节。三架黑色的飞机轰隆隆响着从原顶上飞过去，这是飞往西安城投掷炸弹的倭寇飞机。倭寇的队伍尚未进入潼关，倭寇的飞机早已从空中对西安进行了轰炸。据说是十七师在中条山连连重创倭寇，他们能占北平却进不了西安，于是就派遣飞机进行报复。最初的轰炸造成了西安城居民的大逃亡，古都突然变成了一个死亡之地，在乡村保存着祖籍的或是沾亲带故的城里人，扶老携幼仓皇逃往乡间，带着七分惊惧三分卖弄的神气，向乡下人绘声绘色叙说炸弹爆炸的恐怖情景。朱先生的妻妹带着一身皮硝味儿逃到白鹿书院，只带着最小的儿子和一个包袱。皮匠既害怕挨炸弹，又丢心不下皮货作坊，说好了一起逃躲，临行时又坐在牛皮上拔不开脚。妻妹在书院刚住下两天，朱先生就发现了这个相貌酷似妻子的女人的全部缺点和令人讨厌的习性：爱说话爱逞能，爱炫耀爱虚张声势，尤其令朱先生不能容忍的是她那种城市人的优越感。朱先生从第二天晌午就不再正眼瞅她，对她的所有表现视而不见，匆匆吃罢饭放下筷子就到前院书房里去；他心里开始起了熬煎，这女人要是住下半年几个月，自己非得被厌烦致死。妻妹也发觉了姐夫的眉眼嘴脸不大谐调。朱白氏给妹妹解释说：「你甭在心。你姐夫平常也就是那个眉眼，顶多……那是独槽拴惯了的！」妻妹在白鹿书院躲过月里时光，皮匠丈夫把她又接回城去。西安城已经从最初挨炸的慌恐和混乱中镇静下来，钟楼和四个城门楼上安设了报警器，还听不到飞机的嗡声就响起警报声，人们纷纷钻进城墙根下的防空洞里，屋院宽敞的人家也完成了自掘地道的工程。皮匠老练地说：「毬咧，没啥害怕的喀！人说钟鼓楼上的鸟儿震惯了胆大，我三天听不见飞机响耳根子还闲得慌慌！」

朱先生瞅着三架黑色的飞机消失在西边的天空，想到皮匠大概正拽着妻儿挤进城墙根下的洞里，忽然生出一个恶毒的想

法，炸弹最好撂在皮匠这号中国人的头上！

朱先生从原坡上回到书院天已擦黑，编纂县志的先生们刚刚吊唁鹿兆海回来，在院子里慷慨激昂地谈论着。徐老先生看见朱先生说：「明日是公祭日，十七师师长和县上的头头脑脑都要出面，主事的人让我带话给你，要你明日在公祭会上讲话。」朱先生说：「我不去了。」徐先生惊讶：「你不去咋办？」朱先生说：「坟场我不去了，我要去战场。」老先生们全都惊诧得面面相觑。朱先生沉静地说：「祭奠死者吓不跑倭寇。这样年轻的娃娃都战死了，我还惜耐这把老骨头干啥？徐先生，我走了你来主事，县志还是要编完。书院的各项账目我都开了清单，再也没啥事交待了。」徐老先生说：「你甭给我交待这些手续。我跟你上战场去！」老先生们随之一齐要求跟朱先生上战场，一个比一个情绪慷慨激愤、义无返顾，视死如归。朱先生再三劝解也不顶用，最后说服了一位膝关节有毛病的老先生和门卫张秀才俩人留下。朱先生霍地从石凳上站起：「这样也好！咱们明日一起上原参加公祭大会，我代表咱们几个老朽发表抗击倭寇的宣言。」

朱先生的讲话成为公祭仪式的高潮，甚至完全形成喧宾夺主的局面，也超过了他过去禁烟和赈济的影响，八个老先生的民族正气震动了白鹿原。第二天出版的《三秦日报》在头版显著位置标出了题为《白鹿原八君子抗战宣言》的新闻，震动了城市上下朝野。三天后，上海《文汇报》全文转载这条消息，标题改为《关学大儒投笔从戎》，影响扩大到南方。一时间，响应朱先生的理学同仁纷纷投书报刊要求取义成仁者超过千人。朱先生对八位先生说：「报纸把咱们的后路堵死了，谁想反悔也难了！」

朱先生给另外七位先生放了六天假，让他们回去与家人团聚团聚，安排一下家事也走一走亲戚，此行无疑等于永诀。约定第六天晚上在书院集中，八人竟然无一人缺空。除了朱先生，他们无一例外地遭到儿孙亲朋和乡党们的劝解，甚至大声嚎

哭拉胳膊抱腿，然而他们全都冲破了围堵，背着包袱卷儿赶到白鹿书院准时向朱先生报到。朱先生对每一个能够践约前来集中的同仁都是深躬长揖相迎，愈加珍重他们的品格。朱先生特意让朱白氏备置下八碗菜肴为大家壮行，今日自己也开了酒戒，举起杯来说：「这杯酒叫做『不回头』。」先生们酒兴大发，诗兴大发，争先恐后吟诵诗词抒发豪情。朱先生离席进入寝室，把妻子朱白氏牵着手臂扶坐到席上，然后斟满一杯酒，自己也端起酒盅：「咱们结发以来还没喝过酒。你跟我一辈子缝连补衲烧锅燎灶一辈子。我是雷声大雨点小，屁事未成，空受你服侍。我一生不说悄悄话，今日把我谢恩的话当着同仁们说出来：你要是不嫌弃我，我下辈子还寻你……」朱白氏温厚的脸颊上泛起一缕羞悦的云霓，眼里涌出泪花：「我下辈子要托生个先生。」朱先生笑说：「那我就托生个女人服侍你。」先生们哄笑着，争先给朱白氏敬酒。朱白氏竟然毫不推辞，也不扭捏，连着喝下八盅酒，脸上泛着红晕，反过手给众位先生一一斟上酒，沉静地举起酒盅说：「你们八个打死一个倭寇都划得来！」

朱先生回到寝室，带着酒后的轻松感说：「你刚才那一句祝辞说得真好！」朱白氏还未答话，门帘忽然挑起，鹿兆鹏站在门口。朱先生和朱白氏都惊愣一下：「你……兆鹏？」鹿兆鹏坐下来，直言不讳：「先生，我来给你说……」朱先生很敏感：「你啥也甭说。我下半夜就走了，你说啥事我也顾不了了，帮不上了。」鹿兆鹏却扬起脸：「给我吃俩馍，我饿了。」朱白氏取来馍和菜，又端着一壶酒：「你运气好兆鹏，正赶上喝一盅。」鹿兆鹏三五口吃下一个软馍，对朱先生说：「先生你们甭去了！」

「你只管吃馍吧！」朱先生说。

陈忠实 著
下卷 五一六

「先生！这不是我劝你，是我们党派我来劝你，出于对先生的敬重和爱护。」

「我还是我。我只做我想做的事。我不沾这党那党。你们也甭干预我。」

鹿兆鹏听出朱先生的口气很硬，继续吃馍吃菜喝酒，以缓慢的口吻说：「先生，你的宣言委实是撼天动地。可也是件令人悲戚的事。蒋委员长有几百万武装精良的军队不打日本打内战，倒叫八个老先生……」

「倭寇杀到窝口了，还在窝里咬！」朱先生嘲笑说，「是中国人，到窝子外头去咬，谁能咬死倭寇谁才……」

「先生你得看出谁咬谁？」鹿兆鹏辩解说，「他咬得我们出不了窝儿，他要把我们全咬死在窝里，根本就是……」

「甭说了兆鹏。我看出谁咬谁也不顶啥！」朱先生说，「咬吧咬去！我碰死到倭寇的炮筒子上头，也叫倭寇看看还有要咬他们的中国人！」

鹿兆鹏抿下嘴停止了争论，扬起头时转换了话题：「先生，你们到哪儿去打日本？总得投到队伍里吧？」

朱先生说：「到中条山投十七师。」

「先生——」鹿兆鹏缓缓站起来说，「十七师早已撤离中条山回潼关……」

「谁说的？」朱先生惊诧地问，「撤回潼关干什么？撤到哪里去了？」

「撤到渭北去了。」鹿兆鹏也嘲笑说，「按先生的话说嘛，就是撤回来窝里咬！我们叫做打内战！蒋某人亲自下令撤回十七师攻打陕北红军……」

「你……说的可是真的？」朱先生惊疑，「兆海的尸首刚刚从中条山搬回来……」

「兆海……不是日本人打死的，是他进犯边区给红军打死了！」鹿兆鹏痛苦地皱皱眉头，「不过，这消息还未经证实……」

「没有证实的话不要说。」朱先生有点愠怒，「兆海是你的亲兄弟，你说这种话我不爱听。」朱先生说着站起来走到门口，回过头说，「我不信你的话。你说兆海的瞎话我不信。你说十七师撤离的消息我也没听说过。」说罢丢下兆鹏走出屋子。丈夫拂袖而去的唐突行为使朱白氏难为情起来。鹿兆鹏却不显得尴尬，反倒安慰起朱白氏来，没有再多停留就告辞了。

朱先生一行八人鸡啼时分走出了白鹿书院大门，在门前的平场上不约而同转过身来，面对黑黝黝的白鹿原弯下腰去鞠躬三匝，然后默默地走下原坡去了。他们在星光下涉过滋水，翻上北岭，登上北岭峰巅时正好赶上一个难得的时辰，一团颤悠悠的熔岩似的火球从远方大地里浮冒出来，炽红的橘黄的烈焰把大地和天空熔为一体。沿着山道走到岭下，便是气势恢宏的渭河平原，一条一绺或宽或窄的垄亩纵横联结着，铺展着，一望无际的麦苗在温柔的晨光下泛着羞怯的嫩绿。八个一律长袍短褂的老先生一步一步踏过关中平原的田野和村庄，天色暮黑时终于赶到渭河渡口。

渡船已经停止摆渡。朱先生领着七位老先生央求船公解开缆绳，在天色完全黑严下来还可以摆渡一次。船公闷着头连瞅也不瞅他们，被缠磨久了就冷硬地撂出一句话来：「这是军事命令。你求我不顶用，你去求老总吧！」这当儿正好有三个士兵走过来，声色俱厉地盘问起来。朱先生瞧着他们笑着说：「小兄弟一个个都很精神嘛！给老汉们耍歪可惜了小兄弟们的这精神儿。有这精神到潼关外头耍歪去，在那儿能耍出歪来才是真精神……」三个士兵哗啦一声拉开枪栓，对峙着八个老先生，然后连推带搡逼他们到一间草屋里去。朱先生对他的同仁们笑笑说：「好！咱们还没过渭河，就在自家窝子里当了俘虏。」又转过头问一个士兵：「要不要我们举起手来？」

一摞溜儿八个老先生真的举着双手，被三个士兵押送到一座草顶屋子，这也许是摆渡的船工烧水煮食和睡觉的地方。屋子里站起来一位军官，竟然是护送鹿兆海灵柩的那位马营长。朱先生一见就揶揄说：「你看看老夫举手投降这姿势对不对？」马营长瞪了三个士兵一眼，斥骂一声：「眼瞎了吗？」急忙搀扶朱先生坐到屋里一条木凳上，随之豁朗地说：「朱先生和诸位先生的抗战宣言我们师长看到了，特派我到这儿来恭候先生。师长命令：绝不能把先生放过河去。这道理很清楚……」朱先生和他的同仁们一齐吵嚷起来。马营长丝毫不为所动：「先生跟我说什么都无用，我得执行师长的命令。诸位今晚先到五里镇歇下，明天我再请示师长。」先生们还在嚷嚷不休。马营长说：「我还有军务，不能陪诸位了。我派士兵送诸位到镇子上去……」朱先生一句不吭，率先走出草屋。八位先生愤愤然也走出来。朱先生说：「我明日早起一定要过河。我不管谁的命令。你让你的士兵把我打死在渭河里。」说着就坐在沙滩上：「咱们就坐在这儿等天明吧！」八位先生纷纷扔下肩头的背包，示威似的坐下来。马营长说：「这儿不能有闲杂人。我在执行命令。诸位到镇子上去吧！」朱先生问：「你不是说专意恭候我吗？看来此话属虚。」马营长说：「不要多问，你们快去镇子上。」

朱先生一行八人在五里镇的一家客店里歇息下来，老先生们经过长途跋涉已疲累不堪，一倒下就酣然入睡了。夜半时分，一阵紧急的敲门声，惊得老先生们披衣蹬裤惊疑慌乱。朱先生拉开门闩，马营长和两位侍从站在门口说：「请先生跟我走。」先生们纷纷收拾背包。马营长说：「诸位接着睡觉，只请朱先生一人。」

朱先生跟着马营长走进镇子背后的村庄，又走进一家四合院，进入上房客厅，一位微服便装的中年人迎出来打躬作揖。马营长介绍说：「朱先生，这是我们茹师长。」朱先生怀疑，作揖还礼之后：「真的劳驾将军了。」俩人没有几句寒暄便进入争论：

「先生，你投十七师我欢迎，但你不能去战场。你留在师部给我和我的军官当先生。」

「我把砚台砸了，毛笔也烧了，现在只有一个目标——中条山。」

「那地方你去不得。」

「任啥艰难我都想过了，大不了是死。我就是到中条山寻死去呀！」

「嗬呀朱先生！你到战场帮不上忙倒给我添上累赘了。我可不能睁眼背你这个累赘。」

「我不是累赘。我打死一个倭寇我够本，我打不死倭寇反被倭寇打死我心甘。退一步说，上不了战场还可以给伙夫淘米烧锅，还可以替士兵磨刀喂马……我累死病死战死了也不给你添累赘，我的尸首也不必劳神费事往回搬！」

「先生呵，好我的朱先生呵……」

「现在我不是先生，是你的伙夫马夫……」

「我都去不了中条山了，你怎能去呢？」

「你打败了？」

「我打胜了，又撤了！」

「打胜了为啥要撤？」

「就因打胜了才撤。」

「谁叫你撤兵？」

「还能有谁呢？中国能下令叫我撤兵的只有一个人！」

朱先生默默地闭上口，不再争执要当伙夫或马夫的话了。

「我茹某愧对关中父老啊……」

这是一支真正的关中军。从前任创建者到茹师长都是关中人，一个是祖籍西府，一个是东府土著。从师部一直到连排长也都是关中人，士兵几乎是清一色的三秦子弟，只有个别军官和少数士兵属河南籍的关中人，他们是逃荒流落到关中的河南人后裔。乡谚说「关中冷娃」，而诗圣杜甫曾有「况复秦兵耐苦战」的褒奖。茹师长率领十七师的三秦子弟开出潼关进入中条山，那个中条山随之成为关中父老心目中知名度最高的山脉。出关头一仗打下来，就把茹师长的玉照打到日本侵华司令部长官的桌案上；这支地方色彩甚浓，但在中国武装力量中只能算作杂牌子的军队，竟然使受命进入潼关的大日本王牌师团不敢越雷池一步；茹师长的照片以及他祖宗三代的资料也被搜集出来研究，结果不甚了了。无论日本人起初轻视也罢，吃了一场败仗之后又倍加重视也罢，这支在中国抗战武装力量中确实挂不上号的地方杂牌军，在近二年的中条山阻击战中，使大日本小鬼子不能前进一步吃尽了苦头。中条山之战是日本侵略军在中国土地上遇到的最有力的抵抗之一，终于保持住了中国西北这一方黄土不受铁蹄践踏。

茹师长说：「先生呀！十七师不是亲生娃，是后娘带来的娃咯！把我调出潼关到中条山打日本，我拿的是『汉阳造』；把亲生娃调到西安来驻防，扛的用的全是美式装备的洋家伙！把我调到中条山，名义上他能得到抗日的赞誉，实际是借日本人之手替他杀死『后娘带来的娃』！甭说日本人没料到十七师会站住中条山，连他派我出关也根本没想到我会挡住日本人……我在中条山没退一步，得不到奖赏，连军饷也断了；逼我撤军，还冠冕堂皇地说是让我回关内休整……」

朱先生问：「你……这么说你真撤兵了？撤到哪里去了？」

茹师长说：「撤到北山。十七师撤进潼关，他就忘了给我说过的『休整』的话，立即命令我进北山围剿红军。这回耍的还是一个把戏：好哇，你能打过日本人，你再去打红军，你打败了红军我高兴，你被红军消灭了同样高兴……」

朱先生悲哀地说：「完了完了，中国完了。鹿兆鹏给我说这话我不信，还训了他，可没料到竟是真的！茹师长……兆海是倭寇打死的，还是红军打死的？」

茹师长突然低下头：「先生别问了呵先生……」

朱先生悲哀地仰起头来：「天哪！天哪……我再不问你啥了……我听够了！我明日早起回我的白鹿原，我等着倭寇来把我杀死好了……」

茹师长说：「先生甭这么悲伤吧！你知道我此行何处？」

朱先生说：「我刚说过任啥事都不想问了。」

茹师长说：「我刚从北边回来，马营长在河边布防怕人暗算我，正好遇见先生。我而今看透了，特别是鹿兆海团长牺牲以后，我才下决心走这一步。好咧好咧，我跟北边谈好了，谁也不打谁……」

朱先生说：「你的这个窝里总算不咬了……我想回店里睡觉去。」

朱先生又回到白鹿书院，给门卫张秀才加立下一条规矩，除了编县志的诸位先生的亲戚，其他任何人都不许放进门来，从

此日起，关门谢客。他自己也不再读书，更不为任何人题写字画，早晨开始晚起，草草漱洗之后，就走上书院背后的原坡，傍晚时分仍然在山坡上度过。唯一的一件事，就是批阅修改八位同仁分头编成的县志各部分的手稿，终日几乎不说一句话。他决定不再朝县府讨要经费，用书院官地的租粮来维持县志最后的编写工作。前十卷已经就绪，先送石印馆付印，后十二卷也即将编完。许多涉外的事，他指靠徐先生办理；后十二卷的通改也由徐先生来做，由他最后再顺一遍。

有一天，徐先生对「民国纪事」一栏提出疑问：「朱先生，『共军徐海东部过滋水县东山』这一条里的『军』字是不是笔误？」朱先生说：「不是。」徐先生说：「前边几条里都用的是『匪』字，改不改？」朱先生说：「不改。」徐先生说：「同在『民国纪事』卷里，前边用『匪』字，后边用『军』字，用字不统一会给后人造成漏洞。」朱先生说：「不统一就不统一吧！留下一点漏洞让后人指责也好咯……」徐先生大惑不解。

鹿兆鹏又一次走进山来，见到芒儿就拱拳作揖：「我来谢你救命之恩，只是太迟了点。」芒儿直戳戳地笑说：「还劝不劝我投奔你们的游击队？」鹿兆鹏也坦然相告：「我劝不下就等着。」芒儿说：「你甭等我，你等黑娃吧。」鹿兆鹏听出话味儿忙问：「这话咋说？」芒儿坦诚地解释说：「我不会改变主意，你等不着。你等黑娃改变主意吧。我早给黑娃说过了，想投游击队，想归顺县保安团都行，弟兄们凡愿意跟他走的都可以走。哪怕剩下我光杆司令，我就夹着麻袋满世界游逛去呀！游到哪儿死到哪儿到哪儿为止。」鹿兆鹏笑了：「等不住你也甭想等住黑娃，他跟你一条辙。」芒儿更加真诚地说：「我倒是盼你能劝下黑娃，让他把弟兄们领走，或保安团或共产党游击队，愿意投哪家子我都不干涉。」鹿兆鹏疑惑地问：「芒儿，你这话越说越离谱儿了！你咋能这样猜估我？」芒儿说：「我说的是真心话。黑娃不信，你也不信？我当

土匪当腻了，也累了，我想一个人浪逛四方。」黑娃揉着眼睛走进来，看见兆鹏时惊愣一下。芒儿接着说：「你不信问问黑娃，这话我跟他也说过。」说着走出去：「我去看看把菜弄好了没？兆鹏算你有福，正赶上犒劳酒。」

黑娃有点心神不定地说：「兆鹏哥，你再甭提投游击队的事。」鹿兆鹏说：「我刚才跟大拇指已经提说了。」黑娃说：「提说得不好。你三番几次说服投游击队，孝文也来说服归顺保安团。你想想，我怎么跟大拇指共事？」鹿兆鹏不以为然：「不！我刚才听大拇指的口气……倒是有变化。」黑娃摇摇头：「你甭上当！」鹿兆鹏就摊开底儿问：「先不说大拇指，我只问你，你到底打的啥主意？你想投游击队还是想投保安团？还是哪家也不投，继续当土匪？我再说一遍，你撇开大拇指，单说你心里到底怎么打算的？」黑娃瞅了兆鹏一眼，低下头陷入沉默。鹿兆鹏瞅了瞅黑娃的架势说：「好咧，你甭回答了，我明白了。」黑娃扬起头说：「你啥也不明白！大拇指不投游击队，我也不投游击队。」鹿兆鹏突然说：「那你们就去归顺保安团。」黑娃咧了咧嘴嘲笑说：「你说气话吧？」鹿兆鹏点点头说：「是真话。归顺保安团。」黑娃迷惑地眨眨眼：「你来替孝文活动？」鹿兆鹏笑笑说：「各为其主嘛！」

大约半月后的一天夜里，黑娃正睡着，被一阵女人的惊叫声吵醒，拉开门一看，黑牡丹一丝不挂，披头散发，哆哆嗦嗦站在月亮下，说大拇指死在她的炕上了。黑娃一把推开黑牡丹跑进她的窑穴，大拇指芒儿趴在炕上，两只胳膊一只压在腹下，一只抠进苇席里头，一条腿蜷在炕席上，一条腿吊在炕墙下，满炕都是污血。土匪弟兄们全都拥来乱哭乱叫。先生走过来，先摸了一下脉，又翻起大拇指的脸看了看，对黑娃说：「五倍子。」

黑娃黑着脸，把吓得软瘫在院子里的黑牡丹揪着头发拖到油灯下。这是黑娃首先想到的第一个凶手。黑牡丹虽然吓得傻愣，却仍然本能地替自己辩解。她的话语黏滞结巴，前言不接后语，却向黑娃以及众土匪基本叙述清楚了大拇指死亡的情

景：大拇指提着酒葫芦进了她的窑洞。大拇指每次进她的窑洞都提着酒葫芦，自己喝着也给她灌着。大拇指仍然和往常一样喝着酒，和她耍着，也给她灌着酒，喝得他半醉，她也半醉的时候，他才和她弄那事。他刚进入她的身体，就浑身打颤，一下子泄了，接住「哇啦」一声喷出一股血来，喷得她满脸满脖子都是。她吓得爬起来，看见大拇指在炕上一扭一拧地喷吐着血水……黑娃问：「你把五倍子给倒进酒葫芦了？」黑牡丹反辩说：「那不连我也毒死了？他也给我灌酒！」黑娃尚未开口，几个土匪弟兄已经揍起来了，打得黑牡丹在地上滚着叫着，直到不滚也不叫了，黑娃才制止了众弟兄。

清除凶手的内乱持续了几乎一个月。先头侧重于出事那天晚上谁到大拇指窑里去过，聚宴时谁和谁都给大拇指倒过酒敬过酒，谁跟大拇指挨近坐着等等细节，被牵涉被怀疑的土匪一一领受了杖责和捆绑，却没有一个人招认。随后又从人际关系上搜寻线索，某人曾对大拇指说过二话，某人对大拇指处罚他的事怀恨在心……如此等等，又有一批弟兄遭到皮肉之苦，却仍然没有抓获真正的凶手。黑娃被这场暗杀事件搞得疑神疑鬼，既怀疑弟兄，也担心弟兄们怀疑自己，他敞开亮明地宣布：「敢毒死大拇指，也就敢毒死二拇指我。再说，要是查不出个水落石出，有弟兄还疑心是我下的毒手，说我想当寨主了……」黑娃随之决定重赏揭发下毒的人，直至抛出「谁揭露出内奸，就推谁为大拇指」的动议。土匪窝子里很快出现互相怀疑，互相告密，胡踢乱咬的局面。有人被揭发被杖责之后，拖着两腿鲜血，爬到黑娃窑里又去揭发旁的弟兄，几乎所有弟兄都揭发过别人，又被别人揭发过，因此几乎所有弟兄无一例外地都挨了棍杖，打了屁股。后来发生了这样一种情况，好多人重新回过头来一齐咬住黑牡丹，众口一词咬定毒死大拇指的内奸非她莫属。道理很简单，百余号弟兄里只有她一个是被迫掳上山来的，只有她对大拇指怀着深仇，才下得了这种毒手。黑娃也能想到这一层，于是又把黑牡丹拉出来杖责。黑牡丹尚未从头一回的酷刑伤疼里恢复元气，招不住几棍就咽了气。弟兄们咋呼着把黑牡丹扔到沟底，咋呼着给大拇

指报了仇，咋呼着应该结束这场事件了，也该出去「做活」了。黑娃冷笑一声说：「黑牡丹不是内奸，我从她死时的眼睛里能看出来。真正歹毒的家伙还没抓住……」追查内奸的事继续着，山寨里的危机发展到白热化。一个被揭发被杖责的弟兄开枪打死了告密的弟兄，接着就朝自己的脑袋开了枪。弟兄们纷纷哭劝黑娃暂停追查，或者改变一下追查的方式方法。黑娃拒不理睬他们，更加坚硬地说：「抓不出那个内奸，咱们就散伙！」接二连三又发生了弟兄逃离事件，先是一个，接着两个，跟着又有两个，相继不辞而别，山寨里处于人心涣散，分崩离析的局面……黑娃已无力扭转。

白孝文适得其时来到山寨。

白孝文一句话立即制止住土匪窝子里的内乱：「黑娃，你再追查下去就要挨黑枪了。」黑娃焦躁地说：「那样倒好，我也可以对弟兄们明心了。」白孝文并不赞赏这种义气到死的愚忠，以轻俏的口气说：「你甭查了。凶手跑了。」黑娃将信将疑，逃走的五个弟兄不仅与他没有私怨，和大拇指也没有什么隔卡蒂隙。白孝文意味深长地说：「听说兆鹏前不久来过？」黑娃说：「这跟他有啥毬关系？」白孝文笑笑说：「你敢肯定你的窝子里没有他的人？堂堂县府里都被他砸进楔子了。共产党搞这一套可真是无孔也能入哩！」黑娃摇摇头说：「我至今还没查出一点线索。」白孝文就亮出底牌：「我的情报已经获悉，你这儿有两个弟兄逃出去投了游击队，这俩人就是兆鹏安插进山寨的底线儿。」黑娃惊疑地瞪大了眼睛：「这要是真的，兆鹏也就太不仗义了！」黑娃终于在烦躁的思考中松了口：「好吧！我得看弟兄们下不下山。」

决定去留的重要会议在山寨议事大厅（洞）召集。白孝文有一种瓜熟蒂落的预感，十分自信地向土匪们讲述了滋水县最新的局势：「这是一个机会。千载难逢的一个机会。根据国家局势，县府决定扩大保安团编制，新增一个炮营。我跟张团长说妥了，弟兄们下山后，连窝端进炮营不拆伙儿。鹿兆谦当炮营营长。」土匪们被内乱搞得灰心丧气，精疲力竭，好多人

对归顺保安团颇为动心，只是谁也不敢挑梢露头。黑娃尽管再一次强调「由弟兄们决断」，却仍然没有人吭声。白孝文很真诚也很洒脱地说：「日本人在中国撑不了几天了。打完日本，政府就要收拾共匪。收拾共匪，那仅是小菜一碟、猴毛一撮。收拾了共匪之后，自自然然该剿灭土匪了。弟兄们现在不愁吃不愁穿，天不收地不管，自由自在，等到那时候就麻烦了。所以我说这是一个机会……」在众人的沉默中，那位刀箭药先生站起来说话了：「我老了，啥也不图了，只求死了能归祖坟。」土匪们随之纷纷喊起来：「归顺保安团……」黑娃抱起双拳，跪倒在众人面前：「我跟众弟兄走，是崖是井也跳咧！」

滋水县境内最大的一股土匪归服保安团的消息轰动了县城。鹿黑娃的大名鹿兆谦在全县第一次公开飞扬。这股土匪从匪首到匪徒，全部隐姓瞒名使用奇怪的代号，谁也搞不清他们的真实姓名。白孝文和鹿黑娃领着百十名土匪走进滋水县城的南北大街，两边店铺里的市民放起了鞭炮。在县城南边保安团的营地举行了受降仪式，县党部书记岳维山、侯县长和保安团张团长亲临欢迎。黑娃和岳维山握手时感到极大的不自在。岳维山攥住黑娃的手说：「咱们是老朋友了，我欢迎你。」黑娃满脸尴尬地苦笑了一下。

黑娃和弟兄们从一开始决定受降招安就潜藏在心底的疑虑很快得以化释，弟兄们全部编为新成立的炮营，黑娃被任命为营长。白孝文因功劳卓著，受到县府嘉奖。白孝文终于有了对黑娃推心置腹的机会：「兆谦兄，我欠你的……到此不再索赔了吧？」

第三十章

某天早晨，中华民国政府对设在白鹿原的行政机构的名称进行了一次更换，白鹿仓改为白鹿联保所，田福贤总乡约的官职名称改为联保主任；下辖的九个保障所一律改为保公所，鹿子霖等九个乡约的官职称谓也改为保长；最底层的村子里的行政建制变化最大，每二十至三十户人家划为一甲，设甲长一人；一些人多户众的大村庄设总甲长一人；这种新的乡村行政管理制度简称为保甲制。这不仅仅是名称的更易，重要的是在于防止和堵塞共产党势力在乡村的滋生和蔓延。在整个原上的所有村寨完成新的建制，而且任命了全部甲长总甲长和保长以后，田福贤第一次以联保主任的新面貌召集了一次联、保、甲三级官员会议。田福贤开宗明义地说：「日本投降了就剩下共产党一个对手了，现在从上到下要集中目标，一门心思收拾共匪。中华民国的内忧外患将一扫而光，天下即可太平。甲长要保证你管辖的那二三十户里头不出共匪，不通共匪；总甲长要保证你那个村子不出共匪，不通共匪；保长要保证你属下的大村小庄不出共匪，不通共匪；我田某嘛，也向县上具保，在白鹿联保所辖属的区域彻底剿灭共匪。哪个保哪个村哪一甲出了共匪通了共匪，就先拿哪一甲甲长是问，再拿总甲长和保长是问，当然嘛，县上也要拿我是问。诸位，这回可得眼放亮点儿。剿共比不得打日本，日本占了大半个中国，终究没能打进潼关，抗战八年咱们原上人连小日本一个影子也没见过；共产党比不得日本鬼子，这是土生土长的内匪

家贼，他额颅上没刻共字，站在跟前你也认不出来，所以嘛，我说诸位得多长个心眼儿，眼睛也得放亮点儿。白鹿原是共匪的老窝儿，全县的第一个共匪党员就出在原上，全县的头一个共党支部也建在咱这原上，而且就在白鹿联保所辖地以内，在县上在省上咱们白鹿联这回都划入重点查剿地区……」

田福贤接着布置征丁和征粮任务。二丁抽一是原则，也是具体实施准则；新增的军粮是官粮以外的项目，两者都属于非常时期的军事性质的举措，同样是为了剿灭共匪祸患的需要。田福贤宣布了各个保公所征丁和征粮的数目以后，看见好多甲长们瞠目结舌的表情，这是他事先预料得到的，他用惯常那种简捷明朗的语言说：「县长说明白了，这回不怕谁再闹『交农』，谁抗粮不交有丁不出，还搞什么鸡毛传帖惑众闹事，一律按通共格杀勿论。丁征不齐粮征不够，先甲长后总甲长再后是保长层层追查，到时候可甭怪我田某人睁眼不认人……」

保甲制度实施以后所干的头两件事——剿共和征丁征粮，立即在原上引起了恐慌。原上现存的年龄最长的老者开启记忆，说从来没见过这样普遍的征丁和这么大数目的军粮，即使清朝也没在原上公开征召过一兵一卒，除了给皇上交纳皇粮外，也再没增收过任何名堂的军粮。民国出来的第一任滋水县史县长征收印章税引发「交农」事件挨了砖头，乌鸦兵射鸡唬众一亩一斗，时日终不到一年就从原上滚蛋了。而今保甲制度征丁征粮的做法从一开始就遭到所有人的诅咒。白鹿镇的三六九集日骤然萧条冷落下来，买家和卖家都不再上市。白鹿保公所保长鹿子霖突然被捕收监的意外事件，一下子把刚刚噪起的慌乱和怨愤气氛从一切公开场合抑压下去了。

那天早饭后，鹿子霖在保公所里跟下辖的各甲长总甲长们正在开会，逐村逐户核查每家的男人和他们的年龄，最后确定谁家该当抽丁。

第一次的初查登记遇到无穷无尽的麻缠，几乎所有父母都找到甲长总甲长家里去说明儿子年龄不够，好多甲长碍于左邻右舍或同族同宗的面皮，就将矛盾上交给保长鹿子霖。鹿子霖不得不与甲长们掐着指头核对他们的属相，该征的壮丁名单很早拟定下来，但由于种种搅缠，而不能下达……

「先把已经查实的壮丁名单公布下去，胡搅蛮缠的逐个再核。」鹿子霖对甲长们说，「要是查出来仨俩隐瞒岁数的人，拉来砸一顿军棍做个样子！要不嘛，这个保长我就没法子干咧！」甲长们赞成这个办法，因为他们比保长的处境更加为难。

鹿子霖说完这个办法之后，就瞅见门里一溜儿拥进来五六个戴黑盖帽的保安团团丁，起初还以为他们是来督查征丁军务的，便站起身来招呼他们坐屋里喝茶。领头的一个问：「你是鹿子霖不是？」鹿子霖刚点了一下头，还没答上是与不是的话来，后边的四五个团丁一拥而上，就把他给结结实实捆起来了。在座的甲长总甲长们大惊失色，鹿子霖急得煞白着脸喊：「咋回事咋回事？我是保长，你们凭啥绑我？」领头的团丁只是出于职业习惯回答说：「到县里你再问头儿去，子丑寅卯由头儿给你说。我只管绑人逮人，头儿叫逮谁我就逮谁。」鹿子霖在被推出房门时差点栽倒，气得浑身直打哆嗦：「我要当着岳书记的面把事弄明，是谁在背后用尾巴蜇我？」

白鹿村对鹿子霖的被逮噪起种种猜测，有的说是鹿子霖隐瞒本保的土地面积和壮丁的数目，违抗了民国法令；又有人说是冷先生将亲家鹿子霖告下了，犯了逼死儿媳罪，又伤风败俗；有的人说鹿子霖招祸招在儿子鹿兆鹏身上，县府抓不到共产党儿子就抓老子，正应验了「逮不住雀儿掏蛋，摘不下瓜来拔蔓」的俗话。种种猜测自生自灭，哪种说法都得不到确凿的证实。过不多久，猜测性的议论又进一步朝深层发展，推演到鹿子霖的人际关系上头来。鹿子霖和黑娃的女人小娥有过那种事，黑娃而今是县保安团三营营长，有权有势更要有面子，势必要拾掇鹿子霖；再说孝文早在黑娃之先就已经在保安团

干红火了，自然不会忘记鹿子霖拆房的耻辱，真是君子报仇十年不晚；谁会料到浪子孝文、土匪黑娃会有这般光景、这番天地？鹿子霖遇到这两个对头哪能有好果子吃？

白鹿村对此事最冷静的人自然还是白嘉轩。孝武被任命为白鹿村的总甲长，亲眼目睹了鹿子霖被抓被绑的全过程，带着最确凿消息回到家中，惊魂未定地告诉了父亲。白嘉轩初听时猛乍歪过头「噢」了一声，随之又恢复了常态，很平静地听完儿子甚为详细的述说，轻轻摆一摆脑袋说：「他……那种人……」孝武又把在村巷里听到的种种议论转述给父亲，白嘉轩听了既不惊奇也不置可否。他双手拄着拐杖站在庭院里，仰起头瞅着屋脊背后雄巍的南山群峰，那架势很像一位哲人，感慨说：「人行事不在旁人知道不知道，而在自家知道不知道；自家做下好事刻在自家心里，做下瞎事也刻在自家心里，都抹不掉；其实天知道地也知道，记在天上刻在地上，也是抹不掉的。鹿子霖这回怕是把路走到头了。」白嘉轩说着转过身来，对聆听他的教诲的儿子说：「你明天到县上去找你哥，让他搭救子霖叔出狱。你给你哥说清白，要尽心尽力救。」

鹿子霖的女人鹿贺氏走进来，黄肿发胀的脸颊和眼泡儿上都流露着焦虑。白嘉轩以少见的热切口吻招呼她屋里坐，不等鹿贺氏开口，就赶忙询问鹿子霖的情况。「啥啥儿情况连一丝丝儿也摸不到。」鹿贺氏说，「我跑了两天，先生哥也专程到县里去了一回，甭说见不到人，连一句实情都问不出来。」白嘉轩替她宽心：「你甭急也甭乱跑了。我跟孝武刚刚说过，让他明早到县上找孝文先打探一下，看看到底是因为啥事由。问清了事由儿，才能对症下药想办法。」鹿贺氏翻起沉重的眼泡儿感激地说：「我来寻你就为这事。哥呀，我知道你为人心长。」白嘉轩鼻腔里不在意地吭了一声，摆摆头说：「在一尊香炉里烧香哩！再心短的人也不能不管。」鹿贺氏说她昨日找过鹿三，求他到县上跟黑娃打探一下，鹿三脖子一扭说，我为我的大事小事也没寻过他。我不是他爸，他不是我儿，你还不知道？你叫我求拜他是糟践我哩！白嘉轩笑笑说：

「三哥那人你明白，是个倔豆儿咯！」鹿贺氏临到从椅子上站起身来告辞时，颤着声说：「我这阵儿倒再指靠谁呀？」

白嘉轩听了这话心里一沉，默然瞅着鹿贺氏走出院子。鹿家眼下已经走到独木桥上，而河中心的那块桥板偏偏折断了，鹿兆鹏闹共产，四海闯荡，多年不见音信，鹿子霖有这个儿子跟没这个儿子是一回事；鹿兆海死了，在原上举行过一次绝无仅有的隆重葬礼，坟头的蒿草冒过了那块一人高的石碑，完全荒寂了；鹿子霖家修筑讲究的四合院里，现在只剩下一个黄脸老婆子鹿贺氏楦在里头。白嘉轩拄着拐杖站在庭院里，眼前忽然浮起小他两岁的鹿子霖幼年的形象，前胸吊着一个银牌儿，后心挂着一只银锁，银牌和银锁上各系着两只小银铃，凭银铃的响声可以判断鹿子霖是平步走着还是欢蹦蹦地颠跑着……鹿子霖他大鹿泰恒对儿子所犯的致命性错误，鹿子霖自己又在他的后人兆鹏兆海身上重犯了。家风不正，教子不严，是白鹿家族里鹿氏这一股儿的根深蒂固的弱点，根源自然要追溯到那位靠尻子发起家来的老勺勺客身上，原本就是根子不正身子不直修行太差。「这是无法违抗的。」白嘉轩拄着拐杖，泥塑一般站在庭院里思虑和总结人生，脑子里异常活跃，十分敏锐，他所崇奉的处世治家的信条，被自家经历的和别家发生的诸多事件一次又一次验证和锤炼，愈加显得颠扑不破。白嘉轩让孝武到县上去做搭救鹿子霖的举措，正好发生在鹿贺氏登门之前，完全体现了他「以德报怨以正祛邪」的法则。他在得悉鹿子霖被逮的最初一瞬间，脑子里忽然腾起鹿子霖差人拆房的尘雾。他早已弄清了儿子孝文堕落的原因。他一半憎恨鹿子霖的卑劣，又一半谴责自己的失误。现在他无疑等到了笑傲鹿子霖身败名裂的最好时机。他没有幸灾乐祸，反而当即做出搭救鹿子霖的举措，就是要在白鹿村乃至整个原上树立一种精神。他几乎立即可以想见鹿子霖在狱中得悉他搭救自己时该会是怎样一种心态，难道鹿子霖还会继续得意于自己在孝文身上的杰作吗？对心术不正的人难道还有比这更厉害的心理征服办法吗？让所有人都看看，真正的人是怎样为人处世，怎样待人律己的。

陈忠实 著
下卷
五三一

白嘉轩听到一阵急促的脚步声，回头看见孝武神色紧张地走到跟前，他告诉父亲一个意料不到的消息：「爸！田主任让我顶上一保保长的空缺！」「唔？当保长？」白嘉轩说，「你先到县上去办那事，你子霖叔家婶子刚才来过……你明早就起身。」

鹿子霖已经沉静下来。从保安团团丁把一条细麻绳缠到他的两条胳膊上算起，直到拽着他走过原上的官路，走进滋水县城，然后推进只有一个小孔的牢门，在散发着一股腐臭气味的牢房里刚度过了一个后晌和一个夜晚，盼来了监牢里陌生的第一个黎明时分，他都一直处于愤怒到癫狂的情绪里。从小孔里接过第一餐囚犯的黄碗时，他更加狂怒，扬手就摔砸在墙壁上。当他接受了第一次讯问之后，又立即安静下来，安静地坐在靠墙的床板上，呼气吸气都很匀称。当他从小孔里接过一碗蒸腾着焦煳味儿的包谷糁子时，对送饭的狱卒说了一句调皮话：「兄弟，你烧熬糁子的时候，是不是在耍毬？糁子烧焦了，你喂我家的狗狗也不喝！」鹿子霖还是喝了那碗散发着焦煳苦味儿的包谷糁子，而且喝得一滴不剩，用筷子头儿越来越欢快地刮刨着粘滞在黄碗碗壁上的糁子粒儿，仍然不忍心放弃，干脆扔了筷子伸出舌头舔起来。他现在才回忆起前一顿饭是在自家屋里吃的，这一碗饭正好与前一顿饭间隔两天一夜。

第一次审讯十分简单：「你把你的共匪儿子的行踪供出来，就放你回去。你啥时候想通了，就随时说话。我们有充分的证据，证明你知道你儿子的底细。」鹿子霖听明白了，也就不再慌乱，不再生气，更不会摔碗掷箸与饭食为仇了。他当即做好了死在这张硬板床上的准备。他在审讯时只问了一句话：「要是我说不出兆鹏的影踪，大概就得在这不刮风不淋雨的屋子里蹲到死吧？」审判官抿了抿嘴，没有回答他的挑衅。鹿子霖吃完以后，就仰躺在床板上，高高跷起一条腿，心里想：修下监狱就是装人哩嘛！能享福也能受罪，能人前也能人后，能站起也能跄蹴得下，才活得坦然，要不就只有碰死到墙上一条路可行了。鹿子霖唯一感觉难受的是没有烟抽。他狠狠抽了自己一巴掌，嘴唇垫硌在牙齿上一阵刺疼抑制住烟瘾。厚重的木板门吱扭一声，白孝文一脚跨进门来。鹿子霖从木板床上骨碌一翻跳下地：「孝文，快给叔掏一根烟！」白孝文从口袋里摸出烟盒递给他。鹿子霖急不可待地抽出一支，颤抖着手指在孝文划着的火柴上点燃了，闷着头猛吸了一阵，随之放出一口浓浓的烟雾，呛得他大声咳嗽流出眼泪，天真如孩子一般笑了说：「饿咧渴咧都能忍得住，就是烟瘾发咧忍受不住。」

白孝文一身笔挺的戎装，显示出一个儒将的优雅风姿。鹿子霖的烟瘾得到缓解，情绪也安静下来，瞅着站在眼前的孝文，想起舍饭场上与死亡只有半步之隔的那个败家子的形象。他做出满不在乎豁然朗然的轻松姿态，爽快地承受着孝文的关心和安慰：「老侄儿，你放心，叔把世事看得开，这事嘛，也想得开。你今日能来看叔一回，这就够了。你给你婶捎话，让她给我买二斤旱烟叶子捎来，再啥我都不在乎。」白孝文说：「后晌我就差人给你送一把烟叶子。」随之告诉他：「岳书记在省上挨了『头子』，回到县上大发脾气……亲自拍板叫抓你。有人说你曾经找过兆鹏，岳书记推测你肯定知道兆鹏的底细。岳书记抓你朝你要兆鹏，谁也不好开口给他说话……」鹿子霖一听就呵地笑了：「岳书记听信那些闲传，真是挨『头子』挨昏了！老侄儿，你管不了这事我知道，你只要给叔把烟叶子送来就行了。」

第二天，卫兵又押鹿子霖出门。鹿子霖对审问有一种家常便饭不再新鲜的感觉。走出大门时，发觉与头次审讯走过的路方向相背，猛然想到该不会就这么快、就这么糊里糊涂给枪崩了吧？及至被押进县府大门，他仍然疑虑难释。鹿子霖被押进一间窄小的房子，想不到岳维山书记从套间里走出来，动手就解他胳膊上的绳子。鹿子霖拧扭一下臂膀，拒绝岳维山的虚

情假意：「甭解甭解！就这样绑着倒好。」他眯缝着深陷的眼睛瞧着窗户。岳维山收起了脸上的笑容，挺坐在一张椅子上开了腔：「你不要想不开。省上剋我姑息养奸，你还要什么脾气，使什么性子？」鹿子霖硬顶：「要说姑息养奸，那不能问罪于我鹿某。是谁出口闭口国共合作？是谁在白鹿区分部成立大会上跟共匪兆鹏肩并肩坐在主席台上？是谁讲话时挽着兆鹏的手举到头顶？我那阵子就不赞成兆鹏闹共产！这阵子倒好，你们翻脸了把我下牢！」岳维山平淡地笑着说：「这就叫此一时彼一时也。我听说你领着儿媳到城里找兆鹏，有这事没有？」鹿子霖扬起头：「有！」洪亮的嗓音显示着诚恳，也喻示着这事情并不重要。然后以坦然的口气解释说：「儿媳有病，是女人家的内症。她爸是先生，专门给人治病，可不好问女儿那些病症，我就引她到城里去看病。村里有人糟践我，说我给儿媳种上了，去找儿子接茬……你堂堂滋水县岳书记听凭几句闲传，就把我绑了下牢，正好把这瞎话搁实了。甭说我通共不通共，单是这瞎话，就把我的脸皮揭光了剥净了。我没脸活人了，我准备死到你的牢里，啥也不想了。」岳维山对他与儿媳有没有那种事不感兴趣，倒是对他毫不忌讳地说出这件事感到惊奇，就冷着脸狠狠戳他一锥子：「鹿子霖，你的脸真厚！你甭跟我死呀活呀要无赖，监狱里死人，你想想会算个啥事？你引儿媳究竟是看病，还是找兆鹏？我没有一点把握就能绑你？你不要自作聪明，也甭要无赖，说实话为好。你好好想想，再掂量掂量，你想通了说了实话，就放你回家。你早晨说了，晌午就放你走。你的事情不复杂，就这一条。」鹿子霖说：「没有啥想的。我早都活得没劲咧。我一个娃为国为民牺牲了性命，一个娃当共匪，跟没有他一样。独独儿剩下我栽在世上，还不及死了好！」岳维山说：「你甭要无赖，也甭要小聪明，我认识你。」

白孝武从县上回到白鹿村，详细向父亲叙说了搭救鹿子霖的经过，最后说：「岳维山亲手掐着子霖叔的脖子朝他要兆鹏，谁眼下也不敢求他松开手。」白嘉轩缓缓地吸着水烟听着，噗的一声吹出水烟铜管里的烟灰，平静地说：「你去给你子霖婶回个话。我们算是尽了心了。」孝武却转了话题说：「爸，黑娃说要回来到祠堂祭祖。」白嘉轩不禁一愣。

孝武又接着叙说这件事：他在孝文哥那儿吃晚饭，黑娃来找孝文商量事情，还说了鹿子霖被下牢的事，随后对他说：「孝武，你回去给嘉轩叔捎句话，我想回原上祭祖。」孝武对这个突如其来的要求拿不定主意，恐怕父亲不会应允这个要求，就说：「我保险把你的话捎到。」孝武第二天回来时，绕道到白鹿书院看望大姑和姑父朱先生。朱先生郑重其事地说：「鹿兆谦想回原上祭祖，你给你爸捎句话，我跟他一搭陪他回原上去。」

白嘉轩听到这里忙问：「你给你姑父咋回话来？」孝武说：「我说这事事关重大，我一定把话原封不动捎回来。」白嘉轩把水烟壶往桌子上一蹾：「蠢货！你连这样的事都分辨不清，你真蠢！」孝武的情绪顿时受挫：「我想黑娃那样的人，咋能再进祠堂？」白嘉轩凛然站起：「你明天就找几个人，把祠堂清扫一下，香蜡纸表都备齐整。后日你就到县上去迎接鹿、兆、谦。」

遵照归顺谈判达成的协议，近百号土匪弟兄全盘端进第三营，即炮营。黑娃接受了张团长对炮营进行整训的命令。三个军事教官来到炮营，对刚刚征召进来的年轻后生和土匪进行基本的军事操练，仅仅队列操练就搞了整整半个月，才勉强可以踏出整齐的步伐。土匪弟兄对这种机械而单调的训练从一开始就不大在乎，说这种纯粹摆设性的动作不顶毬用，打起仗来根本不靠这些花架子。黑娃在习旅接受过正规军事训练，对弟兄们吊儿郎当的行为很生气，当众杖责了两个敢于顶撞军事教官的弟兄，然后铁着脸说：「弟兄们，咱们现在是正规军队了，得有军队的规矩。」随后才进行持枪操练。土匪们原有

的乱七八糟的枪一律入库，每人配发一支蓝光熠熠的新枪。土匪弟兄们这时候出尽风头，实弹射击的命中率令三位教官大为吃惊。最后进行大炮射击操练，按规定应该将步枪重新收回，黑娃拒绝执行这道命令。张团长解释说：「炮营不配发步枪，在正规军队里也是这样。」黑娃说：「规矩我明白。步枪得给我配备，要不然让二营干炮活儿。」张团长眨了眨眼睛，释然笑了：「好了，我明白了，步枪不收了。」

到张团长家赴宴是黑娃归顺以后的重要一步。黑娃进屋时，一营长白孝文、二营长焦振国已经在座。团长和他打招呼之后，又唤来太太和他见面认识。张团长专意请来了县城里头把勺子冯师做菜，黑娃面对一盘又一盘精细的菜肴不忍动箸。酒过三巡，张团长直戳戳对黑娃说：「兆谦，你晚上再不闭着眼睛睡觉，我就请你回山上再当你的山大王！」白孝文和焦振国都哈哈大笑，保安团里神秘地传说着三营长鹿兆谦晚上有睁着眼睛睡觉的习惯。黑娃不好解释什么，因为团长说的不过是一句笑闻，也就不在意地笑笑：「甭听那伙人给我胡咧咧。」张团长却认真起来：「我看不是胡咧咧。你自下山以来，没在城圈里睡过一夜，是不是？」黑娃的炮营驻扎在古关峪口，他一直坚持住在营部里，就点头说：「官不离兵，这是领兵规矩。」张团长摇摇头说：「规矩不是坏规矩。可你这是不放心我，你怕我单个收拾你。你甭朝我瞪眼。你硬要给炮营士兵配发步枪合不合规矩？说透了还是为着防备我。对不对？」黑娃在这样突如其来的追问下，有点无措。白孝文和焦振国也始料不及而局促起来。张团长又进一步说：「你还信不下我。你信不过我，怎样跟我共事？我当团长，连我手下的营长都信不过我，这咋弄？我是个外路人，出门全靠朋友，你信不过我，我可是实打实相信你。」

于是便喝血酒。四个人由张团长率先割破指头，将血滴入酒壶里，其他人一一仿效，然后从酒壶里把混合着四个人血浆的红色酒液斟满四个酒盅，一齐端起来饮下。黑娃猛然想起头一次和大拇指芒儿饮血酒的情景。他对另外三位说：「张团

长，白营长，焦营长，鹿某只有一条可以夸口：从不负人。」张团长擂一下桌子：「我一生就凭这一条活人！」

黑娃随后完成了他的第二回婚事。白孝文先给他介绍了一位老秀才的女儿，张团长又给他瞅下县城一家布店老板的女儿，张团长和白孝文为此而发生了友好的争执。白孝文坚持认为老秀才的女儿知书达理，对黑娃所缺乏的东西正好是一个补充；那女子聪明过人，没上过一天学却能熟背四书，全是听老秀才诵读时记下的。张团长认为这种女子对黑娃来说，是丝线缝麻袋——太细了倒糟糕；黑娃需得一个飒爽利落的女人操持家务，应酬必不可少的社交场面。俩人争论的结果，还是让黑娃抉择。焦振国打哈哈说，干脆让黑娃抓阄，抓着谁算谁命大。在他眼里，无论哪个都不过是个女人。黑娃终于选定了高老秀才的女儿玉凤，诚挚地说：「团长，我需得寻个识书达理的人来管管我。」

临到白孝文正式做媒向老秀才求婚时，高老秀才只提出一个先决条件，要求未来的女婿必先戒掉吸「土」的毛病，并且申明这是他女儿玉凤的要求，否则将以死抗婚。黑娃对孝文说：「好办。」他在猛吃硬塞下六个坨坨一碗的羊肉泡馍后，命令他的弟兄说：「把我捆到大炮筒子上，绳头拴成死结。」黑娃在炮筒上被捆绑了整整五天五夜，汤水未进；第三天时下了一场瓢泼大雨，他骂走了企图割断绳索的团丁……黑娃戒烟成功，不仅娶回了老秀才的小女儿，而且使他的威名震撼了县城各个阶层，这人真是个冷家伙。

黑娃在县城买下一院房子，雇请工匠进行了一次彻底的修缮，出脱成一院漂亮的新房了。红火的婚礼仪式就在这儿举行。婚礼这部繁缛冗长的大书的每一章每一节的实施，都给黑娃一次又一次带来欢乐又招来痛苦。他戴着红花跨上红马，随着呜哇吹响的喇叭乐队出发迎亲的时候心跳如兔蹦，以至看见岳丈老秀才斯文的举止，忽然想起小娥父亲羞于见人的面孔，那也是一位知书达理的老秀才；黑娃跟着彩饰的花轿在欢乐悠扬的乐曲中回程的时候，忽然想到在渭北那个武举人家攀树

翻墙与小娥偷情的情景；黑娃领着新娘走进大门又走进洞房的时候，猛烈爆炸的雷子炮和串子炮使他血液沸腾，即使在这样热烈嘈杂的场合里，脑子里仍然闪出和小娥走进村头窑洞时的情景；黑娃揭开新娘子蒙在脸上的红绸盖巾，屏声静息地看见一张羞怯掩盖下的沉静自若的面孔时，眼前又一下子闪现出小娥那张眉目活泛生动多情的模样……及至婚礼大书翻到最后一页，酒席收盘、宾客散去、庭院沉寂、红烛高照时，这种现实的欢乐和回忆的痛苦互相扭缠、互相侵犯的心境仍然不能止息。洞房的门闩插上以后，黑娃的心情变得更加糟糕，他觉得自己十分别扭，十分空虚，十分畏怯，十分卑劣，而对面椅子上坐着的不过是一个柔弱的女子，两只红烛跃动的火焰在新娘脸上闪烁；他想不起已往任何一件壮举能使自己心头树起自信与骄傲，而潮水般一波又一波漫过的尽是污血与浊水，与小娥见不得人的偷情以及在山寨与黑白牡丹的龌龊勾当，完全使他陷入自责、懊悔的境地。她端坐在方桌的那一边，墨绿色的褶裙散拖在地上，罩住并拢着的膝盖和腿脚；两只平平的肩头透出棱角；红色缎面夹袄隐约透出两个紧成团的乳房的轮廓；乌黑的头发绾成一个硕大的发髻，上面插着一枚绿色翡翠骨朵；单薄的眼皮下是一双沉静的黑眼珠；挺直而秀气的鼻梁；薄厚适度的嘴唇更显示出自信沉稳。黑娃久久地坐着抽烟，看到炕头并摆着的一双鸳鸯枕头，更加卑怯到无力自持的地步。

红烛相继燃尽，蜡捻残余的火星延续了短暂的一会儿也灭绝了。屋子里一片漆黑。黑娃在黑暗里感到稍许自如舒展了，鼓起勇气说：「娘子，你知道不知道我以前不是人，是个……」方桌对面的新娘子以急促而冷静的声音截住了他的话：「我只说从今往后，不说今日以前。」黑娃听了浑身颤抖，呜地哭出一声，随之感觉有一只手抚在肩头，又有一只手帕在他脸上眼上轻轻抚擦。黑娃猛然抱住她的身子，偎在她胸前呜咽说：「你不下眼瞧我，我就有了贴心人了。」新娘子却笑着说：「你把我抱到炕上去……」

完全是和平宁静的温馨，令人摇魂动魄，却不至于疯狂。黑娃不知不觉地变得温柔斯文谨慎起来，像一个粗莽大汉掬着一只丝线荷包，爱不释手又怕揉皱了。新娘倒比他坦然，似乎没有太多的忸怩，也没有疯张痴迷或者迫不及待，她接受他谨慎的抚爱，也很有分寸地还报他以抚爱。她温柔庄重刚柔相济恰到好处，使他在领受全部美好的同时也感到了可靠和安全。

第二天早晨，黑娃起来时已不见新娘，走到厨房门口，看见她一手拉着风箱，一边在膝头上摊开着书本。黑娃洗脸一毕时，她先给他递上一杯酽茶，接着端给他一碗鸡蛋。黑娃喝了口茶又捉起筷子，夹住一个鸡蛋随即又沉入碗中，扬起头说：「我从今日开始念书。」

玉凤说：「你想念就念。」

黑娃问：「晚不晚？现在才想起念书怕是迟了？」

玉凤说：「圣人说『朝闻道夕死可矣』。念书没有晚不晚迟不迟的事。」

黑娃说：「那我就拜你为师咧！」

玉凤摇摇头：「你要是真想念书，应该正经拜师。我不能够做这样事。」

黑娃问：「为啥？」

玉凤说：「甭忘了你是丈夫，我要是当了你的先生就没有丈夫了。你在外边拜师去。」

黑娃怀着虔诚之心走进白鹿书院，看守门户的张秀才拒绝他进入：「不管谁不论啥事，朱先生一律谢客。」黑娃说：「你去传话，就说土匪头子鹿黑娃求见先生。」

夫传话，就说土匪头子黑娃求见先生。」

黑娃怀着虔诚之心走进白鹿书院，看守门户的张秀才拒绝他进入：「不管谁不论啥事，朱先生一律谢客。」黑娃说：

玉凤说：「再忘了你是丈夫，我要是当了你的先生就没有丈夫了。你在外边拜师去。」

黑娃问：「为啥？」

玉凤瞪着火：「你要是真想念书，应该正经拜师。我不能教这样的事。」

黑娃说：「那我就拜你为师吧！」

玉凤说：「圣人说『朝闻道夕死可矣』。念书没有晚不晚，迟不迟的事。」

黑娃问：「晚不晚？现在才想起念书是否迟了？」

玉凤说：「你想念就念。」

说：「我从今日开始念书。」

时，随先生拾阶而上：「你学茶，接着端给他一碗鸡蛋。」黑娃喝了口茶又捏起筷子，夹住一个鸡蛋随即又送入嘴中，[illegible]

第二天早晨，黑娃起来时已不见新娘，走到厢房门口，看见她一手拉着风箱，一边在灶头上翻开着书本。黑娃恍惚一阵[illegible]全。

真的新娘，由于有多年[illegible]，她温柔且重视[illegible]到好处，使她在[illegible]全部美好的回忆中感到了可亲和[illegible]只[illegible]，爱不释手又[illegible]新娘[illegible]，似乎没有太多的[illegible]，也没有风采和迷人的[illegible]不安存在，她总是[illegible]完全是和平宁静的温馨，令人陶醉动情，却不是土匪头子。黑娃不知不觉地变得温柔开朗起来，像一个[illegible]读书

白鹿原

陈忠实 著

说：「你把我抱到炕上去……」

[illegible]上炕后轻轻揭开[illegible]，[illegible]在她的脸前[illegible]：「你不……」[illegible]只说从今往后，不说今日以前。」黑娃听了身子[illegible]，也不由得出一声，随之感觉有一只手[illegible]在肩头，又有一只手贴在他[illegible]他的头说：「娃子，你知道不知道我以前不是人，是个……」[illegible]对面的新娘子以急促而[illegible]的声音截住了他的话，[illegible]

[illegible]熬尽，[illegible]火星熄灭，没有了声音的一会儿也大亮了。屋子里一片漆黑。黑娃在黑暗中[illegible]

[illegible]

[illegible]

[illegible]

[illegible]

对面[illegible]木门[illegible]是一个柔弱的女子，两只红烛[illegible]火苗在新娘[illegible]，他想不起自己[illegible]不能止息。洞房的门已插上以后，黑娃的心情变得更加[illegible]……他觉得自己十分[illegible]

最后一夜，酒席收散，宾客散去，[illegible]新家，红烛高照时，[illegible]

看见一张羞怯[illegible]沉静而[illegible]自信的面孔时，眼前又一下子闪现出小娥[illegible]……及至婚礼[illegible]件热烈嘈杂的场合里，脑子里仍然[illegible]出和小娥走进村头窑洞时的情景，甚至揭开新娘子头上的红绸盖巾时，[illegible]

[illegible]小娥[illegible]的情景，黑娃[illegible]新娘走进大门又走进洞房的时候，[illegible]

朱先生正在庭院树荫下闭目养神。他送走了编纂县志的几位同仁，不仅身俸无法支付，连三顿饭也管不起了。朱先生最后一次找到县府申述县志编纂工程的重要，管钱的主任摸摸硕大的光头，就呵呵笑起来：「好朱先生哩！剿共重要不重要？岳书记手谕拨款给保安团买大炮重要不重要？」朱先生被呛得噎住，分辩说：「现在只要一笔石印的钱，县志已经编成了。」主任说：「编成了先放下，等剿灭了共匪国泰民安那阵儿，我给你拨款，多拨些也印得漂亮……」朱先生早已不再晨诵午习，常常坐在那把破藤椅上闭目养神。听见张秀才传报，朱先生睁开眼睛：「噢！我这辈子就缺少看见土匪的模样。让他进来。」

黑娃进门再进入庭院，看见一把破旧藤椅上坐着一位头发银白的老者，恰如一座斜立着的山峰，紧走几步就扑通一声跪倒了：「鹿兆谦求见先生。」

「你是何人？求我有啥事体？」

「鄙人鹿兆谦，先前为匪，现在是保安团炮营营长。想拜先生为师念书。」

「我都不念书了，你还想念书？」

「兆谦闯荡半生，混账半生，糊涂半生，现在想念书求知活得明白，做个好人。」

「你坐下说。」

黑娃站起来坐到石凳上。朱先生自嘲地说：「我的弟子有经商的，有居官的，有闹红的，有务农的，独独没有当土匪的。我收下你，我的弟子就行行俱全了。」说着回屋取来纸笔，拔下笔帽；笔头儿已经干涸，经水泡开又磨了墨汁，给黑娃写下「学为好人」四字，说：「你是我最后一个弟子。这是我最后一幅题字。」

黑娃每日早起借着蒙蒙的晨曦舞剑，然后坐下诵读《论语》，自然常常求问于高氏玉凤；每隔十天半月去一趟白鹿书院，向朱先生诵背之后再说自己体味的道理。朱先生深为惊讶，开始认真地和他交谈，而且感慨不已：「别人是先趸下学问再出去闯世事，你是闯过了世事才来求学问；别人趸下学问为发财为升官，你才是真个求学问为修身为做人的。」黑娃谦然地说：「我学一点就做到一点，为的再不做混账事。」朱先生仰起脖子慨叹道：「想不到我的弟子中真求学问的竟是个土匪坏子！」

黑娃言谈中开始出现雅致，举手投足也显现出一种儒雅气度。玉凤更加钟爱黑娃。团长以及同僚们也都觉察到这种变化。黑娃再一次走进白鹿书院时，就不无激动地说：「先生，我想回原上去祭祖。」朱先生久久凝视着黑娃，竟然颤抖着嘴唇说：「好哇兆谦，我陪你回原上祭祖！」

黑娃真正开始了自觉的脱胎换骨的修身，几近残忍地摈弃了原来的一些坏习气，强硬地迫使自己接受并养成一个好人所应具备的素质，中国古代先圣先贤们的镂骨铭心的哲理，一层一层自外至里陶冶着这个桀骜不驯的土匪坯子。黑娃同时更加严厉地整饬炮营，把一批又一批大烟鬼绑捆到大炮筒子上，土匪弟兄们的体质首先明显地发生变化；他把一个在街道上摸女人屁股的团丁扒光衣服捆绑到树上，让炮营二百多号团丁每人抽击一棍；过去的保安团丁在县城是人人害怕的老虎，又是人人讨厌的老鼠，人们把保安团叫捣蛋团；黑娃整饬三营的做法得到张团长的奖赏，一营和二营也开展了整顿活动；保安团在县城居民中的形象从此发生变化，黑娃在整个保安团里和县城里威名大震。

黑娃回乡祭祖的举动在原上引起震动。曙色微明，黑娃携着妻子高玉凤从县城起身，绕道走到原坡上的白鹿书院，朱先生早已收拾停当等候多时。三个人一行沿着坡沟间的小路走着，天色愈来愈亮。黑娃脱了戎装，也没有一片绫罗绸缎，而是

专门选买了家织土布，声明不许用机器轧制，由妻子玉凤亲手裁了缝了，只有头顶的礼帽是呢料的，完全成了一个拘谨谦恭的布衣学士了。他不骑马，也不带卫士随从，为此与张团长和白孝文都发生了争执。张团长说：「带个随从替你跑腿。」孝文则指明说：「你先前在原上有对手，以防不测。」黑娃说：「有朱先生领路引导强过一个师的人马。」午后时分，黑娃一行走到白鹿村口，见白孝武领着十数人伺候在那儿迎接，连忙打躬作揖。从村口进入村庄，街道清扫得干干净净，土道上还留着扫帚划过的印痕，村巷里除了乱跑乱蹿的小孩不见大人。黑娃走进村巷，就抑止不住心潮起伏，一幢幢破残的门楼和土打围墙，一棵棵粗的细的榆树椿树和楸树，都幻化成活物令他心情激荡。及至走到祠堂门口，看见鞭炮炸响的硝烟中站立着白嘉轩佝偻的身躯，一只拐杖撑在身前。黑娃紧走几步扑通一声跪下了，高玉凤也随着跪下去，只有朱先生抱拳向迎候在门口的乡亲作揖致礼。这是白鹿村最高规格的迎宾仪式，白嘉轩向来是在祠堂里处理本族的事务，在门口亲自迎接什么人几乎没有先例。

白嘉轩把拐杖靠在门框上，双手扶起匍匐在膝下的黑娃。黑娃站起来时已满含热泪：「黑娃知罪了！」白嘉轩只有一个豁朗慈祥的表情，用手做出一个请君先行的手势，把黑娃和朱先生以及高玉凤让到前头，自己拄着拐杖陪在右侧，走过祠堂庭院砖铺的甬道，侍立在两旁和台阶上的族人们拥挤着伸头踮脚。两只木蜡已经点燃，孝武侍立在香案旁边，把紫香分送给每人三支。白嘉轩点燃香支插入香炉就叩拜下去：「列祖列宗，鹿姓兆谦前来祭奠，求祖宗宽恕。」黑娃在木蜡上点香时手臂颤抖，跪下去时就哭喊起来，声泪俱下：「不孝男兆谦跪拜祖宗膝下，洗心革面学为好人，乞祖宗宽容……」朱先生也禁不住泪花盈眶，进香叩拜之后站在白嘉轩身边。高玉凤最后跪下去，黑娃跪伏不起，她也一直陪跪着。白嘉轩声音威严地说：「鹿姓兆谦已经幡然悔悟悔过自新，祖宗宽仁厚德不记前嫌。兆谦领军军纪严明已有公论，也为本族祖宗争气争光，为表族人心意，披红——」白孝武把一条红绸递到父亲手上，白嘉轩亲手把红绸披挂到黑娃肩头。黑娃叩拜再三，又转过身向全体族人叩拜。他从妻子玉凤手里接过一个红绸包裹的赠封，交给白嘉轩说：「我的一点薄意，给祖宗添点香蜡。」他把赠封的银元递到白嘉轩手里，面对着那个佝偻如狗一样的身躯不禁一颤，耳际又浮起许多年前自己狂放的声音：那人的腰挺得太直……

族人纷纷散去，黑娃在白嘉轩的陪同下款步走在院子里，一回身瞅见墙上嵌镶的乡约碑石的残迹，顿然想起作为农协总部的这个祠堂里所发生过的一切，愧疚得难以抬头。他想请求白嘉轩，由自己出资重新雕刻一套完整的乡约石碑，却终于没有说出口来，缓些时候再说吧，那断裂拼凑的碑文铸就了他的羞耻。

黑娃问：「怎么没见我大？」白嘉轩笑笑说：「你大在屋里等你，在我屋里。」鹿三得知儿子黑娃要回原上祭祖的消息，表示出令白嘉轩吃惊的态度：「晚了，迟了，太迟了！」他冷漠地咕哝着。白嘉轩叮嘱鹿三应该回家去收拾一下屋子，黑娃引着媳妇回来必定要回家看看的。自妻子去世以后，鹿三领着二儿子兔娃住在马号里，黑明都不回家了。鹿三摇摇头：「他要回家他就去。我不管。我也不见他。我只有兔娃一个儿。」白嘉轩甚至在劝说不下时发了大火：「人家学好你还不认账？你这样子的话就不通情理了！你要是不认黑娃，我就不认你了……」鹿三依然不动声色：「那好，那行，我权当给你饰面子。」白嘉轩就把鹿三和黑娃的会面安排在自己家里，因为鹿三坚决拒绝在祠堂里的族人面前和黑娃相见。

黑娃走进白嘉轩家那条街巷，没有进入门楼而拐进了对面的马号，把陪同的一行人扔在身后。走过马号的门道进入拴马场，黑娃一眼瞅见一老一少正在那儿铡草，老人一条腿跪在地上往铡口里擩塞草束，半大小伙子趄趄地叉开双腿一压一揭宽刃铡刀。西斜的夕阳把一缕血红投抹过来。空气中弥漫着青草清香的气味。黑娃走到铡墩跟前跪下去，叫了一声

「大」，泪如泉涌。鹿三停止了揣塞青草，痴呆呆地盯着儿子：「噢！你回来了……回来了好……」黑娃扶起父亲坐在铡墩上，转过身搂住弟弟兔娃的肩膀：「你还认得哥不？」兔娃扭一下头，羞涩地笑笑。白嘉轩指使儿子孝武陪引朱先生先到屋里坐着，自己引着黑娃媳妇高玉凤进了马号，朗声吆喝道：「三哥，你看媳妇也来看你了。」高玉凤叫了一声「大」，就在草垛跟前跪拜下去。鹿三木然地瞅着儿媳妇玉凤优雅的叩头动作，眼里忽然掠过一缕惊骇，小娥被他刺中背部回过头来叫「大」的声音又再现了……白嘉轩强令鹿三父子撂下活儿回屋吃饭，鹿三没有拒绝也没有热情，只是木然地跟着白嘉轩走。黑娃忍不住问：「嘉轩叔，俺大看去晃晃悠悠的？」白嘉轩不在意地说：「老了，你大老了！」自从鬼魂附体的折腾以后，鹿三就成了这个样子。白嘉轩不想提及那个小娥，就进一步证实说：「人老了都是这样子。你看我嘛，也变得迟手笨脚瓜不愣愣的了嘛！」

一次难忘的晚餐在白嘉轩厅房明间里开筵。气氛由拘谨逐渐活跃起来，只有鹿三表情依然木愣。孝义被过来过去的祝辞和应酬的套话搞得不大耐烦，提出一个新鲜的话头儿：「黑娃哥，你在县里干大事，经得多见得广，而今朝民人又征粮又征丁，这日子咋过哩？」黑娃还没开口，白嘉轩瞪了孝义一眼：「咱今日个只跟你姑父你黑娃哥说家常话，旁的事一概不论。」朱先生接住话茬：「征粮征丁牵扯家家户户，也是家常事家常话呀！」白嘉轩点点头，慨然说道：「我是怕这些恼人的事说起来冲了兆谦的兴头儿。征这么多的粮和丁，我没经过也没见过，清家皇上对民人也没有这样心狠……」朱先生向来说话以近喻远：「买卖人有一句话说：心狠蚀本。」

饭后暮色苍茫。兔娃用笼提着阴纸，引着哥哥黑娃和嫂嫂玉凤去给母亲上坟，他悄悄说：「哥呀，我想跟你到保安团去。」黑娃沉思半晌，断然拒绝说：「兄弟你甭去。你还不懂。再说你走了谁给咱家顶门立户呢？」兔娃再不强求。慢坡

地根一堆青草叶蔓覆盖着母亲的坟丘，黑娃痛哭一声几乎昏迷过去。他久久地跪在坟前默默不语。

黑娃回到村子天已擦黑。他领着妻子玉凤从东到西逐家逐户拜望乡亲，直到深夜才走过一半人家，几乎家家户户男人女人都不大在意他的歉词，而是众口一词诉述征粮征丁的巨大灾难，试探鹿营长能不能帮忙说情让娃娃免过征丁。黑娃自知既无普渡众生之术，也无回天之力，只好表面应承着，却破坏了他回原祭祖的虔诚心情。

回到白家，黑娃谢绝了白嘉轩为他备好的炕铺，引着妻子走进自家那个残破的敞院，在尘土和老鼠屎成堆的厦屋炕上拉开了铺盖，那是一堆破布搅缠着棉絮的被子，深情地对高玉凤说：「咱们在妈妈的炕上睡一夜吧！」妻子欣然点头。黑娃鼻腔酸酸地说：「我就生在这炕上……我怕在这炕上再睡不了几回了……」玉凤温厚地帮他解纽扣脱衣服，然后躺进破棉絮里。黑娃闻到一股烟熏和汗腥气味，一股幽幽的母乳的气味，颤着声羞怯怯地说：「我这会儿真想叫一声『妈』……」玉凤浑身一颤，把黑娃紧紧搂住。黑娃静静地枕着玉凤的臂弯贴着她的胸脯沉静下来……

天明以后，黑娃领着玉凤继续拜望了白鹿村剩下的所有人家，最后回到白嘉轩的马号里，对父亲说：「再盖一座房子，该给兔娃张罗婚事了。」鹿三说：「兔娃还小。」闷了半晌又续着说，「房子嘛……等兔娃长大咧由他去盖。」黑娃说：「你跟兔娃搭手买木料买砖，先盖下房再张罗媳妇，厦屋快倒塌咧！人家谁敢把女子……」鹿三说：「我没劲头，不想张罗这些事。」黑娃把一摞银元递到鹿三的手里，退一步说：「你先拿这钱日常用着，盖房的事缓缓也好。」鹿三把银元再倾入黑娃手中，漠然地说：「要给钱你给兔娃。我不用钱。」黑娃迟疑一下把钱交给兔娃了。后晌，他和玉凤起程回县城，朱先生一早先头走了。有些人怀着浓厚的兴趣等待，看黑娃去不去村子东头慢道上和小娥住过的那孔窑洞。他们终究得到一个不尽满足的结局，黑娃没有去。但有人仍然悄悄议论，黑娃在村子东头拜访乡亲时，肯定能瞅见崖头上那座镇压

着小娥的六棱塔。

黑娃离开白鹿村的当天晚上，白嘉轩在上房里对孝武说：「凡是生在白鹿村炕脚地上的任何人，只要是人，迟早都要跪倒到祠堂里头的。」白孝武恭立听着。白嘉轩吸过一锅水烟之后，突然转了话题说：「我看你还得进山。」白孝武一时反应不过来，疑惑地瞅着父亲。白嘉轩说：「你前几天不是说人家让你当保长吗？」白孝武连连点头说：「这几天忙着迎接姑父和兆谦哥回乡的事。今日个后晌，田主任在镇上撞见我，还催问哩！这事倒咋办呀？推是推不掉，当又当不成。现在当保长，刚跟上催粮要款征丁，尽是恶恨乡党族人的事，再说又顶的是子霖叔的空缺，更糟……」白嘉轩点头赞许孝武说：「哦！你也会方方面面想事了。我刚才说了，再进山去。」白孝武说：「躲？躲了好！」白嘉轩说：「甭说保长，咱连那个总甲长也不给他当咧！谁爱当谁当去。他愿意叫谁当就叫谁当，咱们不当。赶紧避远！田福贤再来问你，我就说山里药店烂包了，你去收拢摊子……」白孝武连连应承着：「对对对，这样好。那我明天一早就撤滑了，免得节外生枝。」白嘉轩站起来说：「你去收拾一下，早歇早起身。我还想跟你三伯说说话儿去。」

白嘉轩挟着一瓶酒走进马号：「三哥，咱俩干抿一口。」说着把酒瓶往炕头一蹾，又对兔娃说：「兔娃，你去拌草，把你爸换下来。」鹿三无动于衷地走到炕前，对着瓶嘴抿了一口。白嘉轩直言不讳说：「三哥呀，你这回对黑娃太淡！」鹿三没有吭声。白嘉轩说：「前多年黑娃不务正道，你见不得他我赞成，黑娃而今学好了，你就不该再拗着。你而今应该打起精神过光景，先盖房再置几亩好地，下来给兔娃张罗媳妇，明年你就该回家当个好庄稼主户了。」鹿三头也不抬，又呷下一口酒。三杯酒下肚之后，终于开了口：「嘉轩，你的话对对的，我也能想到。我想打起精神，可精神就是冒不出来嘛！」白嘉轩说：「我知道黑娃亏了你的心，丢了你的脸，可而今黑娃给你补心了，也给你争气饰脸了嘛！」鹿三听了感

慨起来：「跟你说的恰恰儿是个反反子！那劣种跟我咬筋的时光，我的心劲倒足，这崽娃子回心转意了，我反倒觉得心劲跑丢了，气也撒光咧……」白嘉轩甚为奇异地说：「三哥，你这人大概只会一顺顺想事……你回头再想想，也许会涨起心劲打起精神……」鹿三说：「怕是难咧！」

过了十来天，鹿三不仅涨不起心劲打不起精神，反倒愈觉灰冷。白嘉轩也发现鹿三继续退坡，动作越显迟疑和委顿，常常在原地打转转寻找手里拿着的搅料棍子或是水瓢。他就想到小娥鬼魂附体的事。人说魂给鬼钩走了，大约就是这种木讷迟钝的样子，因为自那次劫难以后，鹿三就判若两人了。黑娃归来不仅没有使鹿三精神振作，反倒更加萎缩迟钝了，这是他没有想到也没有想透的怪事。又过了两天，白嘉轩一个人正在屋里吸烟，兔娃进门来说：「叔哎，俺大叫你去喝酒，他有好酒。」白嘉轩立即起身跟着兔娃来到马号。鹿三邀他喝酒，是破天荒的头一回，大约三哥的心劲涨溢起来了哇？鹿三从炕头的一只小匣子里拽出一瓶酒，晃一晃：「嘉轩，你抿一口这好酒——西凤。」声音和动作都完全回复成原来的那个鹿三。白嘉轩兴致顿高：「好嘛三哥，我说你会打起精神来的，看咋着！」鹿三确真一反许久以来痴呆木讷的表情，洋溢着刚强自信的神气，眼睛里重新透出专注真诚的光彩。白嘉轩一下子受到鼓舞：「三哥哇，我一个人你一个人都孤清，我今黑跟你合套睡马号。」鹿三哈哈一笑：「你不嫌我这炕上失脏？有你这句话我就够了！咱喝一口！」俩人喝着说着，直到深夜都醉了，胡乱拽着被子躺在鹿三的炕上睡去了。

天色微明中，白嘉轩醒来一看，鹿三翻跌在炕下的脚地上，身体已经僵硬，摸摸鼻根，早已闭气了。白嘉轩双膝一软，扑到鹿三身上，涕泪横流：

「白鹿原上最好的一个长工去世了！」

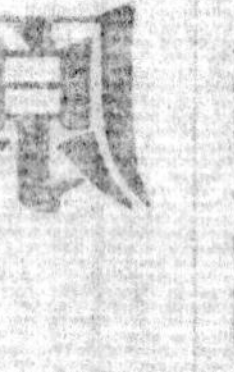

第三十一章

黑娃卖掉了娶妻时在县城买下的那幢房子，在西安城学仁巷买下一院三合院旧房，把妻子高玉凤搬到远离县城的省城里去了。黑娃这样做的用意仅仅出于一种心理因素。他在县保安团，妻子就住在县城里，距娘家只隔一道拐巷，他和妻子的一举一动，一点响声，不消一时半刻就传到娘家屋里，甚至传进炮营营长的太太在娘家门口处人处世更是左右为难，稍有不慎就会引起市民们的议论，说她跟上营长眼高了，品麻了，肉贵重了，烧包了。黑娃把这个想法告知老岳丈，高老先生情通理达：「亲戚要好结远方，邻居要好高打墙。」黑娃和妻子玉凤搬进城里学仁巷的头一天晚上，在完全陌生的环境和完全陌生的人群中间，黑娃和玉凤都觉得小县城里被盯视被注目的芒刺全部抖落掉了。那天晚上，玉凤在新居的灶锅上第一次点燃炊火，炒下四样菜，俩人在小炕桌上吃着饮着。黑娃说：「你猜我这阵儿心里盘思啥哩？」玉凤瞅着黑娃熠熠闪光的眼睛，恬然地摇摇头。黑娃谦谦地笑笑说：「我想当个先生。我想到哪个僻远点儿的村子去，当个私塾学堂的先生，给那些鼻嘴娃们启蒙『人之初性本善』……我不想和大人们在一个窝里搅咧！」高玉凤稍感意外，说：「朱先生把你的气性也改换咧。」黑娃摇摇头说：「不是朱先生。我自下山到现在，总是提不起精神。」高玉凤瞅了瞅丈夫没有说话。黑娃喝下一盅酒说：「我老早闹农协跟人家作对，搞暴动跟人家作对，后来当土匪还是跟人家作

对，而今跟人家顺溜了不作对了，心里没劲儿咧，提不起精神咧……所以说想当个私塾先生。」高玉凤点点头说：「先走一步再看吧！要是时势不好，我看退出来当先生倒安宁。」黑娃慨叹着：「我乏了，也烦了。」他们在新居睡下以后，黑娃紧紧搂抱着温柔的妻子动情地说：「甭看我有那么多称兄道弟的朋友，贴心人儿还是你一个。」

黑娃每隔十天半月回到学仁巷与妻子相聚，没有紧急军务时，就住上三五天。每次回城时，他都脱下保安团的军服，换上一身长袍，学仁巷的居民谁也搞不清他的真实身份。这天晚上，黑娃兴致勃勃回到家里，妻子照例问：「你想吃啥饭？」黑娃说：「水饭。」妻子作难地笑笑：「可这会儿黑灯瞎火到哪儿去挖荠荠菜？」黑娃把一只布兜翻倒过来，倒出一堆绿莹莹的荠荠菜。玉凤拣出一个嫩生生的勺儿菜，没有涮洗就塞到嘴里咯嘣咯嘣嚼起来，歪过头羞羞地说：「我有了。」黑娃听了就把玉凤抱起来：「我可没想到这些荠菜挖对了！」

玉凤做成了水饭，稀溜溜的包谷糁子里煮着绿乎乎的荠荠菜，这是春二三月里度春荒的饭食。玉凤在怀了娃娃以后就腻味油腥，这种连盐也不调的甜淡水饭可口极了，喝得额头上冒出细汗来。黑娃喝得也很香，香甜里有一缕深长的怀旧心绪。小时候，二三月的每一顿午饭，几乎都是这种粥少菜多的水饭，喝得人看见荠菜就头晕。自从走出白鹿原的多年里，他再也没有机缘喝一顿水饭。晌午他在炮营驻扎的古关峪口骑马时，看着绿色如毡的麦田，顿时想起小时候挖荠菜的情景。他把马拴到一棵树上，就在麦地里挖起荠菜来，后晌就赶回城里来了。黑娃喝下一碗又喝一碗，半是遗憾地说：「你把菜切得太碎。」妻子说：「我娘就是这么切的。」黑娃说：「你们城池县里饭食细做。俺娘做的水饭，荠菜根本不用刀切，筷子一挑就是一串，那更有味儿。」一阵敲门声传进来，黑娃放下碗走到大门跟前问：「谁？」门外传来熟悉的声音：「原上乡党。」黑娃听出是兆鹏的声音，立即拉开门：「你怎么摸到这儿来？」兆鹏走进门笑着说：「只要你跑不出地球，我

第三十二章

黑娃卖掉了娶妻时在县城买下的那幢房子，在西安城学仁巷买下一隔三合院旧房，把妻子高玉凤搬到远离县城的省城里去了。黑娃这样做的用意仅仅出于一种心理因素。他在县保安团，妻子就住在县城里，距娘家只隔一道拐巷，他和妻子的一举一动，一点响声，不消一时半刻就传到娘家屋里，甚至传进炮营士兵中间，作为保安团炮营营长的太太住在娘家门口为人处世更是左右为难，稍有不慎就会引起市民们的议论，说她跟上营长眼高了，品味了，因贵重了，变色了。黑娃把这个想法告知老丈人，高老先生情通理达：“亲戚要好远离方，邻居要好高打墙。”黑娃和妻子玉凤搬进城里学仁巷的头一天晚上，在完全陌生的环境和完全陌生的人群中间，黑娃和玉凤都觉得小县城里[illegible]往日的拘束全部抖落掉了。那天晚上，玉凤在新居的炕上第一次点燃炊火，炒下四样菜，俩人在小炕桌上吃着喝着。黑娃说：“你猜我这阵儿心里盘思啥哩？”玉凤瞅着黑娃[illegible]的眼睛，怯然地摇摇头。黑娃诙谐地笑笑说：“我想当个先生。我想到哪个僻远点儿的村子去，当个私塾学堂的先生，给那些鼻涕娃们启蒙‘人之初，性本善’……我不想和大人们在一个窝里搅咧！”高玉凤稍感意外，说：“朱先生把你的脾性也改换咧。”黑娃摇摇头说：“不是朱先生。我自下山到现在，总是提不起精神。”高玉凤瞅了瞅丈夫没有说话。黑娃喝下一盅酒说：“我早先闹农协跟人家作对，后来当土匪还是跟人家作对，而今跟人家顺溜了不作对了，心里没劲儿咧，提不起精神咧……所以说想当个私塾先生。”高玉凤点点头说：“先走一步再看吧！要是时势不好，我看还是出来当先生倒好。”黑娃[illegible]。他们在新居睡下以后，黑娃紧紧搂着温柔的妻子动情地说：“而今我[illegible]啥心里话儿还只能跟你一个说。”

黑娃每隔十天半月回到学仁巷与妻子相聚，没有紧急军务时，就住上三五天。每次回城时，他都脱下保安团的军服，换上一身[illegible]，学仁巷的居民谁也搞不清他的真实身份。这天晚上，黑娃兴致勃勃回到家里，妻子照例问：“你想吃啥饭？”黑娃说：“水饺。”妻子作难地笑笑：“可这会儿黑灯瞎火到哪儿去找荠菜？”黑娃把一只布兜翻倒过来，倒出一堆[illegible]的荠荠菜。玉凤捡出一个嫩生生的心儿来，没有洗就塞到嘴里咯吱咯吱嚼起来，[illegible]地说：“我有了。”黑娃明了，就把玉凤抱起来：“我可没想到这些荠菜挖对了！”

玉凤做成了水饺，稀溜溜的[illegible]的荠菜，这是春三月里最鲜嫩的饭食。玉凤在怀了娃以后就腻味油腥，这种荠菜馅也不油的荠菜水饺可口极了，喝得额头上冒出细汗来。黑娃喝得也很香，香甜里有一缕依依不舍的怀旧心绪。小时候，二三月的每一顿午饭，几乎都是这种荠少菜多的水饺，喝得人看见荠菜就头晕。自从走出白鹿原的这些年里，他再也没有机缘喝一顿水饺。今个他在[illegible]的古关庙口经过时，看着绿色如茵的麦田，顿时想起小时候挖荠菜的情景。他把马拴到一棵树上，就在麦田里挖起荠菜来，后晌就返回城里来了。”黑娃喝下一碗又喝一碗，半是遗憾地说：“你把菜切得太碎。”妻子说：“我就是这么切的。”黑娃说：“你们城里人过日子细致，俺娘做的水饺，荠菜根本不用刀切，筷子一挑就是一串，那更有味儿。”一阵敲门声传进来，黑娃放下碗走到大门跟前问：“谁？”门外传来熟悉的声音：“原上乡党。”黑娃听出是兆鹏的声音，立即拉开门：“你怎么摸到这儿来？”兆鹏走进门笑着说：“只要你逃不出地球，我就能找见你。」

黑娃引着兆鹏走进三合院上房，对站在桌边迎候客人的妻子介绍说：「这是咱兆鹏哥，在城里当教书先生。」鹿兆鹏瞧瞧黑娃，又盯住高玉凤说：「不要哄她。我是共产党。」高玉凤愣怔一下，恍然大悟：「噢呀天哪！我小时候在县城还见过通缉你的布告……」鹿兆鹏对多年以前的事不再有兴趣，瞅着桌上黑娃的饭碗欢声叫起来：「哦呀，你们吃的荠菜水饭呀！给我舀一碗，我都馋死咧！」高玉凤转身就去舀来了。鹿兆鹏接过碗来，挑起一团绿乎乎的荠菜送进嘴里：「世上再没有比荠菜更好吃的东西了。」黑娃对妻子说：「弄俩菜，让俺弟兄喝一盅。」鹿兆鹏连连摆手说：「我是来向你告别的。我马上要起身出远门了。」黑娃动情地说：「我办喜事时没法子邀请你，今黑间难得你来，咋能不喝两盅？」鹿兆鹏说：「我也真想喝你一杯喜酒哩！只是时间不允许咯！」黑娃会意地点点头：「你干的那种事不敢马虎，这我清白。你到哪达去？」鹿兆鹏说：「延安。」黑娃惊奇地张了张嘴没有说话。他的宁静的心翻腾了一下，不由地问：「你要走了，我才敢问一句，你这多年都在哪达呀？」鹿兆鹏笑了：「在原上。我没离开过咱们白鹿原。他们逮不住我。我这些年在原上发展的党员比你那个炮营的人数还多。」黑娃苦笑一下说：「我们弟兄却成了两路人！」鹿兆鹏把一只手搭到黑娃肩头：「既是弟兄就不说这号话。你占住炮营营长比谁占那个位置都好。万一到了交紧时，还要你帮忙，有人会去找你的。」说着从口袋里掏出一本小册子送给黑娃。黑娃看着封面上印着一个人的头像，很模糊，只能看出大致的轮廓，惊奇地叫起来：「毛？」鹿兆鹏点点头：「记得咱们在原上闹农协吗？那时候毛泽东在湖南也闹农协。」黑娃久久地瞅着那幅墨印的头像：「这是毛写的书？」鹿兆鹏说：「你看看就明白。革命胜利的日子不远了，扫荡中国反动派的『风搅雪』真正要刮起来了。」黑娃听到「风搅雪」的话又哑了口。鹿兆鹏说：「你看罢了送给朱先生，听说老先生现在心境不好。你把我去

北边的话捎给他，我来不及去看老先生了。」黑娃点点头表示肯定办到。鹿兆鹏临走时叮咛说：「小心咱们乡党！」黑娃明白那个乡党所指是白孝文，朗然说：「放心。」鹿兆鹏告辞走到大门口，忽然转过身连连咂着舌深表遗憾：「哦呀呀黑娃兄弟呀……你怎能跑回原上跪倒在那个祠堂里？你呀你呀……」未及黑娃回话，鹿兆鹏已经转身出了大门进入巷子了。

白鹿原出现了一个前所未闻的卖壮丁的职业。这种纯粹以自身性命为赌注的买卖派生于国民政府的大征兵。二丁抽一的征丁法令很快被废弃，因为那样征集的兵丁远远满足不了政府扩军的需要，随之就把征丁变通为壮丁捐款分摊到每一家农户，无论你有丁无丁，一律交纳壮丁捐款，田福贤用收缴起来的这一笔数目庞大的款子再去购买壮丁。凡是不能按期交纳壮丁捐款的农户，就留下一个违抗民国法令的口实，田福贤的联保所里的保丁就可以理直气壮地去抓他们家里不算壮丁的任何一个男女。壮丁四处逃跑隐匿躲避。联保所的保丁便多方打听，到处追捕，往往却是无果而返。田福贤随机应变出相应的对策：「弟兄们，你们这样东捕西抓太费劲，太劳神了。壮丁逃了就把壮丁他爸抓来，他爸跑了就把他妈抓住，不管他爸他妈他娃他姐他妹子哪怕是他爷他婆，抓一个押到联上，看他狗日回来不回来？」这个办法很有实效，好多逃走的壮丁果然自动投入联保所，换下被捆被吊被雨淋着被毒日头晒着的大大妈妈或者奶奶，有的就咬牙卖掉牲畜卖掉土地，把壮丁捐款自动送进联保所赎回被扣押的人质……联系政府和百姓之间的唯一一条纽带只剩下了仇恨。

民国政府在白鹿原征收的十余种捐税的名目创造了历史之最。那些捐税不是一次性的，而是由一年一次增加到一年两次甚至三次；不要说一般农户倾家荡产了也无法抵交，即使富裕农户也招架不住。百姓们根本不再相信有关这些捐税的必要性紧迫性和合法性的说词，由最初的窃窃私怨到聚众公开谩骂。有人在白鹿镇十字街道上发现一个画写着田福贤模样和名字的煮熟的鸡蛋，眼睛鼻子嘴巴和耳朵里都扎着钢针，很快被往来的人踩成粉末。诅咒的对象由本原的田福贤逐渐升级到滋

水县县长和县党部书记岳维山，随后一下子就上升到中国最高统治者头上，白鹿镇街心十字又一次发现画着蒋介石脸谱的煮熟的鸡蛋，眼睛鼻子嘴巴和耳朵同样扎着一支支钢针……

卖壮丁这个职业便应运而生。最早被抽丁当兵的壮丁，根本不以为进行这场战争对自个有任何好处，尤其是目睹了同伴僵死的尸首后就纷纷开了小差回到原上；有的回来后被田福贤的保丁抓住又捆缚送入军队。他们已经有了进出军队的经验，往往在开赴战场的半路上就寻机逃走了；一来二去，他们已经精通此路，于是就自告奋勇卖起自身来了。他们把卖得的现洋交给父母或妻子，让他们去籴粮食，自己就走进联保所准备开拔，多则十天半月，少则三五天，他们毫发未损，又重新出现在村巷里。他们越卖越精，越卖越滑，迫使押解他们的军人不得不动用绳索把他们一个个串结起来押上战场。这无疑是自欺欺人的更加愚蠢的措施，被捆缚了手臂的士兵无法捉枪打仗，一旦解开绳索，他们逃跑的自由和机会就同时到来。一个靠绳索捆绑的士兵所支撑的政权无疑是世界上最残暴的政权，也是最虚弱无能的政权……

鹿子霖被释放出狱回到白鹿村。他走过村巷时没有遇见一个族人乡党，径直走到自家屋院门前时，几乎认不出来了。那座漂亮的在白鹿村独一无二的门楼没有了，从白孝文手里买下来从白嘉轩房址上拆迁搬来的门房也没有了，作为门楼门墩的两个青石雕刻的狮子歪倒在厦屋的山墙根下，拆除房屋的地址上冒出来的椿树苗子已经蹿过围墙了。鹿子霖垂手驻足站在打碎的瓦片和残断的苇箔地上，想到了从白嘉轩家拆除房屋的情景。女人鹿贺氏从上房里屋出来，走到台阶上瞅见了站在废墟上的男人，颠着一双小脚跑出二门时几乎栽倒，重新站稳之后就说：「他爸，你甭难受，门楼门房是我为救你卖的。」鹿子霖朗声说：「你卖得对，卖得好！这房嘛，不就是买来卖去的一码小事咯！」

「你不记得朱先生说的一句话了？『房是招牌地是累，攒下银钱是催命鬼！』咱而今没招牌没累也没催命鬼了，只要你浑浑全全回来就好。」鹿贺氏一边倒茶递烟，一边给男人解心宽。鹿子霖在家主事的那么些年月里，这个家庭的内务和外事都不容她添言，她的职能只是抚养两个儿子。兆鹏和兆海小小年纪被丈夫送到远离家屋的白鹿书院去念书，她就于惶寂中跪倒在佛龛面前了，早晚一炉香。后来她的兴致又集中到赶庙会上，方圆几十里内的大寺小庙的会日她都记得准确无误，不论刮风下雨都要把一份香蜡纸表送到各路神主面前。她起初不过是出于自己的兴趣，不无逛热闹寻开心的成分，后来就变成一种迫切的心理需要而十分虔诚了。她默默地跪倒在佛爷观音菩萨药王爷关帝爷马王爷面前，祈祷各路神主护佑两个时刻都处在生死交界处的儿子……鹿子霖被押监，须得她自作主张的时候，鹿贺氏表现出了一般男人也少有的果决和干练，她不与任何亲戚朋友商量，就把老阿公和鹿子霖藏在牛槽底下墙壁夹缝和香椿树根下的黄货白货挖掏出来，把拭净了绿斑的银元和依然黄亮的金条送给那些掐着丈夫生死八字的人，她不仅没有唉声叹气痛心疾首，反而独自开心说：「我说嘛，把这些东西老藏着还不跟砖头瓦碴一样？而今倒派着用场了。」她接着卖牲畜卖田地，又卖了门楼和门房，辞退了长工刘谋儿，把所有钱财一次又一次间接或直接送给法院法官，县府的县长以及狱卒，只有送给县党部书记岳维山的一块金砖反弹了回来。只要鹿子霖一天还蹲在县监狱的黑屋子里，她就准备把这份家产卖光踢净，直到连一根蒿草棒子也不剩的地步。「我只要人。」她的主意既坚定又单纯，丝毫也不瞻前顾后左顾右盼，尽管这个男人有过最令女人妒恨的风流勾当，但这个家庭里不能没有鹿子霖。她的小儿子已经战死，大儿子寻不见踪影，要是再没有鹿子霖，她还有什么活头儿？无论在白鹿村乃至整个白鹿原上，她相信鹿子霖的半拉屁股比她的整个脸面还要顶用。她像往昔里四处求神拜佛一样，终于感动了民国政府的诸路神主，救回了男人鹿子霖。四处奔走搭救男人的社交活动开阔了她的眼界，也改变了她的气性，

她甚至使鹿子霖吃惊地说：「整个滋水县凡我求拜过的神神儿，只有岳书记是一尊吃素不吃荤的真神。」

鹿子霖对于妻子的解释不感惊奇，淡淡地问：「你把门房和门楼卖给谁家了？」鹿贺氏说：「反正是卖，卖给谁家都一样。」鹿子霖说：「那倒是。我不过想知道谁买了我的房就是了。」鹿贺氏说：「还能有谁买得起？白家孝文在保安团干阔了，正好……」鹿子霖听了不仅不恼，反而哧的一声笑了：「我说嘛，这房子买来卖去搬来了又给拆走了……就那一码子事咯！」他想起当初从白家宅基上拆房的壮举，又觉得可笑了，对于白家重新把这幢房子迁回而现显的报复意味也觉得可笑了。「不就是迁来搬去那一码子事咯！」鹿子霖在监狱蹲了两年多，对一切国事家事的兴头儿都丧失殆尽了。两个儿子一个死了，一个飞了，连一个后人也没有了，纵有万贯家财又有何益？如果自己闷死在这长年不见天日的号子里，鹿家当即就彻底倒灶了。他对妻子说：「你还留下二亩地没有？」鹿贺氏说：「就留下水车井那块地没卖，我不忍心卖了你安的水车。」鹿子霖的心猛地跳弹起来：「噢哟，好好好！留下这几亩水地够你我吃一碗饭就成咯！」

到天黑时，开始有本族本村的族人乡党来看望鹿子霖。他们多是一些年长的老者，零零散散地走来问一声安，接着便悲戚地诉说起抓丁派捐的苦楚，大声咒骂本保继任的保长、本联的联保主任以至蒋委员长全是一杆子不通人性的畜生；比对起来，鹿子霖当乡约和后来当保长的那些年月真是太好了。鹿子霖得悉了自己离开白鹿村以后的重大变化，也得到了一些心理安慰。这种乡亲情谊的看望持续了三天，包括鹿家在原上的新老亲戚也都相继来看望过了，鹿子霖已经不耐烦一次再一次向他们复述自己的冤情。到第三天晚上，白嘉轩拄着拐杖来了，他进门就扔掉拐杖抱起双拳：「子霖兄弟，我向你赔情谢罪，不该乘人之危买房拆房。」鹿子霖仍然淡漠地笑笑：「世上的房子就是我搬来你再迁去那一码小事咯！」

鹿贺氏说：「哥呀，你快坐下。卖房的事是我寻你要卖，不是你寻我要买嘛！你买了房，我得了钱才救下人来，我该感你

的恩哩！」白嘉轩坐下来说：「按我的法程，咋也不能买你的房。孝文插手要买，我挡不住人家了，子大不由父咯。再说——」白嘉轩坦诚地说：「孝文那年把房卖给你，而今是想捞回面子哩！虽说他是我的儿，我也要向你戳破这一层！」

鹿子霖对这幢房子已不大感兴趣：「嘉轩哥，我坐了一回监，才明白了世事，再没争强好胜的意思了。我把孝文的房买来伤了白家的面子，孝文再买回去伤一伤鹿家面子，咱们一报还一报也就顶光了。」白嘉轩慨叹说：「现时还提那些陈谷子烂米弄啥嘛！而今这世事瞎到不能再瞎的地步了……」鹿子霖说：「瞎也罢好也罢，我都不管它了，种二亩地有一碗糁子喝就对哩！」白嘉轩看着鹿子霖完全是一副看透世事的平淡神情，心里倒真诚地同情起来，处于鹿子霖这种孤单无后的家庭境地，再心强的人也鼓不起精神来。他告辞出门的时候说：「甭光闷在屋里，闲了到我那儿去坐坐。」

直到他回家来的第六天，仍然不见田福贤来看他，鹿子霖自言自语地嘲笑说：「世上除了自个还是自个，根本就没有能靠得住的一个人。」田福贤是他许多年来的莫逆之交，居然在他蹲了两年多监狱回来后不来看一看，未免太绝情了。然而他也不太上气，种二亩地喝包谷糁子的光景，与田福贤来往与不来往关系不大咯！

打破鹿子霖这种平淡心境的是一个绝对意料不到的人，一个穿着旗袍的年轻女人引着个男娃子，走进院子问了一声：「这是鹿兆海的家吗？」鹿子霖站在台阶上回话说：「就是的。」那女人问：「你是兆海的——」鹿子霖说：「我是他爸。」那女人便扑通一声跪倒在庭院湿漉漉的方砖上：「爸呀，媳妇给你磕头。」鹿子霖惊诧地问：「你是谁的媳妇？」那女人扬起泪花浸湿的脸说：「我是兆海媳妇。这是你的孙子。」鹿子霖「噢呀」一声惊叫，端在手里的水烟壶撇开了，跳下台阶时又踢飞了一只趿拉着后跟的布鞋，连忙把那个躲躲闪闪的孩子抱到怀里，「哇」的一声哭了：「爷的亲蛋蛋，亲孙孙呀……」

鹿贺氏从门外回来，鹿子霖对儿媳妇说：「这是你妈。」兆海媳妇又跪下磕头。鹿子霖哭着又像笑着说：「这是咱兆海的媳妇……这是你的亲蛋蛋孙子……」鹿贺氏愣呆一下丢开了挎在胳膊上的柴笼，扑上前把儿媳抱在怀里失声痛哭起来。

儿媳操一口河南陕西混杂的口音向阿公阿婆诉说她的经历。她家住北边的金关城，父亲是个挖煤工。她到莱市买菜回家的路上遇见过队伍，鹿兆海就在那会儿瞧见了她。她往家走去，鹿兆海派了一个卫兵跟住她，跟到家门口又转身走了。后晌，鹿兆海便跟着卫兵来到她家的窑洞口，向她的父母提出求婚，聘礼由他们随意开口，要多少就给多少。她爸看见是个军官，根本不敢要一文钱，只是提出一句：「长官，我不要钱，只要你甭在半路上把俺娃蹬了。」鹿兆海在金关城买下一幢民房，她就跟他合婚了。她问他当着团长那么大的官，为啥不娶一个门当户对的千金小姐，偏要娶个穷窑户的女子？鹿兆海说：「我一眼瞅见你跟我原先订下的媳妇像神了。」

鹿子霖听着这个编排得过于离奇的故事，反倒怀疑她八成是个婊子。为围剿延安的共产党，政府不断往北边增派军队，金关城的卖淫业也随之急骤发展兴旺起来。鹿子霖以不在意的口吻探问：「兆海……原本没订过婚咯！」说罢装出迷愣愣的神情瞅着妻子。鹿贺氏当即证实丈夫的话说：「兆海自小出门念书，人家不要家里给他订亲。」儿媳也瞪起眼迷惑地说：「可他说他订过亲，女方叫……灵灵？」鹿子霖愣怔一下，又转过头瞅了鹿贺氏一眼，继续装出愣实实的样子说：「没有。」旋即又换作一种思虑的口吻：「那也许是他……在外边私订终身……」儿媳没有再开口。鹿子霖再留心观察一下儿媳的眉眼，这才惊奇地发觉她和白嘉轩的那个叫做灵灵的女子确实相像，因此倒相信她刚才叙说的与兆海成婚的经过不是编排的谎话。

儿媳提出要给兆海去上坟。鹿子霖被络绎不绝的亲戚乡党缠住了，回家好几天也未能抽出身来去祭奠祖坟，于是就领着儿媳抱着孙儿到坟园里去了。两年多未上祖坟，几株冬夏常青的柏树似乎变化不大，泼势的枳树和柞树组成了一个密密匝匝的堡垒。在树丛外围的草丛里，已经干涸的和散发着臭气的新鲜大便使人无法插脚。很显然，这堆密不透风的树丛给过路的行人和在田间干活的男女提供了方便，抹下裤子拉屎时，既可以遮丑，又可以乘凉。鹿子霖的鼻子里早钻进一股屎尿骚臭气息，一下子气得脸都黄了。「妈的！我在村子里的时光，狗也不敢到这儿拉一泡屎；我鹿子霖倒霉了坐牢了，祖坟倒成了原上人的一个官茅房了！」想到身边跟着刚刚回家的儿媳，鹿子霖压住一阵又一阵从心底蹿上来的火气和愤怒，努力做出宽厚的长者姿态向儿媳和孙孙介绍，那个是你爷的坟头，这个是你老爷爷的坟堆。他领着她从坟园的东边款款转到西边，在老祖宗的一片老坟堆下首的一座孤零零的坟堆前站住了，这是兆海的坟墓。墓前那块半人高的青石碑面上拉着一泡稀屎，业已干涸的稀屎从碑石顶端漫流下来，糊住了半边碑面，可以看出恶作剧的人是不惜冒险爬上碑石顶端拉屎撒尿的。鹿子霖再也压抑不住愤怒，把抱在怀里的孙子撂到地上就跑到官路上跳骂起来了：「让日本人打进潼关，开上白鹿原，把原上的女人全都奸了，把男人全都杀了！这白鹿原上的男人女人一个个全都不知廉耻，没长人的心肝，该当杀尽灭绝！我的儿呵，你舍生忘死出潼关打日本，保卫的竟是一伙给你脸上拉屎尿的流氓无赖死狗坯子……」儿媳从官路上把疯癫了一样的阿公扯回到坟园。鹿子霖气得坐在坟堆前喘着粗气。儿媳蹲在兆海的石碑前，用一根树枝刮掉碑面上干涸的屎屉屉，然后从笼里取出一瓶烧酒洗刷污痕，字迹重新显亮起来。她在坟前清理出一块干净的场地，从笼里取出蜡烛和紫香点燃，然后插在土地上，接着烧着了阴纸，她就跪趴在地上，把瓶子里剩下的烧酒奠洒在墓前，便扯开喉咙痛哭起来。

鹿子霖看着儿媳虔诚的举动，把孙子按倒在地上：「俺娃，给你爸磕头。」孙子「哇」的一声哭了。鹿子霖紧紧把孙子抱在怀里，涕泪纵横着大声说：「人还是不能装鳖哇！装了鳖狗都敢在你头上拉屎……」

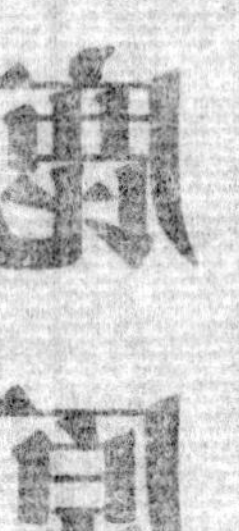

儿媳在家住了三天，一天三顿帮着婆婆做饭，第一碗从锅里舀出来的饭敬奉给阿公。她每天傍晚都要到坟园里为兆海烧一堆纸，哭上一场。直到第三天晚上，她才向阿公和阿婆说出她的心思，她已经决定改嫁，男方是个生意人；她在决定嫁给这个生意人之前，已经拒绝了不下十数家提媒说亲的亲友；她恪守替死去的丈夫尽到唯一能尽的责任：抚养孩子，不能让兆海的孩子接受任何继父坏的哪怕是好的印象。她把一摞银元和一大堆纸票掏出来交给阿公说：兆海生前留下的和死后队伍上给我的抚恤金，这几年俺娘儿俩花了不少，就剩下这些……」鹿子霖拒绝接受，鹿贺氏动手硬塞回儿媳的提兜。儿媳说：「兆海的钱都花在他的独苗儿身上……」儿媳第二天早晨就走了，走时孩子尚在酣睡中。鹿子霖叮嘱妻子看护酣睡中的孙子，自己送儿媳走到村口的大路上，竟有点舍不得放走这个好媳妇了。

鹿子霖回到家门口，就听见了孩子的哭声。那哭声完全是愤怒的反抗和绝望的嚎叫，震撼着整个屋院。这给了他一缕伤情，也给了他一份生机；这个拆掉了门房门楼的屋院所呈现的荒寂颓败的气氛，一下被幼稚的满是生机的哭声冲淡了。他无法保持出狱回家以来那种慢条斯理的散淡的脚步，急匆匆起脚跑进上房里屋，从鹿贺氏怀里接过乱扑乱抓的孙子，用一种本能的温柔亲近着哄宠着孙子。孙子拒绝一切温柔的亲昵的话，拒绝奶奶也拒绝爷爷一丝一缕的温情接近，只是鼓足力气哭着嚎着「妈呀——」。老两口把孙子换来抱去都无可奈何，死了父亲又走了母亲的孙孙，将从今日开始他无父无母的苦命的人生历程。鹿子霖瞅着孙子哭得发直发呆的眼睛，突然连孙子和鹿贺氏一起抱住哭了：「我的可怜的孙娃子呀……」鹿贺氏早已泪流满面，现在也忍不住放声大哭起来。孙子在两个老人的哭声中反倒逐渐减缓了哭叫，终于无奈地停止下来，只是倒噎着气。

随后就开始了隔代的老人和孩子的感情接近和靠拢，由浅入深由僵硬到自然。鹿子霖站着时就把孙子架在脖子上颠着，躺

下时就拉着孙子骑在自己的肚子上，把自己记忆深处的童谣一句一句回忆起来教给孙子，常常为孩子念走音的句子而惹得笑出眼泪。孙子有时玩得正开心，突然冒问一句：「妈呢？」鹿子霖认真而又漫不经心地说：「你妈个海兽跳了海了。」孙子渐渐表现出对爷爷和奶奶踏实的依恋与信赖，鹿子霖对鹿贺氏说：「你瞅这碎熊的眼睛，真是鹿家的种系，连一丝假都没掺。」鹿贺氏挖了鹿子霖一眼，就用嘴巴亲吻孙子睫毛很长的深凹凹眼睛，咕哝说：「俺娃不听你爷烂尻子嘴吣道的瞎话。」鹿子霖转身要出门去，孙子扑过来要爷爷引他去耍。鹿子霖哄宠孩子说：「爷不是去逛，不能引你，是办正经事，给俺娃去——要馍馍吃！」

鹿子霖走进白鹿联保所。因为过去对这里太熟悉，现在反倒就显得陌生了。他径直走到田福贤办公房的门口，矜持地推开门板，停住脚步，瞅见田福贤低头在桌子上写着什么。田福贤抬起光亮的脑袋，那双露仁大眼睛掠过一缕惊奇，随之就笑了：「子霖兄弟，你回来了我知道。」鹿子霖气嗔嗔地应着：「算我命大，还能来拜见你。」田福贤连忙道歉：「我天天想去看你，天天都没去了。这一茬壮丁交不利手，真把人整住咧！」鹿子霖阴阳怪气地说：「当然嘛，老兄公务繁忙喀！」田福贤毫不介意地笑笑，拉着站在门口的鹿子霖走进里间：「有话好好说。你回来准备咋办？」鹿子霖赖腔赖调地说：「我而今家破了，人亡了，家产踢卖光净了，还能咋样？早晚混得有一碗稀糁子喝就不错啰！」田福贤说：「我在你还没回来时，就给你把立脚的台窝挖好了。我想用你，你可尽给我撇凉腔。」鹿子霖心里一动，立即回话说：「我现时龟头龟脑的这架势，能干啥嘛！」田福贤说：「你就到联保所来，给老哥帮忙。」鹿子霖没有吭声……

鹿子霖今天走进联保所可以说是来者不善。从他被操进囚室的头一天起，首先想到能够救他的只有田福贤一个人，只要田福贤出马到岳维山面前死保，他肯定不出半月就可以回家。他整整蹲了两年零八个月，才磨灭了对田福贤的期望。回来后

又得知，全部家当的半数都是鹿贺氏通过田福贤之手送给受贿人的……这就成为一个无法揣测验证的良心账了。他苦笑着对鹿贺氏说：「你把黄货白货塞给这个塞给那个，倒不及全都塞给田福贤。田福贤到岳维山那儿说一句话，也许比省主席说十句还顶话哩！」鹿子霖今天来找田福贤，就看他怎样说话；说好了，他也就好说；说的不好了，他就准备要无赖，宁可要无赖也不装出可怜巴巴的样子乞求田福贤；田福贤够哥们儿弟兄，鹿子霖也就是弟兄哥们儿；田福贤不讲义气的话，鹿子霖就要死狗无赖，尿田福贤一身骚水让他见识见识。看着田福贤诚挚的举动，鹿子霖舍弃了要无赖装死狗的想法，开始注意自己的言语：「啊呀！我再不想当官了，再不想到人前蹦跶了……」田福贤从抽屉里取出一只红绸包，郑重地搁到鹿子霖面前：「你走了，弟妹急傻了，要我给别人塞黑食，也给我塞。我不接，她不信。好，我今天完璧归赵。」鹿子霖用手抓起来，触摸出那红绸包里既有白货也有黄货，「咚」的一声又蹾到田福贤面前的桌子上：「老哥，不是小瞧我了吗？」田福贤沉稳而又平淡地说：「我要是图你的黑食，我还有脸见你吗？快拿回去，算我给你保存了一点家产。」鹿子霖开始为自己刚才进门时怀揣的小人之见懊悔，庆幸没有要出无赖相装出死狗来。田福贤说：「你明日个就来联上吧！我忙得招架不住了，急需个得力人手来帮忙呢！」鹿子霖点点头应承下来，心里自然想到了那个小孙孙，爷给孙娃讨到白馍馍吃了。

鹿子霖以高涨的气势到联保所供职来了。不过，他没有按照田福贤说的第二天来，而是推迟了两天。这两天里，鹿子霖进了一趟省城西安，买了一件地道宁夏九道弯皮袄，真正的狐尾围领，又买了一副镀金的硬腿石头眼镜，一顶黑色的呢质礼帽。他原先的这套行头被鹿贺氏送进典当铺子了。鹿子霖这身装束一下子改变了两年狱牢生活扑稀邋遢的倒霉相，变得精神抖擞起来。鹿子霖到联保所去时经过白鹿镇，正好撞见白嘉轩。白嘉轩拄着拐杖正从冷先生的中医堂出来，扬起脸问：「子霖，你穿这么排场做啥去？」鹿子霖矜持起来：「田主任硬拉我到联上替他干事，我推辞不掉咯！」白嘉轩瞅着鹿子霖远去的脊背说：「官饭吃着香咯！」

白嘉轩比以往任何时候都更加谨慎地经营着这个家庭。大征丁大征捐的头一年，他让孝武躲到山里去经营中药收购店，不是为了躲避自己被征，而是为了躲避总甲长和保长的差使。后来事情的演变完全证实了他的预测。甲长和总甲长成为风箱里两头受气的老鼠，本村本族的乡邻脸对脸臭骂他们害人，征不齐壮丁收不够捐款又被联保所的保丁训斥以至挨柳木棍子。一茬壮丁和一茬捐税派下来，最先逃亡的往往是各村的甲长和总甲长……最后原上各村普遍实行挨家挨户轮流担当甲长和总甲长的现象。白嘉轩那时候有兴致开一句玩笑：「全中国上下大小百官只有甲长是推来让去的君子官。」

白嘉轩交了捐税又出了一丁，三儿子孝义是大征兵的头一茬壮丁。他随着队伍开到河南打了一仗，既幸免于死而且未伤一根毫毛，打掉的只是他对战争的恐惧和稀奇，心里顿时派生出对战争根深蒂固的厌恶。他看见那么多死人，己方的和敌方的尸首交错叠压在一起，使他联想到麦收时原上田地里的麦捆子。他与生俱来的那一股拗劲儿从心底冲荡起来：这都是图个啥为个啥嘛？刚刚长成小伙子还没出过大力，「嘎嘣」一声倒下就把伙食账结了！我不想算别人的伙食账，也甭让旁人把我的伙食账算了。我不想变成麦捆子，也不想把别人变成麦捆子，我还是回去种庄稼喂牲畜吆牛车踩踏轧花机子好些。他趁一个黑夜逃跑了，逃奔了近两个月才回到家乡。他没有回原上，而是找到县保安团的大哥孝文。孝文让随从拿来一套团丁服装叫他换上。孝义说：「要枪杆子这碗饭我吃不了。哥你给我另寻个活儿吧！」孝文说：「那你去喂马。」孝义说：「喂马这活儿好。我跟三伯自小就学会了。」孝义在保安团喂了半个多月马，被闻讯赶来的父亲叫回家去了：「咱们

家的人全都成了保安团啦？」随后几茬子壮丁派下来时，甲长和保长都绕着白嘉轩的门楼走，令白嘉轩疑惑莫解，故意在村巷拦住保长问：「这回给我派下多少？」保长竟然睁大眼睛讨好地说：「白先生，你怎么糊涂了？你是免征户。」白嘉轩真的糊涂了：「免征户？」保长说：「是呀是呀！联上给我专门说了，你属免征户。孝文兄弟给联上田主任打过招呼，说他在保安团任职顶得一丁。还有兔娃……他哥黑娃跟孝文兄弟属同一情况也免征，你就叫兔娃甭跑甭躲了，没人敢撞你们两家……」

白嘉轩起初有点尴尬，免征户无疑是依赖孝文的权势得到的特殊保护，这将使他在族人面前以至原上都处于一种特殊的地位。他把这个意料不到的好事说给冷先生：「做官还是好啊！有儿当朝做官，老子就是免——征——户。」冷先生说：「这你又何乐而不为呢？你交了和不交不都是屁事不顶喀！你交得再多也还是把银钱往茅坑撂！这个熊国家成了熊了……」这几句冷言冷语镇静了白嘉轩的心绪。第二天，他把在家未逃的族人召集到祠堂里：「各位父老兄弟！从今日起，除了大年初一敬奉祖宗之外，任啥事都甭寻孝武也甭寻我了。道理不必解说，目下这兵荒马乱的世事我无力回天，诸位好自为之……」

孝文接着买来了鹿子霖家的门房和门楼。这件事白嘉轩持坚定的反对态度。白孝文找到冷先生：「先生伯，这房是我经你做中人卖给鹿家的，现在还需要你做中人再赎回来。我把被鹿家拆迁走的房子再拆迁回来……你能明白我的意思。」冷先生爽朗地说：「你也就圆了面子了！有种哇小伙子！」

孝文从保安团回到原上住了半月，先议妥了买房，然后再说服父亲允许他在原宅基地上盖房。白嘉轩仍然坚持原先的主意：「你要买房我挡不住你。你要盖房嘛……我还是老话一句，你另置庄基另立门户，兄弟仨挤一个门楼终究不行喀！」

白孝文就彻底袒露出他的思路：「爸，你的话对着哩！弟兄仨挤一个院子谁也伸不开手脚。我另置庄基盖房得缓二年，眼下太忙，等剿灭共匪天下太平时，我打算用心修一座四合院，老来告老还乡有个窝儿。这回我执意把我卖了的房子买回来重新盖上，算是对祖宗赎罪。房子嘛，给你和孝武孝义用，我是不要的……」

直到鹿子霖的三间门房和那座漂亮的门楼移置到白家的宅基上重新竖起昔日的格局，三合院又变成一座密不透风四围完整的四合院了。孝文接走了前妻生育的两个儿子。小儿子在县城继续上学，大儿子进了保安团当团丁。他与年轻的继母见第一面就产生了无法消除的仇恨。他在保安团里成为一个比连排长还牛皮哄哄的特殊团丁，在县城赌钱搞女人吸大烟，偷保安团的面粉枪支换得「泡儿」过瘾，接着就偷父亲和继母的私藏。白孝文是在被偷了家私才发觉儿子的毛病的，一顿饱打之后，儿子携着一支短枪逃走了。这个儿子诞生以后，孝文正处于和小娥如胶似漆之中，几乎没有抱过他。女人饿死以后，儿子由祖母抚养长大，和孝文陌生如同路人。在儿子逃走了以后，孝文连寻也不寻，对同僚们轻松地说：「兴许再见面时他当师长了哩！」

白嘉轩无力再去管孙子的事。四合院在兵荒马乱的白鹿原上维持着一坨安宁之地，不仅壮丁免了，各种捐税也都免了。原上许多村子里都有一户或几户这样的免征户。有钱有势的家庭通过种种渠道种种手段弄得了免征户，不仅免去了人财损失，而且成为一种特殊的荣耀。白嘉轩脑子很清醒，对孝义和鹿三的儿子兔娃说：「免征是好事也是瞎事，懂吗不懂？甭在人前张狂！这世道能保住自己一条命就成了。」他开始形成一种忆旧的癖好，对孩子们教管起来总是忆及往事：「年馑厉害不厉害？饿死了多少人？可那光景只不过一年多时间就过去了。两头放花的瘟疫厉害不厉害？又死了多少人？可那不过半年不到也就过去了。再往前推，乌鸦兵厉害不厉害？还是没在原上停下一年就跑毬了。这些子灾祸比起眼下这世事都

不算厉害。你看，自那年大征丁征捐到现在，咱村有多少后生出去再没回来？卖地卖房倒灶闭户的人家还在增加，要命的是这种日子根本看不到尽头哩！」孝义在家里自觉承担起责任，一是哥哥们都不在家该轮到他了，二是他已经娶过妻子成了大人了。他的执拗的天性和耿直的脾气相结合，既体现了白家的传统家风，又不免往往走极端，把许多事情搞僵了。在这方面，他既不及孝武也不及孝文，但在管理庄稼和牲畜事务上，他绝对精明。他为多种什么少种什么常与父亲发生争执，结果往往证明他盘算合理。他有一个致命的缺陷而他自己尚不曾察觉，就是婚后多年妻子仍没有生养娃娃。白嘉轩早已为此事担着心。

白赵氏领着孙媳妇求遍了原上各个寺庙的神灵乞求生子，却毫无结果。白赵氏从来也不赶庙会。白家从来都是只祭祀祖宗而不许女人到处胡乱求神烧香叩头。白赵氏起初领着孙媳妇到原西的仙人洞祈祷舍子娘娘，烧一对红色漆蜡再插一撮紫香，然后跪下磕头。孙媳妇照样做完这一切拜谒礼仪之后，就羞怯怯地伸手到舍子娘娘屁股下的泥墩里头去摸，泥捏的梳小辫的女孩或留着马鬃头发的男孩都摸到过，每天晚上睡觉时夹到阴部。那泥娃娃蹭得她难以入眠，夜夜在炕上撵着拗熊孝义交欢，但终究不见怀娃的任何征兆。拗熊孝义没了耐心骂：「你狗日是个漏勺子不盛屃。」媳妇羞惭得连哭也不敢。白赵氏又领着孙媳妇去求冷先生。冷先生先看气色，然后号脉，询问饮食睡眠经血来潮一类现象，先用祖传秘方，后来换了偏方单方，药引子尽是刚会叫鸣的红公鸡和刚刚阉割下来的猪蛋牛蛋之类活物，为找这些稀欠东西一家人费了好多周折，结果孙媳妇依然故我。白嘉轩于绝望中对冷先生说：「看去不休她不行了。」他绝对不能容忍三儿子孝义这一股儿到此为止而绝门。冷先生笑着问：「要是毛病出在咱娃身上咋办？你休了这个，重娶一个还是留不下后……」白嘉轩吃惊地问：「毛病咋能出在男人身上？」冷先生把这个神秘难解的生育之谜演化为通俗易懂的比拟：「你看窝瓜蔓上，有的花坐

瓜，有的花不坐瓜。只开花不坐瓜的花儿叫狂花。有的男人就是只开花不坐瓜的狂花。先得弄清他俩谁是狂花，那会儿休不休她就好说了。」白嘉轩问：「可怎么弄清谁坐瓜谁不坐瓜呢？」冷先生说：「上一回棒槌会。」

在白鹿原东南方向的秦岭山地有一座孤峰，圆溜的峰体通体匀称，形状酷似女人捶打衣服的棒槌。孤峰基座的山梁上有一座孤零零的小庙，里头坐着一尊怪神。那神的脑袋上一半是女人的发髻，另一半是男人披肩的乱发；一只眼睛如杏仁顾盼多情，另一只眼睛是豹眼怒睃；一只细柔精巧的耳朵坠着耳环，另一只耳朵直垂到肩上；半边嘴唇下巴和半边脸颊细腻光洁，另半边嘴唇下巴和脸颊则须毛如蓑草；半边胸脯有一只浑实翘起的乳房，另半边肌肉棱凸的胸脯上有一粒皂角核儿似的黑色乳头；一只脚上穿着粉红色绣鞋小到不过三寸，另一只脚赤裸裸绑着麻鞋；只在臀部裹着一条布巾，把最隐秘的部分掩盖起来；一条光滑丰腴的手臂托着一只微微启开的河蚌，另一条肌腱累摞的手臂高擎着一把铁铸的棒槌。这就是男女合一的棒槌神了（棒蚌谐音）。每年六月三日到六日为棒槌神会日，会的时间不在白天而在夜晚，半夜时分达到盛期。近处的人一般在家喝过汤去赶会，远处的人早早动身赶天黑时进入山中。一般都是由婆婆引着不孕的媳妇装作走亲戚出门，竹条笼儿里装着供品和自食的干粮，上边用一条布巾严严地遮盖起来。先由阿婆把供品敬奉上去，然后婆媳俩人在棒槌神前点蜡焚香叩拜一毕，再挤出庙门时，婆婆给媳妇从头顶罩下一幅盖脸的纱布，俩人约好会面的地点，婆婆就匆匆走开了。这时候，藏在树干和石头背后的男人就把盖着脸的女人拉过去，引到一个僻静的旮旯里，谁也不许问谁一句话，就开始调逗交媾。这些男人多是邻近村庄爱占便宜的年轻人。完事以后，媳妇找到婆婆立即回家。有些婆婆还不放心，引着媳妇再烧一回香再叩拜一回，再次把媳妇推到黑暗里去，而且说：「咱们远远地跑来好不容易，再去一回更把稳些。」第二年，得了孩子的媳妇仍由婆婆领着来谢神。那时候，婆婆牵着媳妇的手绝不松开，谢罢棒槌神就早早归去了。白鹿原流行

着许多以此为题的骂人的话，俩人发生纠纷对天赌咒时说：谁昧良心谁就是棒槌会上拾下的……

白嘉轩听了冷先生出的主意闷声不语。搁任何人说出这种恶毒的侮辱性的话来，白嘉轩的枣木拐杖早抡到他的鼻梁上去了。白嘉轩说：「冷大哥，你的话越说越冷。」冷先生却不以为然地摆摆头：「话丑理通。让她去一回，怀上了就能断定是三娃子有毛病；她再空怀，你就休她。再说回来，万一是三娃子的毛病，她怀上了也就有了后了，总比抱养下的亲些。谁能知道这个底哩？」白嘉轩只顾着一袋接一袋吸闷烟，许久才瓮声瓮气地说：「那一条路先搁下甭走。你先给三娃子治病，全当毛病就在三娃子身上，万一治不好再说……」这时候，他在心里构思完成了一个比冷先生说的更周密的方案，然后交给母亲白赵氏去实施。

那天晚上，白赵氏把馍馍切成薄片下油锅炸了，又打下五个荷包蛋，亲自到马号里去叫兔娃吃晚饭。兔娃看着黄亮酥脆的油炸馍片和白晶如玉的鸡蛋傻愣愣不敢动手，问：「俺叔哩？」白赵氏说：「你叔吃过了，寻冷先生下棋去了。你快吃啊兔娃。你吃罢咧，给婆帮个忙。」兔娃嘿嘿嘿笑起来：「婆叫我做啥只管吩咐就是了，还做这些好吃喝做啥？」白赵氏说：「干重活就得咥饱啊兔娃。」兔娃就风卷残云似的吃喝起来，直吃得热汗腾腾连连打着饱嗝：「婆你说干啥重活，我去干。」白赵氏说：「你三嫂得下病了，神说要个童男陪睡做伴驱邪，你就给你三嫂做两夜伴儿。」兔娃自幼受到鹿三严厉的管束，对男女间的隐秘浑然不通，天真地笑了：「这有啥哩嘛！这咋能算是重活哩嘛！」白赵氏说：「婆跟你说笑哩！牲口喂饱了没？」兔娃说：「再拌一槽草料，等牲口吃完我就去。」白赵氏淡淡地说：「也甭急。神说了要等星全再去做伴儿。」兔娃说：「等牲口吃完一槽草，星也就出全了咯！」白赵氏压低声音告诫兔娃：「陪你三嫂睡觉做伴儿的事，对谁都不敢说一个字儿，说了神拔你舌头！」

一切都设计得天衣无缝不留间隙。时间的选择是最关键的事情，白赵氏早探准了孝义媳妇「骑马」和「撤鞍」的规律性时间，直等到二媳妇要去娘家参加小弟弟婚礼的时日。孝义被白嘉轩打发到山里去找哥哥孝武，让他跟上驮骡把药材发回西安，家里需得钱用。孝义就带着冷先生为他焙制的药丸药面儿进山去了。白嘉轩早早躲到中医堂去下棋，冷先生回老家给小儿子完婚，他和抓药的相公对弈，下棋是他唯一的经常性娱乐。整个四合院里就剩下三媳妇和白赵氏。白赵氏在兔娃吃饱出门以后，突然感到心口里头憋闷难忍，捞起桌上那把白铜水烟壶抽起来。难挨的沉闷等待中，终于听见院里响起兔娃欢蹦蹦的脚步声。三媳妇厦屋门板吱扭一声响，白赵氏的心猛然跳弹起来。她走出屋子在院子里咳嗽一声关了街门，返回来经过厦屋门外时说：「天不早了，快睡觉，明早还要起早干活哩！」说罢，佯装回上房去睡觉，又踅过来猫儿似的扶在窗台上屏气静听。她不能安心去睡觉，那傻愣愣的兔娃万一不从叫喊起来怎么办？她要准备采用紧急措施以防止把事情弄糟。

「三嫂我睡哪达？」

「你顺势就睡炕边那达。」

「三嫂咯，你害啥病还要人做伴儿？」

「不兴问，问了神拔舌头！」

一阵窸窸窣窣脱衣的声音，之后便是一片沉静。兔娃突然嘎气地叫起来：「哈呀，我不吃奶！我都长大了你还给我吃奶……」三媳妇禁斥说：「瓜熊，再喊神拔你舌头！」兔娃忍俊不禁压低声儿又说：「啊呀，三嫂你甭捏我牛牛……」

三媳妇大约捂住了兔娃的嘴，兔娃呜呜哇哇地还在说：「三嫂，你咋这样子……哎哟妈呀！三嫂呀……这样子嫽得很

呀……」

白赵氏松了一口气离开厦屋窗户，脸孔烧辣辣的轻脚走了，不小心撞倒一把笤帚。兔娃惊讶地问：「啥响哩？」三媳妇说：「猫。」白赵氏走回上房里屋忍不住骂：「你妈才是猫！」

三个月后，三媳妇出现呕吐现象。白嘉轩送给冷先生一件上好的皮袄：「你的医术好！」他要使冷先生接受奉承和谢酬的同时，也接受一个弄虚当真的事实，以便把冷先生的口也封起来。六月三的棒槌会还遥遥未到，三娃子媳妇怀孕的事实只能归功于冷先生的药方，至于毛病在谁身上就不大重要了。白嘉轩第二件处理的善后事，就是兔娃的婚事。他在饭桌上很亲肠地对兔娃说：「兔娃，你不小了，该娶媳妇了。房子是拆烂补浑呀，还是重盖？」兔娃说：「俺爸给我说过，不准朝俺黑娃哥要一文钱，他给也不要，不准俺哥在老屋盖房。」白嘉轩说：「噢！我明白了，你是钱不够。你说你有多少钱，让叔给你盘算一下。」兔娃说了他爸死时留给他的钱数。白嘉轩笑说：「这点子钱嘛，只能逮个椿媳妇。」兔娃羞羞地笑了。白嘉轩说：「先订媳妇，再拾掇房屋，过年就把媳妇娶回来。钱嘛，叔给你包了，也算是补你爸的情。」

当三媳妇的肚子一天天隆起时，白赵氏对她的厌恶也一天天增长，几乎不用正眼瞅那肚子，更不瞅她脸，甚至发展到一看见三媳妇端来的饭食就恶心，却又说不出口骂不出声。白赵氏日渐消瘦，到麦收后三伏酷暑的闷热气浪里，终于咽了气。白嘉轩本想隆重埋葬劳苦功高的母亲，可是愈来愈可怕的兵荒马乱不容许他尽孝心，村里的年轻人跑躲一空，连几个得力的帮手也找不到。白嘉轩在母亲灵前祷告说：「过三年时世太平了，儿再给你唱戏……」

第二年春天，孝义媳妇生下一个娃子。那时候，兔娃已经和新娶的媳妇在自家厦屋里过日月了，也不再去白家熬活。白嘉轩给兔娃拨过二亩「利」字号坡地，让他和媳妇去过自家日月，在原上又传为义举。白嘉轩再没有雇用长工，只在收麦时

叫几个麦客来打打短工。

在为母亲举办葬礼时，朱先生来吊孝，临走时点了一句：「辞掉长工自耕自食。」他揣摩不清：「我种不过来咋办？」朱先生笑说：「好办！撂给穷人就完了。」白嘉轩只听从了姐夫的一半话，辞退了兔娃，撂给兔娃二亩地，其余的土地怎么也舍不得撂给旁人……

直到解放后，土地改革查田定产划定成分时，他才猛然醒悟了姐夫朱先生的话，不禁感佩万端：「圣人圣人，真正的圣人！」因为他恰好在解放前三年没有雇用长工，按土改政策匡算下来，才幸免被划成地主。

第三十二章

正当午歇时候，黑娃刚刚迷糊就被一阵吵吵嚷嚷的声音惊醒，听见卫兵和一个陌生人在争执不休，卫兵咬住营长正在休息决不许干扰；来人自称是黑娃的五舅，以一种皇亲国戚倚老卖老的口气说：「当了营长难道就不认他五舅了吗？我跑几十里路寻他，还得等他睡醒来？他架子再大官职再高还给他舅要品吗？甭忘了他小时候偷刨我的红苕给我撕着耳朵……」卫兵仍然不松口不放行，说即就是营长的五舅，也不能午歇时间进去。黑娃听着那声音有点耳熟，却决不是什么五舅八舅，舅家门族里的五舅是个傻子，长到十三四岁就夭折了。黑娃走到窗口朝外一看，竟是多年不见的韩裁缝，穿一件蓝色粗布夹袄，头上戴一顶被雨淋得变成黑色的蘑菇草帽，串脸胡须芜芜杂杂留得老长，嘴里溅着唾沫星子和卫兵争吵，一件一件抖出黑娃小时候的劣迹来。黑娃走到门口隔着竹帘喊：「五舅你进来。」

韩裁缝仍然嘎声嘎气地嘟囔着走进黑娃的门，全部表演显然都是给卫兵看的。他进门以后更加放大喉咙责怪起来：「我说你崽娃子真个当了官不认五舅这穷老汉了吗？」黑娃笑笑说：「行咧行咧，快坐下韩裁缝。你下回再来该给我当老太爷了！」韩裁缝摘掉草帽甜蜜蜜地笑了。黑娃问：「多年不见，你这一脸毛长得够我五舅的资格。弄啥哩？还当裁缝？在哪达做活？」韩裁缝说：「改不了行啰！在山里混一碗饭吃。」黑娃根本信不过：「山里有几个人能请得起你扎衣裳？你哄

鬼去吧！」韩裁缝说：「我咋能哄你哩？真的，不过我不是挣山里人的钱，我是给我的弟兄缝补衣服。」黑娃说：「我明白了，你从来就不是个裁缝。敢问你……」韩裁缝抢白说：「黑娃，你甭这么斯斯文文说话。我是秦岭游击大队政委。那年农协垮了，我就进山了。兆鹏三顾茅庐，就是要你合到我的股上。」黑娃沉吟说：「我在白鹿镇见你头一面，就觉得你是个神秘人儿。你说吧，找我肯定是有要紧事。」韩裁缝直言直语说：「借路。」于是俩人便达成一种默契捏就一个活码儿，在从明天起数的未来五天里，游击队将通过古关峪口转移到北边。韩裁缝说：「我这回走了，再见你时，我肯定不必再给你装五舅了。等着吧，不用太久了。」黑娃忍不住说：「兆鹏走的时候也说的是这话。」

韩裁缝走后的第三天后晌，一个头上缠着蓝布帕子，腿上打着裹缠，脚上穿着麻鞋的山民又纠缠着卫兵要亲见鹿营长。黑娃正在焦急地期待着韩裁缝路过的消息，以为此人带来了韩裁缝新的指令，于是就亲自接见那位山民。他一眼就瞅出来，这是在山寨里追查谋杀大拇指芒儿大哥凶手时逃走的陈舍娃。陈舍娃一进门就开口喊：「鹿营长，你还认得兄弟不？」黑娃说：「认得认得，你是舍娃子嘛！你后来跑毬到哪里去了？」陈舍娃瞧瞧门口压低声音说：「游击队。」黑娃几乎完全断定他带来了韩裁缝的口讯，差点问出「韩裁缝派你来的吗」的话来。未等到他开口，陈舍娃迫不及待地谄媚说：「鹿营长，你立功领赏的机会我给你送来咧！」黑娃问：「啥事？你说清白。」陈舍娃又扭头瞧瞧门口：「明黑间游击队从古关峪口路过，送到下巴底下的肥肉你还不吃吗？你收拾了游击队还不升官呀！」黑娃倒吸一口气，吓得心直往下沉，闷了半天才问：「你怎么知道？」陈舍娃得意地说：「我偷听见的。我一听到就想着把这块肥肉送给你吃。兄弟在山上顶佩服你的为人，我投了游击队就后悔了，总想再投你又没个机会，这回我是揹着个大贡品投你来咧！」说罢嘿嘿嘿笑起来。黑娃渐渐缓过气来：「噢呀，我听明白了，你是叛了游击队投我来咧呀兄弟。你给我透露了个好消息，送来个大礼糕呀舍娃兄

弟！快坐下喝茶。你既然相信我，就不敢再对旁人说这话，小心旁人抢了机会咥了大礼糕！」陈舍娃得意而又得宠地撇撇嘴角：「你放一万个心。」黑娃一生经历了多少生死危险，也没有像现在这样内心惊慌。他要稳住了这个危险分子，然后设法进一步把他诱向陷阱：「嗬呀舍娃兄弟，你给我送了这么大的礼糕，我该给你回送啥礼呢？说吧敞开说，你想要啥哩？官还是钱？」陈舍娃羞涩地笑笑，咳嗽一声壮了壮勇气：「兄弟跟你在山上是个毛毛土匪，投了游击队还是个小毛卒儿，尽听人指拨，像人不像人的家伙都来训斥咱。这回你随便给兄弟戴顶官帽，让兄弟在人前也能说几句话，死了也值了！」黑娃爽快地说：「呃！要封就封个大官，抖起威风来才有个抖头儿。等咱们大功告成，我再把你推出来，吓大伙儿一跳，还愁没官当？现在你就悄悄呆在我这儿睡觉，等你睡醒来，就有好运气等着了。」

等到夜里，黑娃把陈舍娃交给两个团丁，明说是要踏察一下游击队转移的具体路线，暗里给卫兵交待说：「快把这瘟神送走，送得越远越好。」陈舍娃的好梦还没做完，就给两个团丁处死了。

韩裁缝故技重演，于黎明时分又和卫兵纠缠不休。黑娃拍着衣服走到门口调侃起来：「五舅，你又来要钱抓药吗？你到底是抓药还是抓『泡儿』？还是夜个黑间把钱孝顺给轱辘子客啦？」韩裁缝大声嘟囔着走过来：「黑娃，你咋能这样跟你舅说话？嗯？你舅再穷还是你舅……」韩裁缝进门以后就露出急切的神情：「黑娃，我丢了一只公鸡。」

「你怎么不小心呢？」

「问题复杂了！原先说的事得变。」

「你的公鸡我逮住了，已经宰了咥了。」

「噢呀好！」

韩裁缝顿时松了一口气，向黑娃说起陈舍娃叛逃的事。陈舍娃枪法好，毛病也多，最要命的是乱搞女人败坏游击队声誉，屡受处分。韩裁缝说：「我估计他会投奔你来。亏得他投奔你了。他要是投到旁人手里就麻达咧！」黑娃说：「我可没有得到你的同意，就把你的鸡给宰了！」韩裁缝说：「要是没有啥影响，咱们还按原计划行事。」黑娃说：「事不宜迟。」韩裁缝出门时又嘟囔起来：「舅跟你要俩钱，比毬上割筋还疼！五舅明日哪怕病死饿死也不寻你了。」黑娃冷笑着调侃：「我开个银行也招不住你吸大烟耍轱辘儿，你不来我烧香哩！」

一切都设计得准确无误。这天夜里，哨兵报告发现游击队，黑娃问：「是不是进攻？」哨兵说：「看样子像是路过。」黑娃当即命令：「用炮轰！」热烈的大炮的轰鸣无异于礼炮。黑娃当即驰马禀告团长，不料一营长白孝文和二营长焦振国闻听炮声之后已赶到团部，立即报告了开炮的原因，而且极力鼓动团长调一营二营步兵去追击。张团长丧气地说：「长八条腿也撵不上了！」

大约过了十来天，在保安团最高的军务会议上，张团长传达了省上关于全面彻底剿灭共匪的紧急军事命令，县保安团要由守城转人大进攻。县党部书记岳维山亲自到会动员：全国已经开始了对共匪的总体战，三个重点进攻区，本省就占一个，而且是共匪的司令部。本县保安团要进山剿灭游击队，还要加紧清除各村各寨的共匪地下组织，白鹿原仍是重点窝子。岳维山最后说：「现在到了彻底剿灭共匪的时候了。诸位为党国立功的时候到了。」

当动员会进行到尾声的时候，白孝文装作漫不经心地问：「鹿营长，我听说有个共匪游击分子投奔你来了？」黑娃先是一愣，迅即满不在乎地说：「我把他给崩咧！」白孝文说：「你该问问清楚。他来投你，肯定肚里装着情报。」黑娃轻淡地笑笑：「咋能不问呢？这货是乱摸女人给游击队处治后逃来的。一问三不知，是个废物。我还担心他是游击队放出来的诱

饵哩！」白孝文仍不甘罢休：「按咱们各营的职责，这事该着我管。」黑娃笑着：「那好，下回再有投来的游击队分子，就交你发落，我倒省了事！」张团长说：「事情的职责弄清就行了。」岳维山说：「非常时期，大家务必精诚团结，齐心剿共。」

按照各营原先的职责，结合新的剿共任务，张团长重新调整了兵力部署，二营被抽调出来进山剿灭秦岭里的游击队，再由一营白孝文的属下抽出一个排，加强到二营，交焦振国指挥，组成一个加强营；一营再招募一排团丁补充齐全，不仅要守护县府安全，而且要主动出击配合各个联保所清剿地下共匪组织；只有三营黑娃没有太大变动，仍然坚守古关峪口，以防止游击队偷袭县城，因为大炮暂时派不上用场……

黑娃仍然坚持已经形成规律的生活习惯，清早起来，先舞剑，后练太极软功，然后诵读。好久没有领教朱先生了，在二营长焦振国领着团丁进山以后，黑娃于傍晚时分骑马去找朱先生。

黑娃把马拴在书院门外的树上，走进门去。看见朱先生坐在庭院当中，背向大门，面向原坡，破旧的高背藤椅上方露出一颗雪白银亮的脑袋。黑娃打躬作揖之后坐下来。朱先生把倚靠在藤椅上的腰身端直支起来，笑着问：「你还有闲心到这儿来？不是一家老少都忙活起来杀猪逮猫哩吗？」黑娃听不懂解不开就随口支应说：「我还是原马原鞍原样未变咯！」朱先生又说：「你怎么就能轻松呢？不看看这回这风刮得多凶！」黑娃琢磨一阵儿，才解开了朱先生的话，先生把政府对共产党的全面进攻称为刮大风，「一家老少忙活起来」隐喻上自蒋介石下至地方联保大小官员都动员起来，「杀猪逮猫」则清楚不过是指共产党的两位领袖朱德和毛泽东了。黑娃惊奇地问：「先生足不出院，对时局怎么知晓？」朱先生说：「风刮

到我耳朵了。」

不久前，发生过一件不寻常的事。也是一个夕阳惨淡的傍晚，国民党滋水县县党部书记岳维山由白孝文陪引着登门造访朱先生。岳维山对朱先生克服包括经费在内的种种困难表示钦佩，一再说明自己是刚刚得知编印县志发生了经费问题，以弥补过失的口吻问：「先生，你说还得多少钱？」白孝文接着说：「岳书记也是文墨人，很关心县志编印的事，只是党务太忙。昨日一听说经费困难，今日就来解决问题。姑父你敞开说吧，岳书记一句话，啥问题都解决了。」朱先生说：「不过是买一两支枪的钱。」岳维山说：「明日就给你送来。」朱先生笑笑说：「不用了。我卖了书院的两棵柏树，石印款交齐了。还是留下钱买枪吧！枪炮当紧。」岳维山还是坚持要把款子送来：「那就把这钱发给诸位先生，先生们编县志劳苦功高啊！」朱先生摇摇头：「先生们早都各回各家了。」岳维山听罢换了话题，大声重气地称赞朱先生发表「抗日宣言」的事，在三秦以至在全国造成了巨大感召力：「先生身上体现着我中华民族的正气。」朱先生却像被人揭了疮疤一样难受：「唔！你怎么又提出一壶没烧开的水来！」岳维山说：「关键不在你去成去不成前线，在于你那一纸声明，胜过千军万马。」朱先生自嘲地说：「连个屁也不顶。我在国人面前发了宣言而不能践行，这张脸可是丢远了丢光了。」白孝文插言解释说：「姑父从来是言行一致的，没有人这样看。」岳维山接着向朱先生讲述了国共两党斗争的局势，说是三个月即可在全国彻底消灭共产党，一个完整的中国和一个政党的大统一局面即将到来。岳维山说：「为了促进全国民众团结反共的大局形成，请先生再一次发表声明——」

「你绕了那么多弯路才归到正宗上。你叫我发表什么声明呢？」

「就像你发表的抗日宣言一样嘛！」

「可倭寇已经投降了。」

「当然，这个声明是支持委员长的剿共声明。」

「我写这样的声明能顶啥用呢？」

「我刚才说了，以先生在学界的声望和先生的品行，将会影响一大批学人团结起来消除内患。」

「我现在才弄清白这是一宗买卖：我写一纸反共声明，你拨一笔经费给我和诸位先生当犒劳……」

「先生过敏了。这是两码事，不能串结一起。」

「可我还没征询八位同仁的意向，不知他们愿意不愿意跟我再一次联合声明？」

「先生起草一份底稿，我让孝文骑马去找各位先生，签上个名字就行了。」

「那好吧！既然是一宗买卖，我得先看看岳书记出多大价钱，你让孝文把钱拿来，咱们是一手交钱一手交货。」

「先生把话说白了嘛……」

第二天早饭后，白孝文竟然真的来到书院。朱先生说：「谁说岳维山说话不算话？这回这事办的好利落。孝文，你把钱掏出来数一数。」白孝文恭敬地从布袋里掏出一摞摞用纸封裹着的银元：「一摞五十，一共十摞，统共五百块。」朱先生做出贪婪的财迷口气说：「你把那些摞子都拆开，给我一个一个当面数清白。我要一个一个检验是不是假货。而今假货比真货还多！」白孝文殷勤小心地解开一摞摞银元的封皮纸，在两只手掌里码数着，银元互相碰撞的声音清亮纯真。白孝文说：「姑父，没错儿，整五百数儿。」朱先生盯着孝文说：「你们那位岳书记是个傻瓜不是？」白孝文笑说：「岳书记精明得很。姑父你在说笑话？」朱先生说：「他掏这么大价钱买我一纸空文，不觉得蚀本？」孝文说：「岳书记很看重姑父的声望。」朱先生又摇头了：「我要是真有声望，那他出的这价码又太小了！五百块现洋能买下我这个大先生的大声望吗？」白孝文连忙说：「我也觉其太少。我回去再给岳书记说说。」朱先生突然歪过头：「其实我连一个麻钱也不值。岳书记的买卖烂包了。」白孝文说：「姑父尽说笑话。你把声明底稿给我吧，岳书记对这事抓得很紧。」朱先生仰起脖子淡淡地说：「我还没写哩！」白孝文说：「姑父，你说个确切时间，啥时候能写成？我再来取。」朱先生说：「你来时再带两个团丁，甭忘了拿一条麻绳。」白孝文不解地问：「带那弄啥？」朱先生两眼如剑，紧紧盯住白孝文说：「你把我绑给岳维山！」白孝文猛然煞黄了脸：「姑父这话说……哪儿去了。」朱先生平静地说：「你们在一个窝里咬得还不热闹？还要把我这老古董也拉进去咬！你快装上现洋走吧！你给岳书记说，五百大洋买我这根老筒子枪的买卖烂包罗……」

朱先生对黑娃叙说完这件不寻常的事，接着说：「我把看守大门的张秀才也打发回去了，只剩下我光独一个了。我从早到晚坐在院子里等着人家来绑我，大门都不上关子。你刚才进来，我还以为孝文领着团丁绑我来了呢！」黑娃默然无语地摇摇头，随后把话题岔开：「先生请你再给我指点一本书。」朱先生说：「噢！你还要念书？算了，甭念了。你已经念够了。」黑娃谦恭地笑着：「先生不是说学无止境吗？况且我才刚刚入门儿。」朱先生说：「我已经不读书不写字了。我劝你也再甭念书了。」黑娃疑惑地皱起眉头。朱先生接着说：「读了无用。你读得多了名声大了，有人就来拉你写这个宣言那个声明。」黑娃悲哀地说：「我只知你总是向人劝学，没想到你劝人罢读。」朱先生说：「读书原为修身，正已才能正人正世；不修身不正己而去正人正世者，无一不是盗名欺世；你把念过的书能用上十之一二，就是很了不得的人了。读多了反而累人。」黑娃不再勉强先生，又把话题转移：「有一句话要转告先生，兆鹏走了。」朱先生表现出诧异的神情：「到哪里去了？」黑娃说：「延安。」朱先生随口说：「唔！归窝儿去了。」

黑娃从坐着的青石凳上站起来，从腰里衬衣口袋掏出一本书来说：「兆鹏走时让我送给你，是毛泽东写的。」朱先生瞅了一眼就摆摆头：「我刚才说过，不读书不写字了，谁的书我都不读了。」黑娃说：「这书我看了，写得好。先生可以了解毛家的治国策略。」朱先生说：「毛的书我看过，书是写得好，人也有才。可孙先生也有才气，书同样写得好，他们都是治国兴邦的领袖。可你瞅瞅而今这个鸡飞狗跳墙的世道，跟三民主义对不上号嘛！文章里的主义是主义，世道还是兵荒马乱鸡飞狗跳……」黑娃悄声说：「听说延安那边清正廉洁，民众爱戴。」朱先生说：「得了天下以后会怎样，还得看。我看不到了，你能看到。」黑娃斗起胆子问：「先生依你看，他们能得天下不能？」万万料想不到，朱先生断然肯定：「天下注定是朱毛的。」在黑娃的印象里，朱先生掐指算卦总是用一种隐晦朦胧的言辞，须得问卜者挖空心思去揣测，从来也不给人直接做出有与无是或否的明确判断，何况如此重大的国家未来局势的预测？于是陡增了兴趣和勇气：「先生的凭证？」朱先生轻松地说：「凭证摆在人人面前，谁都看见过，就是国旗。」黑娃奇怪地问：「国旗？」朱先生爽朗地说：「国旗上的青天白日是国民党不是？是。可他们只是在空中，满地可是红嘛！」黑娃醒悟后惊奇地叫起来：「这个国旗我看了多少回却想不到这个……」朱先生也哈哈笑起来：「兆谦呀，你只当作耍笑罢了。这是我今生算的最后一卦。」

黑娃仰慕地瞅着朱先生，老人的头发全部变白，像一顶雪帽顶在头上；眉目豁朗透亮，两只眼睛澄如秋水平静碧澈；瘦削的脸颊上，通直的鼻梁更加突兀高耸；鼻翼和嘴角两边的弧形皱褶从长到短依次递减，恰如以口为中心往两边荡开的水纹；两只耳轮也变得透亮，可以看见纤细的血管；整个面部的肤色显现出白皙透亮的奇异色泽，像是一条排泄净尽秽物正要上蔟吐丝网茧的老蚕。黑娃诚恳地说：「先生的头发白完了，白得奇快。我上次来还没有……」朱先生柔和地笑了：「蚕老一时嘛。」黑娃再三叮嘱朱先生保重：「我过一段再来看先生。」朱先生半是认真半是玩笑地嗔怒说：「免了吧，你甭来了。你再来我就不理识你，不跟你说话了。」

第二天午饭后，石印馆老板送来十套刚刚印出的《滋水县志》。蓝色硬质纸封皮，二十九卷分装成五册。朱先生接住散发着墨香气味的志书，折膝跪拜在地：「请受愚夫一拜。」石印馆老板慌忙搀扶起朱先生，吓得脸都黄了：「天爷爷，我这号俗家弟子咋受得起！」朱先生潸然泪下：「我在这世上的最末一件事办成了，我就等着书出来哩！」

那一天，朱先生走进县府，新任的县长认不得朱先生，朱先生也不认识县长。因为国事频仍，新来滋水的大官小吏多已不再拜望本县贤达绅士，一来就投入急如星火的征粮征捐征丁的军务大事当中。新任县长姓巩，脸上有稀稀拉拉几粒麻点，一看见朱先生，劈头就问：「你是哪个联保所的？壮丁征齐了没？」朱先生笑笑说：「我不在联上，也没在保上，我在书院编县志。」巩县长自觉闹下误会：「那你去编你的县志，到这儿乱串啥哩！」朱先生说：「县志编完了要付印，给编纂先生的工钱也该清了，请你给拨一点经费。」巩县长脖子一仰：「哪里有钱呀？」朱先生说：「用不了多少钱，少买两杆枪就足够了。」巩县长瞪大眼睛问：「你说这话味气怪怪的，倒像是共匪的口气？」朱先生笑着说：「巩县长快甭说傻话，共党要是听见你这话该兴蹦了！」随之用求乞的声调说：「你指缝松一下漏几个零钱给我印书，不过少买两杆枪嘛！」巩县长已不耐烦：「你闲得没事干啦，编什么县志！也不睁眼看看时势？你快走吧，我还忙着！」朱先生红着脸说：「你把我轰出房子，你真是个好县长。我还没给人撵过，今日真是万幸！」

朱先生还不死心，于无奈中找到石印馆，对老板说：「你算一下得多少钱？」老板说：「我印先生的书不赚钱，过去印过几回不赚，这回还不赚。可当今纸张油墨都涨得翻了几个筋斗了。」朱先生说：「我只印十本，你算算吧！」老板仍然不摸算盘不算账：「印的越少越赔钱。」朱先生便向老板学说了被巩麻子轰撵出来的耻辱，特意说明此稿凝聚着九位先生多

年的心血，是一部滋水县最新资料的集结，生怕火烧水淹雨淋鼠啃失传了，现在印出十本留下底本，等到太平盛世时再扩印。朱先生说：「你不算账也好。你算了也是白算。我手里没钱。我伐书院一棵柏树送你百年之后做枋板，在我算是顶账，在你算是义举。」老板左手一挥，就显得干脆豪爽：「不说了，啥话也不说了，我印！」

朱先生花了五天时间，亲自把八套县志分头送给编纂过它的八位先生，终于了却了一件心事。八位先生散居在滋水县的山区河川和原上，朱先生趁送书的机会又一次游览了滋水故地，感受愈加深刻：滋水县境的秦岭是真正的山，挺拔陡峭巍然耸立是山中的伟丈夫；滋水县辖的白鹿原是典型的原，平实敦厚，坦荡如砥，是大丈夫的胸襟；滋水县的滋水川道刚柔相济，是自信自尊的女子。川山依旧，而世事已经陌生，既不像他慷慨陈词、扫荡满川满原罂粟的世态，也不似他铁心柔肠赈济饥荒的年月了。荒芜的田畴、凋敝的村舍、死灰似的脸色，鲜明地预示着：如果不是白鹿原走到了毁灭的尽头，那就是主宰原上生灵的王朝将陷入死辙末路。这一切摆在那里明明白白、清清楚楚，根本无需掐算卜卦。然而朱先生自己再不能有一丝作为了，这毕竟不是犁毁罂粟，更不是放粮赈济那种事。朱先生把第九套县志托人转送给那位「好人难活」的县长，剩下最后一套留给自己。做完这些事，朱先生顿时觉得自己变轻了，对妻子朱白氏说：「我的事办完了。把怀仁怀义和媳妇叫来，咱们一家子在这儿吃顿团圆饭。咱们都该离开书院了。」

朱白氏托人捎话叫来了两个儿子和大儿子的媳妇。媳妇怀里抱着个满身都是乳香的男孩。朱先生把孙子接到手时举到脸前，像是鉴赏一件贵重物品，随后就对着哇哇哭叫的孙子朗声说：「爷爷重见天日就靠你啰！」朱白氏不在意地接过孩子咕哝说：「你对奶娃儿也说些不着天不着地的话。」大儿子怀仁以为父亲对孙子寄予厚望而满心欢悦。二儿子怀义站在后头，不太关注父亲对侄儿的评头论足，有点冷漠地瞅着侄儿被传来接去，又回到嫂子怀里吸吮奶子。午饭时，朱白氏破例炒下四盘菜，两荤两素，主食是黄澄澄的小米干饭，喝的是煮过小米的稠汁汤。朱先生的心情特别好，把盘里的菜先抄给朱白氏又抄给儿媳妇，接着再给大儿子小儿子碗里抄，温情厚爱尽在那双竹筷子上流动。儿媳竟然被公公的举动感动得热泪盈眶。

午饭后的阳光温暖柔和，朱先生和妻儿老少坐在阳坡下晒暖暖，这是难得的一次合家欢聚的机会。大儿子怀仁长到十六岁，朱先生就把他送回老家去操持家务，过二年给他娶下一个媳妇。二儿子怀义也是长到十六岁送回家去，让他和哥哥搭手耕作土地管理牲畜。他让他们在他膝下读书以识礼义，然后送他们回老家去独立生活，做一个自尊自重自食其力的农人，绝不许他们从政从军甚至经商。在大征丁和大征捐税的起始，朱先生只暗示儿子如数交纳粮捐，却把小儿子怀义隐匿在书院里。田福贤的保丁寻到书院，朱先生说：「我那年为打倭寇要当兵，闹得满城风雨沸沸扬扬，结果呢，泡儿闪了去不成了，在国人面前放了空炮，说了假话，丢光了面子，我那阵儿就发誓，我再不当兵，子子孙孙都不当兵了。你去把我的原话端给田福贤，再端给县长书记，我的娃娃不当兵。」怀义果然因此躲避过去，但只能算个半免征户。频频加派的各种捐税，整得怀仁卖牛又卖地，几乎濒临破产。朱先生对儿子说：「够了。咱们一年把往昔十年的皇粮都纳上了，纳够了。咱们对国家仁仁义义纳粮交款，可而今这国家对百姓既不仁也不义了。他们谁再催粮催款时，你叫他到书院来朝我要。」果然再没有人朝怀仁死催硬逼了。怀仁后来把这种变化说给父亲时，不无庆幸和窃喜。朱先生听罢，却满脸愧疚：「爸用面皮给你蹭掉了丁捐，乡党乡亲该用白眼翻我了……」无论如何，怀仁总算保住了最后五亩土地而没有完全破产，靠精打细算又给空闲许久的牛圈里添进一头小牛犊……现在，静谧的白鹿书院里温柔的阳婆下，坐着一个在兵荒马乱的世事里有幸保存完整的家庭的全部成员。朱先生转过头对妻子说：「你再给我剃一回头。」朱白氏撇撇嘴：「剃就剃嘛，咋

说『再剃一回』？这回剃了下回不要我剃了？」朱先生笑说：「了不得了不得！你也学会抠字眼了。」儿媳急忙把孩子塞到婆婆朱白氏怀里，钻进灶房替公公烧热水去了。怀仁说：「爸，让我妈歇着，我来给你剃头。」朱先生温厚地笑笑：「你想在我头上学手艺吗？」怀义争着替哥哥作证：「俺哥剃头一点也不疼，村里人老老少少都焖了头求拜他给剃哩！」朱先生惊讶地说：「这倒不错，给乡亲剃头总比在他们头上『割韭菜』好哇！怀仁你啥时候学成剃头手艺了？」怀义又抢嘴抱屈地说：「俺哥在我头上练刀子练出师了！头一回割下我五道口子，割一个口子沾一撮棉花。我说，哥呀，你甭剃那半边了，留下明年种芝麻……」朱先生放声大笑，笑得前俯后仰眼泪溢出。怀仁厚诚地说：「爸，你这下相信了吧？我来给你剃。」朱先生仍然忍不住笑：「你也想给你爸头上种棉花呀？你把棉花地卖了交了捐款没处种棉花了不是？」怀仁仍然温厚地说：「甭听怀义尽糟践我的手艺。我一搭剃刀你就知道了。」朱先生轻轻摇摇头：「我还是信服你妈的手艺。你妈给我剃了一辈子头，我头上哪儿高哪儿低哪儿有条沟哪儿有道坎，你妈都心里有底儿，闭着眼也能剃干净。」朱白氏用脸偎着孙儿的脸蛋儿，斜过眼丢给朱先生一个慈爱嗔怪的眼色。儿媳端着铜盆放到太阳下说：「爸，你趁水热快来焖头发。」

朱先生走到铜盆跟前低下头去，正要撩水，朱白氏喊了声「等一下甭急」，把孙子交给儿媳，一边挪着小脚一边从腰后解开围裙系带儿，把那条蓝色印花围腰布巾围到朱先生脖子上，一只手按着朱先生的头，一只手伸进脸盆撩起水来。朱先生猛乍扬起被妻子按压着的脑袋问：「你看看我还有几根黑头发？」

「没有黑的了，尽是白的。」

「你仔细看看还有没有黑的？」

「我连一根黑头发也寻不见。」

「你没仔细寻嘛！去，把老花镜戴上仔细寻。」

朱白氏从台阶上的针线蒲篮里取来花镜套到眼上，一只手按着丈夫的头，另一只手拨拉着头发，从前额搜寻到后脑勺，再从左耳根搜上头顶搜到右耳根。朱先生把额头抵搭在妻子的大腿面上，乖觉温顺地听任她的手指翻转他的脑袋拨拉他的发根，忽然回想起小时候母亲给他在头发里捉虱子的情景。母亲把他的头按压在大腿上，分开马鬃毛似的头发寻逮蠕蠕窜逃的虱子，嘴里不住地嘟囔着，啊呀呀，头发上的虮子跟稻穗子一样稠咧……朱先生的脸颊贴着妻子温热的大腿，忍不住说：「我想叫你一声妈——」朱白氏惊讶地停住了双手：「你老了，老糊涂了不是？」怀仁尴尬地垂下头，怀义红着脸扭过头去瞅着别处，大儿媳佯装喂奶按着孩子的头。朱先生扬起头诚恳地说：「我心里孤清得受不了，就盼有个妈！」说罢竟然紧紧盯瞅着朱白氏的眼睛叫了一声，「妈——」两行泪珠滚滚而下。朱白氏身子一颤，不再觉得难为情，真如慈母似的盯着有些可怜的丈夫，然后再把他的脑袋按压到弓曲着的大腿上，继续拨拉发根搜寻黑色的头发。朱先生安静下来了。

两个儿子和儿媳准备躲开离去的时候，朱白氏拍了一下巴掌，惊奇地宣布道：

「只剩下半根黑的啦！上半截变白了，下半截还是黑的——你成了一只白毛鹿了……」

朱先生听见，扬起头来，没有说话，沉静片刻就把头低垂下去，抵近铜盆。朱白氏一手按头，一手撩水焖洗头发……剃完以后，朱先生站起来问：「剃完了？」朱白氏欣慰地舒口气，在衣襟上擦拭着剃刀刃子说：「你这头发白是全白了，可还是那么硬。」朱先生意味深长地说：「剃完了我就该走了。」朱白氏并不理会也不在意：「剃完了你不走还等着再剃一回吗？」朱先生已转身扯动脚步走了，回过头说：「再剃一回……那肯定……等不及了！」

朱白氏对儿媳说：「等断了奶，你就把娃儿给我。」婆媳俩坐在阳婆下叙叨起家常，怀仁和怀义坐在一边时不时地插上一句，时光在悠长的温馨的家庭气氛里悄悄流逝。冬日一抹柔弱的阳光从院子里收束起来，墙头树梢和屋瓦上还有夕阳在闪耀。朱白氏正打算让儿媳把孩子抱进屋子坐到火炕上去，忽然看见前院里腾起一只白鹿，掠上房檐飘过屋脊便在原坡上消失了。那一刻，她忽然想到了丈夫朱先生，脸色骤变，心跳不止，失声喊起来：「怀仁怀义快去看你爸——」怀仁怀义相跟着跑到前院去了。朱白氏惊魂不定心跳仍然不止，接着就听见前院传来怀仁怀义丧魂落魄的哭吼。她的心猛地往下一沉，倒不慌跳了，对惊诧不安的儿媳说：「你爸走了。他刚才说『剃完了我就该走了』。我们都没解开他的话。」

朱先生死了。怀仁率先跑到前院，看见父亲坐在庭院里的那把破旧藤椅上，两臂搭倚在藤椅两边的扶栏上，刚刚剃光的脑袋倚枕在藤椅靠背上，面对白鹿原坡。他叫了一声「爸」，父亲没有搭理。怀义紧跟着赶到时也叫了一声「爸」，父亲仍然没有应声。兄弟俩的手同时抓住父亲的手，那手已经冰凉变硬，便哇啦一声哭吼起来。朱白氏和儿媳急匆匆走来，制止了两个跪伏在父亲脚下哭吼的儿子和刚刚拉开哭腔的儿媳：「这阵儿还能哭？快去搭灵堂。」

灵堂搭在朱先生平日讲学的书堂里，并拢了三张方桌，朱白氏就指点儿子们把朱先生抬进去。两个儿子从两边抓住藤椅的四条腿，就把父亲抬走了，然后小心翼翼地扶上方桌躺下。朱白氏抱来了早已备置停当的寿衣，立即抓紧时间给朱先生换穿；一当通体冰凉下来，变硬的胳膊和腿脚不仅褪不下旧衣裤，寿衣也套不上去。书院远离村舍，没有乡亲族人帮忙。脱掉棉衣和衬衣，儿媳看见阿公赤裸的胸脯上一条一条肋骨暴突出来，似乎连一丝肌肉也看不见，骨肋上就蒙着一层黄白透亮的皮；棉裤和衬裤抹下来，两条腿也是透亮的皮层包裹着的骨头，人居然会瘦到这种地步，血肉已经完全消耗煎熬殆尽了。儿媳瞥见阿公腹下垂吊的生殖器不觉羞怯起来，移开眼睛去给阿公脚上穿袜子，心里却惊异阿公的那个器物竟然那么

粗那么长，似乎听人传说「本钱」大的男人都是有血性的硬汉子，而那些「本钱」小的男人大都是些软鼻脓包。朱白氏察觉到了儿媳的回避举动，平稳而又豁朗地说：「你先把腿给抬起来穿裤子，袜子最后再穿。」儿媳得到鼓励，就抬起阿公的腿脚，朱白氏麻利地把衬裤和棉裤给穿上去了……从头到脚一切穿戴齐整，朱白氏用一条染成红色的线绳拴束双脚时，发现朱先生的两条小腿微微打弯而不平展。她使劲揉搓两只膝盖，以为是在藤椅上闭气时双腿弯曲的缘由，结果怎么也揉抚不下去。朱白氏猛乍恍然大悟，对儿媳叫起来：「啊呀呀，给你爸把袜子穿错了！」随之颠跑着到后院居屋取来一双家织布缝下的统套袜子，让儿媳脱下错穿的那双白线袜，换上统套布袜，朱先生的双膝立时不再打弯，平展展地自动放平了。朱白氏对儿媳说：「你爸一辈子没挂过一根丝绸洋线，从头到脚从里到外，都是我纺线织布做下的土布衣裤。这双白洋线袜子，是灵灵那年来看姑父给他买的，你爸连一回也没上脚。刚才咱们慌慌乱乱拉错了，他还是……」儿媳听罢大为惊异。

怀仁支使弟弟怀义到县城去购置香蜡阴纸和供果，自个这才抽出身来走进父亲的书房，果然看见桌面上用玉石镇纸压着的一纸遗嘱，下附的日子却在此前七日。怀仁看了遗嘱的内容更加惊诧：

> 不蒙蒙脸纸，不用棺材，不要吹鼓手，不向亲友报丧，不接待任何吊孝者，不用砖箍墓，总而言之，不要铺张，不要喧嚷，尽早入土。

怀仁拿着这张遗嘱，又奔进灵堂呈给母亲：「我的天呀，俺爸咋给我出下这难题！」朱白氏看了遗嘱却不惊奇：「你爸图简哩，你可觉得难？」她看了遗嘱下端附注的时间，正是丈夫给八位同仁送完县志的那一天。那天晚上，朱先生睡下以后就对她说起了自己死后安置的事情，不要吹鼓手，不要装棺木不要蒙脸纸，是他一生喜欢清静而忍受不了吵吵闹闹；不要

出于自在自然豁亮畅快的习性而难以忍受拘盖的限制。朱先生向妻子描述出来为自己设计的墓室，不用砖，只用未经烘烧的砖坯箍砌墓室；墓室里盘垒一个土炕，把他一生写下的十部专著捆成枕头，还有他雕刻的一块砖头，不准任何人撕开包裹的牛皮纸，连纸一起嵌到墓室的暗室小洞口。朱白氏当时并不在意：「没灾没病活得好好的，却唠叨这些出奇事！你大概闲得没啥好想了，尽想这些出奇事！」朱先生笑而不答。朱白氏看见遗嘱就印证了那晚的唠叨在朱先生不是闲话，而是有心专意的叮咛，包括和黑娃的谈话，包括叫来儿子儿媳吃团圆饭，包括剃头，包括寻找黑发，甚至当着儿子儿媳的面把她叫妈……全都证实丈夫对自己的死期早已有预测。朱白氏对儿子怀仁说：「就按你爸给你的遗嘱去办。」

怀义买回了祭物，兄弟俩把点心石榴等供品依样摆置到灵桌上，然后由怀仁发蜡焚香。怀义在瓦盆里点着了阴纸，最后就迫不及待地跪伏到灵桌下尽情放开喉咙吼哭起来。儿媳上罢一炷香后叩拜三匝，坐在灵桌旁侧的条凳上抑扬顿挫地拉开了悠长的哭腔。小孙子在大人们的忙乱中被丢弃在火炕上，已经哭叫得嗓音嘶哑，朱白氏从后院火炕上抱起来重新走回灵前，孩子仍然在委屈地呜咽着。朱白氏偎贴着小孙子的脸，泪珠滚滚却哭不出声，待儿子们哭过一阵子，她就坚决地制止了他们继续哭下去，指令二儿子怀义在书院守灵，让老大怀仁和媳妇回朱家圪去安排丧葬事项。打墓自然是繁杂诸事中最当紧的事情，需得明日一早就动手破土；灵柩也得及早发落回家，下葬之前必须让朱先生的灵魂在祖居的屋院里得到安息。其余诸事须得一一相机安排，总的原则是遵照朱先生的遗嘱行事。怀仁和媳妇抱着孩子即刻起程回老家去了。

朱白氏和儿子们严格恪守朱先生的嘱言，尽管未向任何亲戚朋友报丧，朱先生的死讯仍然很快传开。首先是怀义到县城购买祭物传到县城，随后是怀仁头上的一条白孝布作了昭示。从当天晚上起，白鹿书院就开始有人来吊孝。朱白氏让儿子怀义守在灵前，自己走出书院大门，让怀义从里头插死门闩，对一切前来吊孝的人都一律谢绝，并不断地申述丈夫的嘱言。

吊孝者的悲痛得不到宣泄，甚至对朱白氏不近人情的行为激愤起来；人们不愿轻易离去便聚集起来，形成一种巨大的汹涌的气势。朱白氏在感到支撑不住时，扑通跪下去向众人告饶。人们再不好勉强，纷纷抚着大门、抚着墙壁、抚着柏树放声痛哭。

重要亲属中头一个闻讯赶来的是白孝文。他向姑母问讯了姑父的死亡过程后，表示了诚挚的安慰和关切。姑母依然铁硬着心肠不放他进门，孝文只好含着眼泪离开。白嘉轩到来时天已傍晚，看见围聚在书院大门口的人群莫名其妙，随之就对姐姐不近人情的举动大发雷霆，哭着吼着扑上去用头撞击大门门扇，见不到姐夫的遗容就准备碰死。朱白氏对弟弟的行为表示愤恨：「你跟你姐夫往来了一辈子，还不清楚他的脾性？你不遵他的嘱言倒给我在这儿胡来！你撞去，你碰去！你撞死碰死我也不拉你……」白嘉轩冷静下来也软下来，趁势在众人的拉扯劝解下不再扑撞，双手撑住大门门扇放开悲声。黑娃闻讯赶来时天已黑定，他驻守在远离县城的古关峪口，炮营驻地与百姓基本隔绝，两个到县城采买菜蔬的伙夫才把消息带进炮营。黑娃跪伏在朱白氏面前叫了一声「师母」就泪如泉涌。得悉了先生的遗嘱后也不强求，默默地点头并开始劝说众人离开。天上开始飘落雪粒儿，小米似的雪粒击打得枯枝干叶刷刷啦啦响着，许多人开始离去，许多人依然坚持在书院门外为恩师守灵。寒冷和饥饿的威胁终于使朱白氏听从了黑娃的变通办法，由黑娃向众人公布朱先生搬尸移灵的日子就在明天，到明日朱先生的尸首移出书院时可以一睹遗容。这样一说，众人才纷纷离开书院到县城投宿去了，只剩下白嘉轩和黑娃俩人。朱白氏说：「你俩人路远甭走了，歇到书院。」黑娃却摇摇头：「学生不敢违拗先生的遗言。」朱白氏说：「他说过，你是他最好的一个弟子。你去见他，他不会责怪。」黑娃说：「师母，你记错了，先生说过我是他最后一个弟子，没说最好。」朱白氏肯定说：「他对我说过，『没料想我最好的弟子原是个土匪。』」黑娃说：「可先生没有准许我

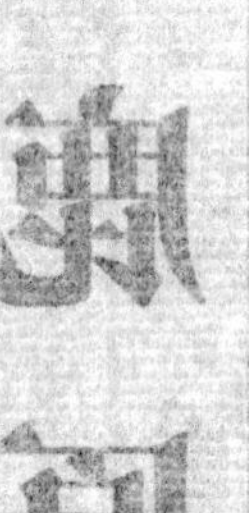

破他的遗言呀！我还是遵守先生的遗言为好。」说罢就谢辞了。只留下白嘉轩和姐姐朱白氏，便叫开了门走进书院。白嘉轩拄着拐杖佝偻着腰在庭院里急匆匆走着，几次跌滑倒地，爬起来奔到灵堂前，顾不得上香，就跌扑在灵桌下，巨大的哭吼声震得房上的屑土纷纷洒落下来，口齿不清地悲叫着：

「白鹿原最好的一个先生谢世了……世上再也出不了这样好的先生了！」

夜里捂了一场大雪，白鹿原坡和滋水河川一色素服。怀仁领着朱家圪的乡亲搬尸移灵时已到正午，牛车停在坡根下。书院门外的场地上和山坡上聚集着黑压压一片人群。怀仁和乡亲族人用一块宽板抬着朱先生遗体走出书院大门，聚集在门外的人群爆发起洪水咆哮似的哭声，拍击着白鹿原坡的沟崖和峁梁。人们跟在后头下到坡根，在移尸到牛车上的时刻人们才先后瞻仰了朱先生的遗容。遵照朱先生的遗嘱，不装棺材也不加盖蒙脸纸，朱先生仰面躺着，依然白皙透亮的脸面对着天空，雪霁后的天空洁净如洗，阳光在雪地上闪射出五彩缤纷的光环。

黄牛拽着硬轮木车在河川公路上悠悠前行，木轮在坑坑洼洼的土石路上吱嘎吱嘎叫着，黄的和白的纸钱在雪地上飘落，没有乐器鸣奏，也没有炮声，灵车在肃杀的冰天雪地里默默地移动，灵车后跟随着无以数计的人群。朱先生的死讯和他留下的遗言不胫而走，这样的遗言愈加激起崇拜者的情绪，以不可抑制的激情要表示衷心的崇拜。从白鹿书院到朱家圪，牛车经过五十多里的滋水河川沿路的所有村庄，村民们早在灵车到来之前就守候在路旁村口，家家户户扶老携幼倾巢而出跪在雪地里，香蜡就插在雪下的干土堆上，阴纸就在雪地上燃烧。临到灵车过来时，人们便拥上前去一睹朱先生的遗容。红日蓝天之下，皑皑雪野之上，五十多里路途之中几十个大村小庄，烛光纸焰连成一片河溪，这是原上原下亘古未见的送灵仪式。

灵车后的人群在不断地续接，不断有人加入到凌乱不齐的送灵人群后头默默前行，无以数计的黑色白色的挽联挽幛撑在空

中。黑娃从书院起就跟着灵车走，默默地夹在陌生的和熟悉的人流中间。他昨晚回炮营路经县城时买了两丈白绸，回到炮营驻地，就把一路琢磨好了的挽词写上白绸：

自信平生无愧事

死后方敢对青天

牛拉的木轮灵车进入朱家圪，除了帮忙搬尸的人，其他吊孝者仍然不准进入屋子。吊孝的人就把挽联钉在墙上，把挽幛撑挂到树枝上或绳索上；整个小小的朱家圪村的街巷里，是一片黑色和白色的幡幛。许多在省城做官的经商的朱先生的弟子都赶来了，一些远在关中东府西府的弟子也风尘仆仆赶来了，把他们的崇敬挚爱和才华智慧凝结而成的诗词赋文，一齐献给朱先生，直到第七天下葬时形成高潮……而传诵最快也传诵最久的却是土匪黑娃的那一阕挽词。

白嘉轩一直住守在大姐家，直到朱先生下葬。他拄着拐杖，扬起硕大的脑袋，努力用不大聪敏的耳朵捕捉人们的议论。人们在一遍一遍咀嚼朱先生禁烟犁毁罂粟的故事，咀嚼朱先生只身赴乾州劝退清兵总督的冒险经历，咀嚼朱先生在门口拴狗咬走乌鸦兵司令的笑话，咀嚼放粮赈灾时朱先生为自己背着干粮的那只褡裢，咀嚼朱先生为丢牛遗猪的乡人掐时问卜的趣事，咀嚼朱先生只穿土布不着洋线的怪僻脾性……这个人一生留下了数不清的奇事逸闻，全都是与人为善的事，竟而找不出一件害人利己的事来。

白嘉轩亲自目睹了姐夫下葬的过程：躺在木板上，木板两边套着吊绳，徐徐送入墓道；四个年轻人恭候在墓道里，把僵硬

的姐夫尸体抬起来进入暗室；暗室里有窄窄一盘土炕，铺着苇席和被褥，姐夫朱先生终于躺在土炕上了，头下枕垫着生前著写的一捆书……无数张铁锨往墓道里丢土，墓坑很快被填平了，培起一个高高的大头细尾的墓堆，最后插上了引魂幡。

白嘉轩这时忍不住对众人又一次大声慨叹：「世上肯定再也出不了这样的先生啰！」

几十年以后，一群臂缠红色袖章的中学生打着红旗，红旗上用黄漆标写着他们这支造反队伍的徽号，冲进白鹿书院时呼喊着愤怒的口号，震撼着老宅朽屋。他们是来破除「四旧」的，主要目标是袭击图书，据说这儿藏着一大批历朝百代的封建糟粕。他们扑空了，这儿的图书早在解放初期就被县图书馆收藏了。怒火满胸的红卫兵得不到发泄，于是就把大门上那块字迹斑驳漆皮剥落的「白鹿书院」的匾牌打落下来，架火在院中烧了。

他们过火的举动受到种猪场职工的干预。书院早在此前的大跃进年代就挂起了种猪场的牌子，场长是白鹿村白兴儿的后人。那时候国家主席号召发展养猪事业，白兴儿的后人小白连指敢想敢干敢放卫星，就在这儿创办起一座养猪场，这个废墟般的书院是县长亲自拨给小白连指的。小白连指上过初中，又兼着祖传的配种秘诀，真的把种猪场办起来了。那年同时暴起的小钢炉很快就熄火了，公共食堂也不冒烟了，而小白连指的种猪场却坚持下来，而且卓有功绩。他用白鹿原上土著黑猪和苏联的一种黑猪交配，经过几代选优去劣的筛选淘汰，培育出一种全黑型的新种系。此猪既吃饲料也吃百草，成为集体和社员个人都喜欢饲养的抢手货，由县长亲自命名为「黑鹿」。小白连指曾被邀到省城上了钟楼参加国庆典礼。

小白连指对围着火堆欢呼狂叫的红卫兵说：「红卫兵小将们，你们的革命行动好得很！我们种猪场全体职工举双手拥护。你们也要相信我们，这儿余下的『四旧』由我们革命职工彻底来破它。」红卫兵终于走了。

不久，书院住进来滋水县一派造反队，这儿被命名为司令部，猪圈里的猪们不分肉猪或种猪、公猪或母猪、大猪或小猪一头接一头被杀掉吃了，小白连指抖着丑陋的手掌，连对红卫兵小将那样的话也不敢说。这一派被认为是保守派，进不了县城夺不上权，却依然雄心勃勃高喊着「星星之火可以燎原」和「农村包围城市」的口号继续与县城里夺得大权的造反派对峙。一天深夜，县城里的那个响硬邦邦的造反派从四面包围了白鹿书院——种猪场，机枪步枪和手榴弹以及自制的燃烧瓶一齐打响，夺取了保守派的老窝，死了八个男女，带伤的无法计算，烧毁了昔日朱先生讲学的正殿房屋，吓跑了种猪场场长小白连指和十几个职工。打死的猪当即被开膛入锅犒劳造反派战士，逃窜的活猪被当地农民拾去发了洋财。

大约又过了七八年，又有一群红卫兵打着红旗从白鹿原上走下原坡，一直走到坡根下的朱家圪。他们和先前那一群红卫兵都出自一个中学，就是白鹿镇南边鹿兆鹏做第一任校长的那所初级小学，现在已经变革成为一所十年制中小学统一的新型学校了。中国又掀起了一个批判林彪加批判孔子的批判运动，因为野心家林彪信奉孔子「克己复礼」的思想体系。这一群红卫兵比冲击白鹿书院的那一群红卫兵注重纪律，他们实际只是十年级的一个班，在班主任带领下，寻找本原最大的孔老二的活靶子朱先生来了。班主任出面和生产队长交涉，他们打算挖墓刨根鞭挞死尸。生产队长满口答应，心里谋算着挖出墓砖来正好可以箍砌水井。

四五十个男女学生从早晨挖到傍晚，终于挖开了朱先生的墓室，把泛着磷光的骨架用铁锨端上来曝光，一堆书籍已变成泥浆。整个墓室确系砖坯砌成，村里的年轻人此时才信服了老人们的传说。老人们的说法又有了新的发展：唔！朱先生死前就算定了要被人揭墓，所以不装棺木，也不用砖箍砌墓室。整个墓道里只搜出一块经过烧制和打磨的砖头，就是封堵暗室小孔的那一块，两面都刻着字。十年级学生认不全更理解不开刻文的含义，只好把砖头交给了带队的班主任老师。老师终

于辨认出来，一面上刻着六个字：

天作孽犹可违

另一面也是刻着六个字：

人作孽不可活

班主任欣喜庆幸又愤怒满腔，欣喜庆幸终于得到了批判的证据，而对刻文隐含的反动思想又愤怒满腔。批判会就在揭开的墓地边召开。班主任不得不先向学生们解释这十二个字的意思，归结为一句，就是「阶级斗争熄灭论」，批判会就热烈地开始了。

一个男学生用语言批判尚觉不大解恨，愤怒中捞起那块砖头往地上一摔，那砖头没有折断却分开成为两层，原来这是两块磨薄了的砖头贴合成一起的，中间有一对公卯嵌接在一起，里面同样刻着一行字：

折腾到何日为止

学生和围观的村民全都惊呼起来……

第三十三章

鹿子霖重新雇回了长工刘谋儿，又一块一块赎回坐监期间被女人卖掉的土地，干涸的牲畜棚圈里重新弥漫起牛马粪尿和草料的混合气味，一只金黄毛色的伢狗在屋院里窜出窜进，屋里院里和牲畜棚里重新焕发出勃勃生机，鹿子霖比以往任何时候都更迫切地要振兴这个屋院。现在又是一个极好的机会，土地牲畜木料砖瓦直至订亲的彩礼都在掉价，只有壮丁这个特殊的时兴的商品一茬涨过一茬，鹿子霖无须算计就抓住了这个机会。拆掉的门房和门楼也一定要重新建筑，而且要比被白家拆迁走了的原有规格和样式更讲究更漂亮，只是得往后拖一拖，得把腾空了的家底垫实起来。

鹿子霖在联上干着一门无异于钦差大臣的工作。田福贤没有给他具体分工，也没有给他封官，对他说：「给你加上个股长没啥意思，给你封个联保主任那不能由我，你权当你是主任一满都管上。」田福贤又在保长甲长会上宣布：「鹿子霖代我行事，无论到了哪一保哪一村哪一甲，他说的话就是我的话，他要你们做的事就是我要你们做的，诸位都掂掂这个轻重。」鹿子霖成了真正的钦差大臣本原上的无冕王，他每到一个保公所去，果然受到所有保长们的殷勤招待，甚至比对田福贤本人还要殷勤。保长们都很灵醒，在田福贤面前哪怕挨夯受威遭斥责，毕竟是脸对脸眼对眼，而鹿子霖回去给田福贤戳弄起来就摸不清底细也探不来深浅了。鹿子霖天天像过年，保长们见到他就摆宴置酒，都知道鹿子霖爱抿两口；抿了两

口以后的鹿子霖回到联上就会把一切不满意的事都化释了。摆宴喝酒请客送礼在联上和保上早已超越了风气而成为习惯，关键在于一茬接一茬的捐税客观上提供了财源，联上和保上的头儿以及干事们都在发财。鹿子霖在牢狱腾空了的皮囊开始充填起来，脑门上泛着亮光，脸颊上也呈现出滋润的气色。

鹿子霖起初却不大满意田福贤对他的安置，窃以为是田某人不放心自己因而不给实权，后来就感觉到这样安排反而倒是好极了。他无职无权却威震原上各个保各个甲，不能如期交付壮丁和捐款他可以不担责任，任何弄坏了搞糟了的事情也追查不到自己，又可以自由地接受这个保那个保的保长们在完成一茬丁或捐的征集任务之后的「分红」。他很快就看透了当今的世态变化和其中的奥秘。鹿子霖的职责是以田主任的名义到各个保上催丁催捐。他给自己划了一个严格的界线，只到保上催促保长，绝不到任何村子去催促甲长，更不会具体揪住某一家农户的领口要粮要钱。无论什么捐什么款最终要由一户一家百姓掏出来，而不是由保长们掏腰包，鹿子霖只催保长，把翻箱倒柜鞭打绳缚的害人差使由保长们去完成。鹿子霖吃了喝了对保长们耍了威风之后回联上去，走在路上就忍不住得意起来：田主任你逛得灵，我比你逛得还灵。你想叫我替你挨骂，还不放心我，我不当你的官只受你的禄真是嫽扎咧！

鹿子霖又雇下一个年轻的长工和刘谋儿搭伙儿替他经营土地和牲畜，从屋院到畜棚再到田地里，开始呈现出一种人欢马叫的蒸腾欢悦的气氛，与整个村巷和阔大的田野上的清冷孤凄的气氛形成明显差异。鹿子霖一想到刚从监牢回到家时的那种日月就不寒而栗，除了女人鹿贺氏扑沙扑沙走路的声音，这个屋院里从早到晚便是空庙古寺一般的沉寂，衰败破落的家户是怎样一副架势？就是自家眼下这种架势！鹿子霖一次又一次在心里凝炼这种痛苦的感觉。小孙孙不期而至，一下子给衰败的屋院注入了活力，使情绪跌到谷底的鹿子霖的心里开始荡起一股暖气。鹿子霖大声憨气地对女人说：「你说啥最

珍贵？钱吗地吗家产吗还是势吗？都不是。顶珍贵的是——人。」鹿贺氏一时揣不透他的真实心思，默默地应付似的点点头。鹿子霖进一步阐释他新近领悟的生活哲理：「钱再多家产再厚势威再大，没有人都是空的。有人才有盼头，人多才热热闹闹；我能受狱牢之苦，可受不了自家屋院里的孤清！」

鹿子霖雇回来刘谋儿不久，又雇来一个年轻长工就有图得几分热闹的意愿，因为刘谋儿毕竟老了，寡言默语手脚迟钝而掀不起热闹欢蹦的气氛来。新雇佣的年轻长工正好弥补了这种缺陷。鹿子霖对小长工说：「地里活儿紧了你给刘叔帮帮忙，没啥紧活儿你就引上娃娃耍，甭把娃娃跌了摔了就行了。」小长工就引着鹿子霖的宝贝蛋儿孙子玩耍。鹿子霖从联上回到屋里，往往跟小孙子和小长工玩得忘了长幼主仆。小长工是渭北高原上的人，一口奇怪的发音让鹿子霖听来十分开心，小长工把「重」说成「冲」，把「读书」说成「头失」；更使他莫名其妙的是，小长工把「狼」叫作「骡」，而又把真正的「骡」叫成「却」等等等等。鹿子霖一个一个名词跟着小长工学着念着，常常笑得前俯后仰，像跟着洋人学洋话一样，傍晚时屋院里就掀起活跃的声浪。鹿子霖对小长工唯一不满意的一点，是这个小家伙时时处处对他表现的那种巴结讨好，以至自作自践的神气，于是正言厉色说：「该做活你做活，该吃饭你咥饱，该哭你就哭，该笑你就笑，该骂你就畅快骂，从今往后不准你尽给我说骚情话！」小长工反而愣呆住了，不知如何是好了。

这个小长工是鹿子霖拾来的。

那天晚上，鹿子霖从南原催捐回来时，月亮很好，带着七分酒醉三分清醒甩甩荡荡在牛车路上走着，一路乱弹吼唱过来，引逗得沿路村庄里的大狗小狗汪汪汪乱咬。路过自家的坟园时，从黑森森的墓地树丛里蹿出一个人来，吓得鹿子霖哑了口愣了神。那个人蹿到他跟前，扑通一声跪倒了，一口一声大爷大伯地恳求要给他当长工，声明不要一个麻钱也不要一升粮食，只要给吃黑馍就心满意足了。鹿子霖松了口气，踢了那人一脚又骂了一句，说他把他差点吓死了。跪在地上的人继续乞求雇他当长工，情愿大伯大爷再踢他两脚压惊消气。鹿子霖从稚声嫩气的嗓音判断出这是一个半大小伙儿。他让他再踢两脚的话似乎触动了心头的某一根弦索，就问：「你为啥偏偏缠住我要给我熬活？」小伙子说：「我看你是个好人。」鹿子霖对这种露骨的讨好和巴结很反感：「你凭啥看我是好人？」小伙子说他在这个坟园里躲了三天三夜了，几次看见鹿子霖从这条路上走过。「你娃子鬼得很咧！」鹿子霖说，「你是看我穿得阔，断定我能雇得起你；你是看我像个官人，给我当长工没人敢拉你壮丁，你说是不是龟孙？你不说实话我就把你掐死！」小伙子连连在地上叩头：「是的是的爷！你说的着着的对对的。」鹿子霖又问：「你小小年纪逃出来是因了啥事？偷了人家闺女抢了人家粮食还是逃壮丁？」小伙子哇地哭了：「爷呀，我是逃壮丁哩！俺兄弟三个有两个都给抓壮丁没回来，俺爸叫我逃出来寻个活命……你收下我全当积德行善哩！」鹿子霖大体信下了小伙子的话，他的笨拙的渭北口语可以使人产生信赖，问：「你叫啥名字？」小伙子说：「我叫三娃。」鹿子霖说：「三娃，你起来跟我走。」

鹿子霖把自称三娃的小伙让到前头走，自己在后面和他保持着三五步的间距。小伙子不时回过头来说着讨好巴结谄媚的话。鹿子霖心头的某一根弦索似乎又被撞击了一下，忍不住直言相告说：「你娃子跟谁学的这张糜子面儿乖嘴？你知道不知道我顶讨厌溜尻子的小人！你要是再说这些舔尻子挠脚心的话，我把你马上扭到联保所去，这儿正征一茬壮丁哩！」三娃吓得转过身又跪下了，声音都抖颤着：「好爷哩我没啥瞎心。俺爸俺妈教我出门嘴学乖点……」鹿子霖说：「我的长工可不要乖嘴软舌头。你的嘴能不能学硬？能学硬了跟我走，硬不了嘛，你就滚蛋！」三娃连连应诺：「学乖不容易学硬好

办，我再不说骚情话了。」鹿子霖说：「你先站起来。我想当场试验你一回。」三娃站了起来侍候着。鹿子霖说：「你骂我一句。你拣最难听的话骂。你想怎么骂就怎么骂。骂吧——」三娃一听就愣住了：「大伯，我咋能平白无故骂你哩？」鹿子霖脖子一仰朗然笑了：「我一天从早到晚尽听奉承话骚情话，耳朵里像塞满了猪毛，倒想听人当面骂我一句哩。骂吧三娃——」三娃嗅到一股酒气，想到这人肯定喝醉了，我要是当真骂了他，他酒醒后还不把我捶死？于是说：「大伯，你另换一样试验我的方子吧，我一定做到。」鹿子霖往前走了两步躬下身来，把脸拱到三娃胸前：「你抽我两个耳光子！」三娃大惊失色，不由往后退了两步，心想这人不是疯子就是魔鬼，几乎吓得魂不附体，下意识地往后瞅瞅，寻找逃跑的路径，盘算逃跑的机会。鹿子霖却哈哈大笑着仰起头来：「还是不敢吧？那好，我再说第三件，掏出你的家伙来给我脸上尿一泡——」三娃子听罢「妈呀」叫了一声扯腿就跑，鹿子霖跃起一步就拽住了他的后领：「我费了这么些唾沫跟你磨牙，你连我一件事都做不到还想逃跑？我马上把你送到联保所去。」三娃子蹲下身双手捂着脸悲哀地哭起来。鹿子霖急了就骂起来：「你哭你妈个屄！我没打你骂你，叫你骂我打我尿我净占便宜你还哭！凭你这号痴熊闷种鳖蛋贱胚想给我当长工？」三娃子哭丧着声儿哀求：「大爷，我不敢缠你了，你放我走。」鹿子霖眼一瞪冷笑着：「要来要走都由你了？没有那么容易。我今日个要把你变成个歪熊灵种硬蛋高贵坯子。就是骂、打、尿那三样儿，你任选一样。站起来——」三娃哆哆嗦嗦站起来说：「大伯，你先骂我打我尿我吧？」鹿子霖说：「甭啰嗦！我让一步，我闭上眼。我知道我睁着眼阎王也不敢骂我。」三娃子豁出来了，聚足了气跳起来，「啪」的一声抽了鹿子霖一记耳光，双脚落地时骂出一句：「我日你妈！」随之就凝固在地上等待自己的末日。鹿子霖睁开眼睛笑了：「打得好也骂得好哇三娃！好舒服呀！再来一下，让我那边脸也舒服一下。」说着闭上眼睛把那边脸转到三娃迎面。三娃想着反正已经豁出去了，抡开巴掌又抽了一下，跳起

来骂：「我日你婆！」鹿子霖猛然扑上来把三娃拦腰抱起来，在原地转了一圈哈哈哈笑着又扔到地上，说：「小伙子有种！」三娃子懵懵地站着。鹿子霖一只胳膊搂住三娃的脖子往前走，竟然哭了说：「三娃，你不知道哩！俺祖先就是挨打受气的角色！我咋也尝不来挨打挨骂是个啥滋味儿，你明白我的意思吗？」三娃怎么也解不开这个疯子这个醉鬼的意思，却应酬道：「明白，我明白。」鹿子霖并不相信地瞪起眼睛：「你明白个　子！我活到这岁数还没全明白，你牙没扎齐的小犊羔子明白个啥……」

从鹿子霖往上数五辈，鹿家的日月已经破落到难以为继的谷底，兄弟三个有两个都出门给财东熬长工去了，刚刚十五六岁的老三是靠讨吃要喝长大起来的，原上远近的大村小庄的男人女人几乎没有不认识这个孩子的。他没学会走路是由母亲抱着讨饭的，学会了走路就自己去讨饭了。他裤带上系着一只铁马勺用来接受施舍，吃完了在水渠涮一涮又系到裤带上，人们不记得他的名字，就叫他马勺娃或勺儿娃。有一晚，长年累月瘫在炕上不能翻身也不能动腿的父亲对他说：「你现在不能要饭吃了。你小着要饭人家可怜你给你吃，你而今长大了再要饭人家就骂你哩！去——自己挣饭吃去！」自己挣饭吃就是像大哥二哥一样去熬长工。马勺娃听了点点头，第二天天未明出了门再没回家，原上人谁也看不到那个倚着街门攥着马勺的孩子了。

马勺娃避开熟悉的村庄和熟悉的原上人下了北边原坡，在滋水川道陌生的村庄陌生的人家继续倚靠陌生的门板，沿着滋水弯弯曲曲的河道走下去。有一天走进城门楼子就惊奇地大叫起来：「城里比原上好多了！」他不需再哀求任何人，只需瞄准饭馆里进餐的对象，把他们吃剩的面条包子或肉菜扒进马勺就是了。他随后被一家饭馆雇用烧火拉风箱洗碗刷盘子。坐在灶锅下拉风箱时，炉头却一边炒菜一边又用蘸着油花调料的小铁勺子敲他刚刚扬起的脑袋；开头用勺背敲，后来就用勺

沿子敲，有两次就敲出了血来。他咋也不明白烧火拉风箱为啥不准抬头扬脸？还以为是炊饮熟食行道的规矩，于是终于记住了就只顾闷住头烧火，在炉头喊了「熄火」的间隙里仍然低垂着脑袋。有一天，他突然茅塞顿开终于想明白了，炉头是怕他得了手艺才不准他扬头看各种炒菜的操作过程。

勺娃弄明白了这个隐秘，反倒滋长起野心来了。妈的，你不敲我脑袋我还没想到学手艺哩！于是他就变得殷勤了：早上给炉头打洗脸水倒尿盆，晚上又打洗脚水提回尿盆；给炉头洗衣裳逮虱子捶背揉大腿；刚一瞅见炉头摸烟袋，就把火鞠儿吹旺递到他脸前。炉头一声不吭接受他所有殷勤周到的侍奉，依然用勺子毫不手软地敲他从灶锅下扬起的脑袋，绝不允许他偷瞅一眼炒锅里的菜馔由生变熟的奥秘。这样的打杂活儿干了一年多，为炉头无偿服侍了一年多，马勺娃烧火抹桌子端盘刷碗的技艺完全精通，炒菜的手艺却仍然等于零。

一天晚上，照例在掌柜家楼上睡下后，炉头说：「勺娃子，你给我再骚情也不顶啥。你凭你骚情那两下子就想学手艺，门都没有。你知道我学这手艺花了多大血本？」勺娃说：「肯定是你花好多钱才学下一手绝活儿。我没钱。等我把钱攒多了再拜你为师。」炉头不屑地笑起来：「凭你一月挣那俩铜子，攒到胡子白了也不得够。」勺娃悲哀地说：「那我就洗一辈子碟子烧一辈子火。」炉头换一种同情的口吻：「看你这娃娃是个灵醒娃，也是个好娃。我不要你钱，你答应我三件事，我就教你手艺。」勺娃忙说：「甭说三件，三十件我都答应，只要你肯教我学手艺。」炉头压低声音说：「我骂你一句你不许恼。」勺娃以为炉头要他给他出力帮忙，怎么也料不到是这种事，就沉默不语；想想也不算太难接受，骂一句风刮跑了也没有任何实际损失，于是就「嗯」一声算是接受了。炉头把脑袋凑到勺娃耳旁悄悄骂：「勺娃，我操你妈。」勺娃耳朵里像浇了一勺子滚油，气得浑身都颤抖起来，还是咬牙忍住了。炉头问：「你咋不吭声？」勺娃不无气恨地说：「你骂

我我听见了，我没恼嘛！」炉头说：「呃！我骂了你，你得应声愿意不愿意。你不应声，我不操到空里去了吗？」勺娃的手在被窝里攥得嘎巴响，一拳就能把那张喷着烟臭的油嘴打哑，然而他忍着说：「我应声。」炉头嘻嘻骂：「勺娃，我操你奶！」勺娃答：「你操去。」炉头兴奋地连着骂：「勺娃子，我操你姐。」勺娃答：「你操去。」炉头兴奋得格格笑起来，直至睡在楼下堂屋的饭馆掌柜干涉起来：「还说啥哩笑啥哩？早点歇下明早起早点。」炉头兴犹未尽地收拢嘴巴睡去了。此后许久，几乎每晚入眠以前，炉头都像温习功课一样把勺娃的妈妈奶奶姐姐以至扩大到姑姑姨姨齐操一遍，勺娃已不在意，也无羞辱，只是例行公事似的应着「你操去」的口诀。炉头的「操」瘾很大，不仅晚上入睡以前要操，白天支着一条腿站在锅台前，抓住吃客间断的空闲时间，一双淫气四溢的肉泡眼斜瞅着坐在灶锅下的勺娃说：「啊呀勺娃，我又想操你娘了。」有一天早晨，刚搭着炉火，炉头一边在锅里哧啦哧啦煎油，一边乐不可支地说：「勺娃子，我昨个黑间做梦把你姐操了！你姐模样跟你一样，只是头发辫子很长，也是两只黑窝深眼长眼睫毛。你说你姐是不是跟你相像？」勺娃半恼地说：「我姐俩眼长了一双萝卜花……」

直到炉头再生不出什么骂人的新招儿，他才向勺娃提出第二件事。那是在午饭过后的消闲时间提出的。勺娃渴盼着尽早实施新的折磨，以期实现捉摸炒勺儿的心愿，就说：「你说吧，我听着。」炉头笑说：「第二件事很简单。看镖——」说时已抡出巴掌抽到勺娃脸上，接着问：「好不好？」勺娃被打得晕头转向，清醒过来时就明白第二件事是挨打，于是不假思索说：「好。」炉头又抽那边脸一个耳光，而且给手心吐了唾沫儿，抽击的声音异常响亮，问：「受活不受活？」勺娃已忍不住泪花溢出，仍然硬着头皮答：「受活。」掌柜的在屋里问：「你俩弄啥哩，啪唧啪唧响？」炉头哈哈笑着说：「我跟勺娃子要哩！」炉头打勺娃的花样也是挖空心思地变换着，抽耳光、顶胸捶、踢屁股属家常便饭，撕耳朵、捏鼻子、拧

脸蛋是兴之所至，顶使勺娃难以忍受的是正当睡得极香时，炉头猛然在他脸上咬一口，疼得他合着被子蹦起来时，炉头刚刚撒完尿又钻进被窝。饭馆掌柜终于察觉了勺娃受虐待的事，暗中窥到炉头正在拧勺娃耳朵的时候，便走到他们当面，貌似平和的口气下隐含着愤怒：「你不能打人家勺娃。你看看勺娃给你打成啥样子了？满脸满身都是青疤。」炉头嘻嘻笑着还是那句话：「我是跟勺娃耍哩！」掌柜的再也不相信什么耍的鬼话：「哪有这么耍的？勺娃的红伤青疤给人看见了，还说我手脚残狠哩！我也不是没打过勺娃，他是我雇的相公，我打他妈他爸没话说。你打不着人家娃娃嘛！」炉头有点尴尬地笑着：「算咧算咧，我往后跟勺娃再不耍了。」掌柜的仍不放松：「你还把打人说成耍？」转过脸问勺娃，「是不是跟你耍哩？」勺娃嗫嚅半天垂下眉：「是……耍哩……」掌柜的转身拂袖而去：「该当挨打……贱坯子！」

这天晚上睡下以后，炉头用胖滚滚的手掌抚摩着勺娃的伤处，绵声细语说：「勺娃，我真的是跟你耍哩！我说操你妈操你奶操你姐全是说着耍的，谁倒真操来？我打你拧你是看你娃子脸蛋奶嘟嘟的好看，打你骂你都是亲着你疼着你。既然掌柜的犯病了咱就不耍了。我看就剩下一件事，你做了就开始学手艺。」勺娃忙说：「你快说吧，我也该熬到头了。」炉头贴着勺娃耳朵说：「我走你的后门。」勺娃愣愣地说：「俺家里只有单摆溜三间厦屋，没有围墙哪有后门？你老远跑到原上走那个后门做啥？」炉头哧哧哧笑着说：「瓜蛋儿娃，是操你尻子。」勺娃惊诧地打个挺坐起来，沉闷半天说：「我把我的工钱全给你，你去逛窑子吧。」炉头说：「要逛窑子我有的是钱，哪在乎你那俩小钱！」勺娃自作自践地求饶：「尻子是个屎罐子，有啥好……」炉头把他按下被窝说：「皇上放着三宫六院不操操母猪，图的就是那个黑壳子的抬头纹深嘛；皇姑偷孙猴子，好的就是那根能粗能细能短能长的棒棒子嘛！」勺娃可怜地乞求：「你另换一件，哪怕是上刀山下油锅我都替你卖命……」炉头当即表示失望地说：「那就不说了，咱俩谁也不勉强谁。」勺娃想到前头的打骂可能白受了，立即

陈忠实 著
下卷
六〇二

顺着炉头的心思讨好地说：「你甭急甭躁呀……你只说弄几回……就给我教手艺？」炉头朗然说：「这话好说。我操你五回教你一样菜的炒法。」勺娃还价说：「两回……」最后双方在「三回」上成交。

五年后，鹿马勺学成了一个真正的炉头，技艺已经超过了师傅。这个小小的一间门面的饭馆生意日见兴隆，掌柜的不失时机地停断了面条油条一类便饭，改为专营各色炒菜的菜馆。城里两三家大门面饭庄菜馆私下出高薪想挖走鹿马勺，掌柜的闻讯十分担心，先自给马勺提了身价。马勺很坦然地对掌柜的说：「放心吧，马勺不是贪财无义的小人。凭你对炉头打我时说的那几句话，我不要一分一文身俸至少给你干五年。」掌柜的听了竟然感动得涌出眼泪，又气愤地说：「把那个狗东西撵走。」马勺却说：「不，就叫他在这儿。」

马勺真是春风得意时来运至。一位清廷大员巡视关中，微服混杂于市民之中，漫步于大街小巷体察民情，看见这家小小门面的菜馆吃客盈门，便走进去点了四样菜要了一壶酒，正吃着就忍不住惊叫：「天下第一勺。」随即唤来菜馆掌柜要来笔墨，把「天下第一勺」的感叹书于纸上。吃客中有人看见题辞下款的题名就跪下来，连呼大人。众吃客闻听此人大名，纷纷跪下一片，大员微微笑着走出门去。掌柜的捧着题辞又惊又喜，随后花重金做了匾牌，门楣上挂起「天下第一勺」的金字招牌，生意红火兴盛极了。

鹿马勺扬名古城，达官贵人富商巨头每遇红白喜事，祝寿过生日或为孩子做满月宴请宾客，都以请去「天下第一勺」为荣耀。官府衙门清兵标营遇有重大庆典活动犒劳会餐，也必是请鹿马勺去做菜。勺娃子不仅得到分量沉甸的红包赏银，而且与古城上流社会的人物有了私交。「鹿师傅有啥事用得着时就开口。」有钱的有权的有势的包括死狗赖皮街楦子都这样许诺……勺娃终于有了出气报复的机会。

炉头刚刚洗了手脸准备就寝，两个标营兵勇来传话说，请他去给鹿师傅帮帮忙做菜。炉头丝毫也不敢怠慢，掂上烟袋就走了。炉头跟着兵卒走进军营，又走进一间拐角的屋子，看去像是垒堆马料的一个仓库，里面独自坐着勺娃一人在消停地抽烟，他就奇怪地问：「不是说叫我来给你帮忙吗？」勺娃说：「你先抽袋烟缓缓气儿。」炉头刚坐下装烟点火，勺娃矜持地问：「你还想让我给你做『骂打操』那三件事不？」炉头从嘴里拔出烟袋，从椅子上溜下来就双膝跪倒了，连连求告宽恕。勺娃阴冷地笑笑：「你这膝盖儿很软和，说弯就弯到地上了？」炉头说：「好鹿师，我叫你碎爷！你现在咋样酿制我，我都不吭一声。」勺娃说：「我骂你嫌臭了我的嘴，打你还怕脏了我的手，用你们河南的话不说日说操，操你尻子会贱了我的毬！」炉头虚汗直冒：「我不是人，是猪是狗是王八是畜生……」勺娃说：「你先前怎样骂我，现在就怎样骂你自个；先前怎样打我，现在你就照那样打你。站起来开始——」炉头站起来，左手抽左边耳光，右手抽右边耳光，自己撕自己耳朵，拧自己脸皮，口里连续不断地骂着自己：「我操我妈，操我奶，操我姐，操……」勺娃抽着烟靠坐在椅背上欣赏这个怪物自打自骂，一边说：「使劲骂使劲打，不准停下……」直到炉头抡不动胳膊骂不出声来死猪一样瘫倒在砖地上为止。勺娃说：「好嘛，你就歇一阵儿起来再干。」炉头缓过气歇出了劲，又爬起来重新表演，一直反复表演到后半夜，抽打撕拧得脸皮青红绿紫耳朵淌血，瘫在砖地上再也爬不起来了。勺娃说：「算咧，到这儿为止。现在该做第三件事了。脱衣抹裤子，快点！」

勺娃走到门口拉开门，在门前台阶上拍了三下手掌，停不大会儿走进五个人来，全是勺娃托街楦子在城里找来的要饭的，个个都是精壮小伙子。炉头已经脱光了衣服蜷在墙拐角。勺娃说：「弟兄们，明白到这儿来做啥不？」五个人都面面相觑摇头不晓。勺娃说：「我跟弟兄们一样，也是讨吃要喝进城的。墙拐角那个人，见了叫化子就拿勺子砍砸脑袋。弟兄们，

今日个出口气吧！」五个人嗷嗷叫着挽袖子伸胳膊。勺娃说：「这个人是个尻子客贱种。你们操他的尻子。操一回我给你一块大洋，谁当场操完了我立即兑现。」说罢就把一摞子白光光的银元堆到桌子上。五个人瞪大了眼睛瞅着银元，眉里眼里都活泛起来了，竟然为争先拿到头一块银元而争执起来。勺娃把五个人按个头从高到低排了顺序，说：「弟兄们甭争甭抢，银元你们挣不完，我还怕你们挣不完咧。开始操吧，操完毕自己去拿钱。」说罢就退到里间套房里去了……过了许久，勺娃走出套间，桌子上的银元摞子还没消下去一半，炉头已经像死猪一样趴在地上一动不动，胯骨底下压着一堆腥臭的血污。勺娃说：「弟兄们，把剩下的银元分了，顺手把这人抬出去撂到城墙根完事。」

鹿马勺随后回到原上。他雇了一辆双套马车，车上装着整袋整袋的面粉蔬菜牛羊肉和炒锅炒瓢勺子等等。他请大哥二哥帮忙在豁敞的院子里垒起锅台安上风箱，晚上煮烂了牛羊肉，第二天就到村子里请那些过去给他施舍过饭食的大爷大伯婆婶嫂子来吃一碗羊肉或牛肉泡馍。白鹿村里的施主吃过以后，再邀请到邻近的村庄，随后就成为整个原上所有施主自动赶来享受了。马勺在半个多月的时间里，从早到晚侍立在灶锅旁亲手掌勺，把一碗又一碗煮熟的泡馍送到恩人手里，他们就蹲在院子里吃。马勺没有空闲和人们说话，许多人看着累得皮松眼红的小伙子滴下了眼泪，这个讨饭娃子是个情深义重的君子哩！有个没有施舍过的人也混杂进来捞一碗泡馍吃，用筷子一搅搅出一窝麦草，悄悄放下碗溜了。原来这个人非但没给马勺一块馍，反吆喝狗咬烂了马勺的腿……马勺报答了所有有恩于自己的人，也报复了伤害过自己的人，那个临时垒砌的灶锅才宣告熄火。

随之，马勺便开始置田买地修筑房屋，骤然间成为白鹿村的首富。两个哥哥不再出门去熬长工，反而雇用起长工来了。马勺仍然到城里去继续耍勺子，然后把银元不断送回原上，交给两个哥哥扩大耕地、增添牲畜、建筑房舍……那时候，白嘉

轩的祖先还在往那只只有进口而无出口的木匣里塞着一枚铜元或两只麻钱。马勺发财的事强烈刺激着原上人，随之出现了一个进城学炊的热潮。穷汉家娃子长到十四五，不再像以往那样全都出门去给人家熬长工打短工，而是背上薄薄的被卷进城学烹调手艺去了，鹿马勺获得的成功成为他们忍受艰辛和凌辱以图出人头地的强大动力。人们尊称开创这条生活新路的鹿马勺为勺勺爷，而后来不断加入到这个行业里的人被称为勺勺客。从此开端一直延续到百余年后的今天，烹调手艺仍然在六十四行谋生手艺中占有主体位置，白鹿原以出勺勺客闻名省内外。

鹿马勺无可置疑地成为鹿姓这一门族里产生了巨大影响的一个人。不仅仅是把濒临倒灶的家业振兴起来，重要的是他具有自己的思想和理论，深深地影响着鹿家门族里一代又一代的子孙，显示着与白家迥然相异的家风和气性。鹿马勺用他抡勺子挣来的薪金和赏银在白鹿村置地盖房，仅仅控制到土地房屋牲畜可以在村子里数上头家的程度就适可而止，然后把心力转到孩子的读书上头。马勺靠一把勺子出入官府和上流社会的各种场合，经见的大世面大人物在整个家族的历史上是独一无二的。大世面的气魄豪华和大人物的威仪举止，深刻地烙刻到心头，在他感到幸运的同时又伴随着自卑。那种不断重复的生活经历和越烙越深的印象终于凝结出一个结论，要供孩子念书，通过科举考试进入上流社会坐一把椅子占一个席位，那才是家族真正的荣耀；至于自己嘛，说到底还是个勺勺客，是把一碟一盘精美的菜馔烩炒出来供大人阔人们享用的下人，只能在灶锅前舞蹈而绝对不能进入自己创造的宴席。马勺娶妻生子以后就开始实现这个目标。为此他一胎赶着一胎让女人为他生育后代。女人确也像个爱生蛋的母鸡一共生过十五胎，直到红绝腰干不来经血。他的命里注定儿少女多，十五胎里有十一个女子四个娃子，最后只有五女二男成人。他在孩子启蒙的头一天，就对孩子说：「好好念书。中秀才爸给你放草炮，中举人就放铳子演大戏。」两个儿子许是智力平庸，也许是运气不佳，只有老二考中秀才，此后连连再考都不能

中举。马勺死时就把遗愿留给后代：「记住，孙子曾孙子谁中秀才中举人或者进士，就到我坟上放炮响铳子，我就知道鹿家出了人了。」这个奋斗目标一代一代传下来，竟然连在老马勺坟头放草炮的机会都不再有。鹿子霖对两个儿子兆鹏兆海十分看重，瞅定有实现祖宗遗愿的寄托了，不料中途而废。

鹿马勺艰难曲折的人生经验是留给鹿姓门族的第二大理论思想。他对两个刚刚懂事的儿子简明扼要地灌输这种思想：无论你将来成龙或是成虫，无论是居官还是为民，无论你是做庄稼还是经商以至学艺，只要居于人下就不可避免要受制于人，就要受欺，你必须忍受，哪怕是辱践也要忍受；但是，你如果只是忍受而不思报复永远忍受下去，那你注定是个没出息的软蛋狗熊窝囊废；你在心里忍着，又必须在心里记着，有朝一日一定要跷到他头上，让他也尝尝辱践的味道……越王勾践就是这样子。「娃子哇，你大我就是原上的勾践！」鹿马勺一句话概括了自己，把一个千古传诵的卧薪尝胆以图复国的越王勾践个性化具体化了。为了加深娃子们的记忆和理解，他把自己酸辛的经历经过适当的改编讲给他们，特别把自己冬天穿着单裤携着讨饭马勺走进省城的经过讲得格外详细，在哪个村子被狗咬，在哪个村子的庙台上过夜都讲得一丝不乱；到饭馆被炉头用勺背勺沿儿敲脑袋打耳光撕耳朵拧脸蛋也都一件不漏地讲了，只是把炉头走自己「后门」的丑事做了重大修改，说那个老畜生把尿撒到他的脸上，那时候他就是卧薪尝胆的勾践。他对后来报复那个老畜生的情节也做了重大修改，说成了皇城里的兵卒成百人一拨接一拨往那个老畜生脸上撒尿，直到淹得半死……那时候，他就是重新复国凌迟吴王的勾践。这个个性化了的勾践精神就一代一代传流下来，成为鹿家在白鹿原撑门立户的精神财富。

鹿子霖在坟园路上拾到小长工时的一番作派是对祖宗精神的一次演示，一种体验，一种发泄或者是一种心灵感应。小长工

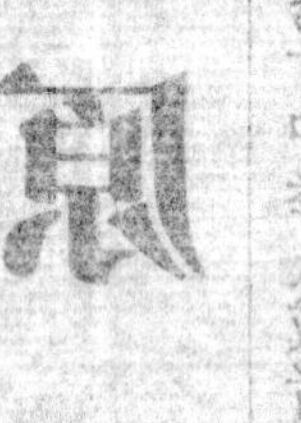

三娃子乖觉伶俐而又善解人意，使鹿子霖很满意这个小长工却仍然不大满足，因为这个古老屋院里的孤清气氛只有外表上的改变而没有根本上的变化。尤其是到了晚上，三娃子和刘谋儿在牲畜棚里就寝以后，鹿子霖躺在炕上久久难以入眠，屋梁上什么地方吱嘎响了一声，前院厦屋什么地方似乎有圬土刷刷溜跌下来，他就有一种天毁地灭的恐惧。那种短暂的恐惧感从心头缓缓退净以后，便是无尽的孤清冷寂。那时候，他的心里连一丝力气也焕发不出来，觉得整个世界整个白鹿原整个白鹿村都没有一处令人留恋，整个熟人生人包括白嘉轩父子、田福贤和岳维山等等，也都一下子变得十分可笑十分没意思了，和这些人争斗或交好都变得没有必要了。在那种心绪里，他甚至安静地企盼，今夕睡着以后，明早最好不要醒来。

每天早晨他都醒来。醒来以后的心境就决然不一样了。冬天披上二毛皮袄，夏天穿上蚕丝黄衫，到联上所辖的各个保去督查丁捐官事。有一天，他路过南桑村时，听见一个妇人叫「叔吔」，声音听去很熟悉，却一时记不起来，转过身就看见一个茅厕墙头露出来一个女人的脸，正朝他笑着。他想起来这是一个老相好，多年再未和她重温旧情了。鹿子霖对男女之事已经厌倦，发生这种心性转折的关键是大儿媳的死亡，以及由此引起与冷先生的关系淡泊。他对那个系好裤腰带走出茅厕的女人支应一声就重新扯开步子，那女人紧走几步挡到路口对他仰起脸噘起嘴唇。鹿子霖还是无法违反众人给他的「见了女人就走不动」的评语。这个女人给他留下永久记念的是那张嘴唇。她的红润的嘴唇薄厚适当细腻光洁，一张一合一努一噘都充满千般柔情万般妩媚，撩逗得他神不守舍心旌摇荡。他看见她已经变得灰白的嘴唇虽然有点失望，然而那种最令人神往的记忆却被勾动起来。鹿子霖无力拒绝那个嘴唇里发出的「到咱屋坐坐嘛」的邀请，于是就跟上她走到院子门口。看见这个熟悉的院子和依旧的庵间房屋，鹿子霖心里就产生一股燥热，过去出入这个院子和屋子的惊吓和甜蜜一齐

活现出来。进屋坐下后，他想向这个女人表示一下关切之情，不料这女人嗔怨中夹着怒气发泄起来：「你日出娃来就不管娃的死活了！」鹿子霖吓得脸色灰白，瞧瞧屋里似乎没有人，当即后悔不该进这个院子，心里也开始鄙视这个女人。他坐监以前，隔三差四地总给她接济一些钱，并没忘记嘛！凡是跟他相好过的女人，都可以证明他不是负义之人。鹿子霖正打算掏俩银元出来了事，那女人接着告诉他，他的娃都过十五岁生日了，常年躲在外边不敢回家，开始躲原上，后来躲到山里，越躲越远，她的男人不放心昨日进山去看娃娃了。鹿子霖一听就噢呀一声慨叹：「噢呀呀，你咋不早说？」女人撩起下襟擦眼泪。鹿子霖断然说：「叫娃回来！回来回来，回来！」女人说：「你光说叫回来！回来了抓壮丁咋办？」鹿子霖斥责说：「我说叫娃回来，就是敢保险嘛！原上的壮丁一个个都从我的手里过，我还没这点把握。」女人说：「我想把娃认到你膝下……给你……做干娃……」鹿子霖惊喜地笑了，把立在旁边的女人揽到怀里说：「这主意好！本来就是我的娃嘛！」他无法控制重新膨胀起来的那种诱惑，紧紧贴住了那张依然柔媚的嘴唇……

鹿子霖从这个女人身上得到了一个重要启示，逐个在原上村庄搜寻干娃，把一个个老相好和他生的娃子都认成干亲，几乎可以坐三四席。干娃们到家里来给他拜年，给他祝寿，自己也得到绝对保护而逃避了壮丁。鹿子霖十分欢喜，一个个干娃长得都很漂亮，浓眉深眼，五官端正。因为和他相好的女人都是原上各村的俏丽女人，孩子自然不会有歪瓜裂枣了。鹿子霖瞧着那些以深眼窝长睫毛为标记的鹿家种系，由不得慨叹：「我俩儿没有了，可有几十个干娃。可惜不能戳破一个『干』字……」他对干娃们说：「有啥困难要办啥事，尽管开口！干爸而今不为自己就为你们活人哩！」干娃们说：「干爸，你有啥事要帮忙也只管说，俺们出力跑腿都高兴。」鹿子霖感动得泪花直涌：「爸没啥事咯！爸而今老了还有多少事嘛！爸只是害怕孤清喜欢热闹，你们常来爸屋里走走，爸见了你们就不觉得孤清，就满足咧……」

白鹿联保所遭到一次沉重的洗劫，田福贤幸免被杀。事后从种种迹象分析，洗劫的重点目标在田福贤，仅田福贤住的那个套间屋子就扔进去三颗手榴弹，然而田福贤却没有睡在里头。田福贤逛得诡，他在套间里安着床铺着被子，只是午间歇息用，晚上就出其不意地敲开某个干事的门挤到一张床上，像皇帝随心所欲进入某一宫院一样，他许久以来就不单独在自己屋子过夜。

洗劫是土匪干的还是游击队干的，众说纷纭。县保安团一营营长白孝文亲自上原来侦察追踪，没有抓到任何确凿的证据，判断不出究竟是什么人干的。联上储存的捐款没有来得及上交被抢掠一空，联上的保丁被打死五个伤了三个，白孝文据此判断保丁们多数都躲起来根本未作抵抗。出于种种利害关系，权衡各方得失，白孝文终于给岳维山汇报说：「土匪干的。」这样做主要是出于安定人心，以免为共党张扬的顾虑。

田福贤对白孝文的结论完全接受，心里却不无疑虑。他装作看病走进镇上的中医堂，接受冷先生号脉望诊时，不在意地问：「这几天有没有谁到你这儿来买刀箭药？」冷先生先愣了一下，随之以素常的冷冷的口气回答：「没有。」田福贤从洒在联保所门外的一摊血判断，洗劫者有人负伤，肯定隐匿在某个村子里。他想从冷先生这儿找到一丝线索，却没有成功。

冷先生被这个询问惊扰得心神不宁，恰恰是白嘉轩来向他要了一包刀箭药。天亮后，白鹿镇上聚集着一堆堆人议论昨晚发生的事情，本原上第一次发生交战的骚乱震惊了从未经历过枪炮的乡民。白嘉轩拄着拐杖佝偻着腰走进来，向他讨要一包刀箭药。冷先生随口问：「谁有伤了？」白嘉轩接过药包揣到怀里说：「甭给谁说我要过这药。」冷先生现在急于想告诉

白嘉轩，田福贤追问哩！他在镇子上碰见一个匆匆走过的女人，说：「捎话叫你嘉轩伯来下两盘棋。」

白嘉轩一边下着棋，一边给冷先生叙说刀箭药的来龙去脉。那天晚上，听见有人敲后门，他就起来了。没料到进来的是自己一个已不来往的老亲戚的儿子，他叫他声「老舅爷」，就说打劫联保所的事是他干的，他是做游击队的底线儿，因为没打仗经验恰好负了伤。白嘉轩大为震惊之后，就压着声训斥：「你家人老几辈都是仁义百姓，你也是老老诚诚的庄稼人嘛！都四十上下的人了，你咋弄这号出圈子的事？」他却笑着说：「老舅爷，你甭害怕。日子过不成了。不单是我，原上现时暗里进共产党的人多着哩！」白嘉轩暗暗吃惊，连这么老诚的庄稼汉子都随了共产党，怎么辨得出谁在暗里都是共产党呢？他不再过多询问，就把他藏起来，给弄了一包刀箭药……白嘉轩对冷先生说：「像这个亲戚一样的庄稼汉，直戳戳走到联保所，谁也认不出他是个共产党！据此你就根本估摸不清，这原上究竟有多少共产党……」冷先生说：「这谁能说清！田福贤成天剿共也摸不清……要是有一天共产党真个成了事得了天下，你再看吧，原上各个村子的共产党一下子就蹦出来了，把你把我能吓一跳！」

俩人随之把话题转移到鹿子霖身上，而且收了棋摊儿专门议论起来。白嘉轩说：「原上而今只有一个人活得顶滋润。」冷先生说：「你说田福贤？」白嘉轩说：「他才最不滋润哩！他在原上是老虎，到了县上就变成狗了，黑间还得提防挨炸弹！」冷先生说：「那你是说你？」白嘉轩摇头笑了：「我啥时候也没滋润过。」冷先生又猜：「那么你说是我？」白嘉轩也摇摇头：「你还是老样子，没啥变化咯！」冷先生闷住头认真猜想起来。白嘉轩不屑地说：「鹿、子、霖嘛！」冷先生反感地说：「这人早都从我眼里刮出去了。我早都不说这人的三纲五常了，不值得说。」白嘉轩却说：「你看看这人，当着田福贤的官，挣着田福贤的俸禄，可不替他操心，只顾自个认干娃结干亲哩……」冷先生说：「我只说从监狱回来，

该当蜷下了，没料想在屋蜷了没几天，又在原上蹦开了。这人哪……官瘾比烟瘾还难戒！」白嘉轩说：「这是祖传家风。鹿家人辈辈都是这式子！」冷先生说：「我在这镇子上几十年，没听谁说你老弟一句闲话，这……太难了！」白嘉轩做出自轻自薄的口吻，又很恶毒地说：「咱们祖先一个铜子一个麻钱攒钱哩！人家凭卖尻子一夜就发财了嘛！」

第三十四章

农历四月，急骤升高的气温宣告结束了白鹿原本来就短暂的春天，进入初夏季节。满原的麦子从墨绿中泛出一抹蛋白色，一方一绺已经黄熟的大麦和青稞夹缀在大片的麦田中间，大地呈现出类似孕妇临产前的神圣和安谧。从气象和节令上判断，似乎与已往无数个春夏之交时节的景致没有什么大的差异，无论穷的或富的庄稼人，只是习惯性地比较着今年的节令比去年提早了几天或者是推迟了小半月。穷庄稼人总是比富裕庄稼人更多一些念叨和嘟囔罢了，也是因为他们更加迫不及待地要收获小麦，以减少借贷的次数和数量。迎接果实成熟的期待，比以往任何时候都更加迫切。眼巴巴瞅着麦子一天天由绿变黄，急性子的庄稼人提着镰刀拉着独轮小车走到田头，捏住麦穗捏一捏瞅一瞅，麦粒还是鼓胀的水豆儿，惋叹一声「外黄里不黄喀」！于是就提上镰刀拉上小推车回家去了。突然一场温腾腾热燥燥的南风持续了一夜半天，麦子竟然干得断穗掉粒了，于是千家万户的男人女人大声叹诵着「麦黄一晌蚕老一时」的古训拥向田野，刷刷嚓嚓镰刀刈断麦秆的声浪就喧哗起来。就在那神秘的短促的一晌里，麦子熟透了；就在那神秘的一时里，蚕儿上蔟网茧了……

公元一九四九年五月二十日，成为白鹿原社会气候里神秘短促的一晌或一时，永久性地改变了本原的历史。

黑娃听到电话铃响，心里一跳；每一次电话铃声响，都好像首先撞击的不是耳膜而是心脏。黑娃抓起话机扣到耳朵上，方

知是县西四十里处的麻坊镇哨卡打来的。哨兵的嗓门有点粘涩：「一位少校军官要过哨卡，要到县里找你。鹿营长，你说放不放他过卡子？他不说他的姓名，也不报他的来处，却是叫我问你鹿营长还喜欢不喜欢吃冰糖……」

黑娃搞不清有多长时间自己都处于一种无知觉状态，灵醒过来后，发现话机还扣在左耳朵上，汗水顺着话机的下端滴流到手心里。他已经忘记刚才是怎么回答哨兵的，耳机里早已变成一片冷寂的忙音。他判断不出自己现在比接电话以前更加慌乱，还是更加沉静，却努力回想刚才在电话里自己是怎样回答哨兵问询的，或者根本就没有作任何回答？他颤抖着手摇起摇把儿，直摇得黑色的电话机在桌子上发摆子似的颤抖，终于听到那个不再粘涩的嗓门讨封似的说：「放心吧鹿营长，早已放过了。我给少校挡了一辆道奇卡车，坐上走了半晌了，说不定这阵儿都跷进你的门坎咧！」黑娃放下电话跨出门去，门外一片静寂。旋即又走进屋子，扯下毛巾直接塞进盆架下边的水桶里蘸了水，使劲擦拭汗腻腻的脸颊和脖颈，然后又脱了上衣和长裤，用马勺舀起凉水往身上泼浇。水流在砖地上，流不出多远就渗进蓝色的砖头，发出干燥焦渴已极的吱吱声。这当儿，门外响起卫士的问话声，一个熟悉的声音说：「你甭盘问我，我来盘问你。你只知你们鹿营长官名叫鹿兆谦，你知不知道他的小名叫黑娃？知不知道他敲家伙爱敲『风搅雪』？」黑娃穿着裤衩，急忙跷出门喊道：「我也记着你的小名，我不好意思再叫！」

通身水淋淋的鹿黑娃只穿着一条水淋淋的裤衩，和佩带着少校肩章一身伪装的鹿兆鹏紧紧搂抱在一起，两个荷枪实弹的卫士看见俩人的真挚和滑稽，却无法体味这两个朋友此刻里的心境。还是黑娃首先松开手臂，拽着兆鹏的胳膊走进门去。他从里头插死了门闩，想想不妥又拉开，只对卫士说了一句：「谁来也不许打扰！」然后又插上门闩，急忙蹬裤穿衣服，转过脸问：「我说你呀，你咋么着蹦到这儿来咧？」鹿兆鹏从桌子上的烟盒里抽出香烟点火抽起来，说：「你甭问，你先给

人弄俩蒸馍咥，我大概还是昨个晚上过渭河时吃的饭……」

鹿兆鹏身为十五师联络科长，是和首批强渡渭河的四十八团士兵一起涉过古都西安的最后一道天然水障的。出发前一刻，他肚子里填塞了整整一个小锅盔，这使他联想起锅盔这种秦人食品的古老的传说。这种形似帽盔的食品，正是适应古代秦军远征的需要产生的，后来才普及到普通老百姓的日常生活里。它产生于远古的战争，依然适应于今天的战争。渭北原地无以数计的村庄里数以千万计的柴禾锅灶里，巧妇和蠢妇一齐悉心尽智在烙锅盔，村村寨寨的街巷里弥漫着浓郁的烙熟面食的香味。分到鹿兆鹏手里的锅盔已经切成细长条，完全是为了适应战士装炒面的细长布袋；而这种食品的传统刀法是切成大方块，可以想见老百姓的细心。那些细长的锅盔条上，有的用木梳扎下许多几何图案，有的点缀着洋红的俏饰，有的好像刻着字迹，不过都因切得太细太碎而难以辨识。鹿兆鹏掬着分发到手的锅盔细条时，深为惋惜，完整的锅盔和美丽的图案被切碎了，脑子里浮现出母亲在案板上放下刚刚出锅的锅盔的甜蜜的情景。

鹿兆鹏是微明时分涉过渭河的。先遣支队在河里插下好多道芦苇秆儿，作为过河路线的标记，最深处的水淹到胸脯，枪支和干粮袋托到头顶。渡河遇到并不强硬的阻击，掩护他们的火炮和机枪压得对岸的守军喘不过气来。跨上对岸的沙地，才发现守军单薄得根本不像守备的样子，士兵早趁着黑夜潜逃了，统共只抓到三个俘虏，又看不到太多的尸体，机枪和步枪扔得遍地，一个强大的王朝临到覆灭时竟然如此不堪一击。

鹿兆鹏和他的十数个联络科的战士和干部，极力鼓动渡河的营长长驱直入，而违背了到三桥集结的命令，一直闯进西门外的飞机场。守军的阻击不过像一道木桩腐朽的篱笆，很快被攻破。机场上停着几架飞机，全都是残破报废的老鹰似的僵尸。鹿兆鹏用短枪敲一敲铝壳说：「胡长官总是撂下伤兵。」这时候，有战士引着一位穿商人服装的人走过来，说他是西

安地下党派来的，接应解放大军来了。鹿兆鹏用枪管又敲了敲机壳，郑重地纠正说：「老王同志，你务必记住，从现在起，我们从地下走到地上，成为地上党啰！」

老王同志把西安市区地图和国民党守备部队布防情况资料交给他，又把敌人逃亡前夕破坏炸毁电厂面粉厂和屈指可数的几家新兴工厂的计划透露给他。鹿兆鹏和营长只说了一句，就统一了看法：立即进城！老王同志帮他们找来了一位鬓发霜白的火车司机，全营士兵爬上了火车。火车呼啸着开进火车站时，头一次乘坐火车的土八路们惊叫，一支纸卷的喇叭牌香烟才抽掉半截。这营士兵被分成若干小组，赶赴电厂面粉厂和纱厂等要害工厂去了。据说奔到电厂的士兵冲进厂房时，敌特工人员正在垒堆美制炸药铁箱。鹿兆鹏走出火车站的时候，听到西城方向传来一声巨响，等他穿过小巷赶到钟楼时，恰好看见一队冲上钟楼的战士矫健的姿态，领头的战士擎着一面红旗，沿着这座城市中心的明代建筑的四方围栏奔跑着呼叫着，那一刻兆鹏直后悔没有一架照相机。他随之得知，刚才的那一声巨响是本师本团另一个营的士兵攻进西门时放的炮。西门的门洞被砖头堵死了，不得不动用炸药以满足情急的战士的心理。他终于亲自迎接了五月二十日这个早晨，亲眼目睹了一个旧政权的灭亡和一个新政权诞生的最初过程。面对钟楼上迎风招展的红旗，他流下一行热泪，这正是祭奠无数烈士的最珍贵的东西。

他回到飞机场时已是后晌，把一大堆情报交给师首长。师长的奖励是：「你吃口东西快来。」这时，他才记起渡河的时候身边一个不知姓名的战士被枪弹击中扑跌进水里，他扶他的时候弄湿了干粮袋，那些刻扎着图案和俏饰的锅盔全泡成一堆糊糊。他已经忘记饥饿，巨大的欢愉和紧绷的心弦使他的胃肠全部处于一种休眠状态。直到天黑，鹿兆鹏被师长亲自召见分配新的任务：「回你的老家去，策动滋水保安团起义。」

鹿兆鹏穿上了师长为他准备好的一身国民党军少校军服，只是为缺一双皮鞋而遗憾，随之有人从俘虏的机场守军脚上搜出一双皮鞋送来，稍微显小而夹脚。鹿兆鹏说：「恐怕得有一部汽车。」师长说：「我给你准备了一辆自行车，气儿已经打饱了。你现在就上路。」鹿兆鹏跨上车子就走了。

这是令人舒心的一个难得的夜游的机会。田野里静悄悄，夜风中饱含着成熟期的麦子散发出来的母乳一样令人贪婪的气息。兆鹏可以准确地辨别出麦子和豌豆地里散发的不同气息，借着整修链条的时机，他摸到豌豆地里捋了一把豆荚和蔓梢，连荚儿带叶一起塞到嘴里咀嚼起来。沿途所过的大小村庄几乎看不见一点灯火，只有零星的几声装模作样的狗吠，听起来反倒使人感到安全感到松弛。驱车进入滋水河川，瞅见星光下横亘着白鹿原刀切一样的平顶，心中便跃出了那个尚在识字以前就铸入了的白鹿。这辆破自行车总是掉链儿，迫使他一次又一次跳下来摸黑把链条挂到齿轮上，中断了他诸多的回忆和回忆的情绪。

赶到离县城还有四十里的麻坊镇时，遇到了唯一一次盘查。土石公路上横架着一根粗大的木头，两边站着几个地方武装的团丁，有一间小房子。鹿兆鹏从一个哨兵盘问的口音里听出他是当地人，他把「三」的发音说成「桑」，把「伯」的称呼叫做「贝」，这是麻坊镇周围十数个村子居民的一种奇特的发音。鹿兆鹏看着这个麻坊镇土著团丁过分认真的态度，反而更加轻视他，小娃娃你正在认真防务的那个政权已经在我手下覆灭，你瓜蛋儿你笨熊还被蒙在鼓里。他轻淡地说：「你给鹿兆谦营长挂电话，他是我表弟，他大我叫桑（三）贝（伯）。」哨兵眼睛一亮，就透出他的全部纯朴和可爱的本性：「哎呀长官，听口音你是咱麻坊镇方圆人？哪个村子的？」鹿兆鹏笑着拍了拍他的肩膀说：「先甭拉扯乡党，快挂电话。你只消问问鹿营长还喜不喜欢吃冰糖？」哨兵问完这句话后，脸色一变举手敬礼，慌急中把电话筒拽掉到地上……整个哨

卡的哨兵都忙碌起来，一齐出动挡住一辆道奇卡车，把自行车架到车厢里，把兆鹏搀扶到驾驶楼里以后，那位土著团丁用枪点着司机说：「你要是路上捣乱怠慢了长官，你再回来路过时，我把你舌头拔了喂狗。」

鹿兆鹏吃了黑娃临时凑合的饭菜，很简单地介绍了西安解放的消息。黑娃似乎并不惊奇，只是淡淡地说：「你不来我还不知道哩！这儿离西安不到百里，居然没人给我们通报，许是自顾自个跑了。」鹿兆鹏坦率地说：「黑娃起义吧！」黑娃几乎没有思索就重复了一句「起义」。他的口气显得平静，既没有热烈奔放的张力，也不是畏畏缩缩的无可奈何。鹿兆鹏在感情上很不满足，煽动说：「你老早就喊在原上刮起一场『风搅雪』，而今到了刮这场『风搅雪』的日子了，我听你的口气怎么不斩劲？」黑娃仍然平静地说：「斩劲不斩劲甭看嘴头子上的功夫。」接着就给鹿兆鹏介绍了保安团的布防情况。黑娃自己的三营是个炮营，驻扎在最远的县东方向的古关峪口，原是为堵截共军从峪口出山进击县城的。二营是步兵营，驻守在县城东边与古关峪口两交界的地方，是防备共军进攻县城的第二道防线。一营驻扎在县城城墙里外，是保护县府的御林军，也是最后一道防线。黑娃进一步深层地介绍了保安团里的关系：二营长焦振国和他也是结拜弟兄，人好，估计有七成的把握，即就他不愿意起事也不会烂事；一营御林军营长白孝文，和他虽说也有过结拜的交情，却是张团长的打心锤儿心腹，恐怕只有四成起事的可能性。鹿兆鹏迫不及待地问：「张团长那人的把握性有几成？」黑娃坦率地说：「团长那人难估。」

在策动保安团起义的具体办法上，俩人不谋而合，其实这是根据黑娃介绍的情况所能做出的自然的也很简单的选择。鹿兆鹏说：「咱俩先跟二营长接触，二营长愿意起事的话，剩下一营的孝文就好办了。他愿意了一搭干，不愿意的话，就把他

的御林军拾掇了。」黑娃对这个策划做了小小的补充：「孝文愿意起事的话，张团长就不再成为一个问题；孝文要是说不通，把他和张团长先拾掇了。掐了谷穗子，谷秆子还不好砍吗？」鹿兆鹏已经吃饱喝足，忙问：「咱们去找二营长吧，事不宜迟。」黑娃稳稳地说：「和二营长交涉你不用去了，等到和孝文摊牌的时候，你再出马。我骑马去二营，你这会儿可以眯糊一会儿解解乏。」

完全是一路凯歌。今日的胜利与十几二十几年的艰难曲折悲壮凄凉一样合情合理。鹿兆鹏听从黑娃的关照躺上床，头一挨枕头就拉起了鼾声，几十年来经历的大大小小的冒险事件磨练了他的性气，可以抓住一切短暂的时机进入睡眠。他听见马靴硌地的声音睁开眼睛，瞧见黑娃旁边站着一位同样装束的汉子，断定策反二营的目的已经达到，从床上翻身跳下来就与那人握手：「焦振国同志，我肯定可以这样称呼你了。」恰在这时电话铃声响起来，黑娃接上电话正好是孝文打来的，询问黑娃西安城里有没有响动？黑娃迟疑一下瞅瞅鹿兆鹏。鹿兆鹏悄声暗示说：「正好把他诱过来。」黑娃对着话筒神秘地说：「准不准的消息我听到了，你过来一下咱俩当面说。」黑娃放下话筒神色紧张起来：「这一锤子砸得响砸不响，我不敢保险。」焦振国说：「你和他先好说好劝，万一说不成，我就把他拾掇了。」鹿兆鹏点点头说：「就这么办。我和焦营长先避开。」黑娃说：「不。咱三人都坐在当面。那人灵得很，一眼瞅见咱仨摆的这个架势肯定就明白了，说不定话倒好说。」焦振国很冷静也很简练：「毬！只要他进这个门，同意不同意起事都好办。」

咯噔咯噔的马靴声响到开门的那一瞬间，便戛然而止。白孝文推门进来，站在门里就再抬不起脚来，脸色刷地一下变黄了。事情的发展正应了黑娃的估计，在最好和最坏的估计中轻而易举地选择了最好的结局。白孝文先瞅见二营长焦振国就顿生疑虑，黑娃没有在电话里提及二营长，二营长在这里就预示着某种阴谋；及至他瞅瞄到坐在黑娃另一边的陌生军官而

且迅即辨认出鹿兆鹏的时候，就定格在门口。鹿兆鹏站起来走向门口：「还记得咱们三个给徐先生到柳林里砍柳木椽子的蠢事吗？咱们砍的椽子头一遭就打到咱们三个的头上。」白孝文笑了笑伸出手说：「我明白你来干什么。」随之握住兆鹏的手。「我心里正在盘算这事哩！真没料到你会回县来。你来的好！」白孝文进一步证实说：「我给黑娃打电话，就是想商量这事，咱不能一条黑路走到底嘛！」黑娃和焦振国先后站起来，四个人的胳膊互相缠搅着肩膀达成默契。白孝文说：「我把话敞明了说，兆谦你我跟振国是结拜弟兄，你先跟振国叫通了才跟我说，不说你对我心里有没有隔干，总是把我看扁了。」黑娃一时反不上话来。焦振国掩饰说：「起事的话是我先对兆谦捅破的。」鹿兆鹏说：「话总有个先说后说的问题，要是最后一个跟焦振国说，他也会觉得把他看扁了吧？现在商量起义的事吧！」白孝文说：「这事万无一失。我派兵先把团长县长书记抓起来就完了。」鹿兆鹏说：「让你的部下卡死城门，甭让他们跑了就行。关键是保安团长。孝文和振国去办，先礼后兵，先动员他一块起义，话说不通再动手抓不迟。岳维山是我的老朋友，我想见他了，让黑娃领我去拜望。」黑娃说：「你甭出去，你在这儿等着，免得出个差错划不着。」

鹿兆鹏坐在椅子上等着，心里难以抑制的激动却又神智不乱，脑子里开始构思选择见到岳维山时说什么话最好。一声枪响又连着一声枪响。接着就再无声息。他难以捉摸枪声里是否隐藏着恶祸？他迅即跳出屋门，向站岗的团丁发生了什么事，团丁惊恐地摇头说搞不清，猜不准。鹿兆鹏突然意识到刚才策划的方案过于简单，甚至不无严重疏漏，完全可能导致出另外的糟糕结局：孝文出门以后如果不是去对付团长，而是对黑娃和焦振国突施袭击呢？刚才的枪声又恰恰响了两下。他到屋子墙侧的隐蔽处装作尿尿，做好了应变的最坏准备。几个团丁急匆匆杂沓沓走来，似乎还拖拽着一个人，咚的一声扔下了。鹿兆鹏看见白孝文和焦振国走到门口，才放下心走过去，看到门口踏台的下方扔着一具死尸。白孝文说：「我把他拾掇了。」鹿兆鹏问：「你把谁拾掇了？」白孝文说：「团长嘛，还能拾掇谁？」鹿兆鹏问：「他拒不接受起义还是反抗？」白孝文不耐烦地说：「他哈哈嚷嚷拿不定主意。谁这阵儿还有心跟他磨缠！」鹿兆鹏说：「打死了算了，你把尸首拖来弄啥？」孝文轻巧地说：「请你验明正身呀！」

三个人重新在屋子里坐下，焦振国说起和张团长谈话的经过。张团长一看见他和白孝文进门就眨起眼睛，狐疑满面地问：「有啥重要情况，你俩一搭来？」接着说他俩此时谁也不该来，应该驻守在阵地上。白孝文说：「西安已经解放了，咱们起义吧！」张团长张了张嘴没说出话，虚汗一下布满脸孔，更加频繁地眨着眼睛，终于哈哈嚷嚷说：「你们要起事，我不阻挡。看在多年的交情上，让我归还故乡解甲务农。」焦振国还没说上一句话，白孝文的枪声已经响了，正击中张团长的左胸。张团长猛然弯了腰，双手捂住胸口，好久才扬起头来紧紧盯着白孝文。白孝文对着张团长的脸又射了一枪，张团长迅即像一堵泥墙倒下去……

这时，黑娃押着岳维山进来了。

鹿兆鹏脑子里还在想着张团长被孝文迎面击中的脸孔会是怎样扒皮撕裂的景象，还在想着有无必要迎面放这一枪的事，突然看见了岳维山背缚着双臂站在屋子里的敞亮处。岳维山也显得老了，眼角和额头的皱纹不再细密而变得粗深了，藏青色中山服被麻绳抽拽得不再周正，偏分的头发已经稀朗，也呈现出紊乱，唯有那双眼睛略现惊疾，却无一丝畏怯。他很安静地站在屋子中间，沉静的眼神和平静的脸色显示着他的自信。鹿兆鹏依然稳坐在椅子上，两只胳膊架在椅子左右两边的扶栏上，十指交叉着一动不动。在岳维山最初进门时，他翻眼瞅了一下，然后就这么坐着不动。对这个人说什么揶揄和蒙蔽的话，已经没有意义，实施怎样的报复也难使人产生报复的痛快，这个人与他效忠的那个政权已经不可挽回地完蛋了

陈忠实 著
下卷
六二二

了，但不说一句什么话，也难以平复情感，他和他毕竟交手争斗了二十多年哪！鹿兆鹏从椅子上站起来，缓缓走到岳维山当面，紧紧盯住那双眼睛。岳维山并不畏怯也不躲避，沉静地盯着兆鹏，两双眼睛就那么对峙着。鹿兆鹏嘬了嘬嘴唇说：「我过去在你手里标价是一千块大洋，你而今在我手里连一个麻钱都不值。」岳维山脸颊上的肌肉抽搐了一下。鹿兆鹏一转身重重地甩出一句：「你比我贱！」

黑娃请示说：「我把他先关起来吧？」岳维山这时才开了口：「给我一枪，你们也少了麻烦。」鹿兆鹏摆摆手，招呼黑娃说：「咱们先坐下开会。」随之走到岳维山跟前，解下捆绑着胳膊的细麻绳，拍拍他的肩膀：「你也坐下来旁听。我们要商量滋水县保安团起义的备细事项，你看看你听听，看看我们将怎样摧毁你二十多年来在滋水惨淡经营的那个反动政权吧！」岳维山被鹿兆鹏强按在肩膀上的那只手压坐到一只椅子上，支撑着他身心的那根柱子折断了，歪侧着脑袋闭上了眼睛。鹿兆鹏看了看表，扬起头说：「同志们，我们抓紧开会。现在差三分就到零点，滋水县事实上已经属于人民了……」

多半年后，即滋水县解放后的头一个新年刚刚过罢，副县长鹿兆谦在他的办公室里被逮捕。黑娃那阵子正在起草一份申请恢复自己党籍的申请报告，屋子里走进两个人来，他没抬头，直到来人夺抽手中的毛笔时，他才发觉来人不是向他请示工作。他尚来不及思索，已经被细麻绳捆死了胳膊。黑娃跳起来喊：「为啥为啥！谁派你们来的？」俩人啥话不说，只推着他往门外走。

黑娃被囚进县城西角那座监狱。他向送饭的人和看守的人千遍万遍请求：「我要见县长，我要见白孝文，我要见白县长。」他最后忍不住大声嚎叫：「我要见白孝文白县长！」直到嗓子吼出血，连一丝声音也发不出来，突然躺在床板上，把一些不连贯的往事想过一遍再想一遍。

起义的仪式是第二天午时举行的，他的炮营打响了起义的礼炮。鹿兆鹏没有参加那个激动人心的起义，他把一切安排妥当，于黎明时分骑着那辆破自行车就回城里去了，说是师部的工作更加紧迫。听说兆鹏回到西安只待了两天，又随着部队一路朝西打去，一直追打到新疆。他没有给他来信，也没有捎过一句话，现在他在哪里，活着还是死了，都搞不清，据说扶眉战役伤亡很大。如果能搞清兆鹏的下落，一切都会烟消云散……

白孝文县长不点头，谁敢逮捕鹿兆谦副县长呢？黑娃就拼命吼嚎白孝文，也许他在县政府里能听见他的叫声。他记得起义后的第三天，原保安团二营长焦振国把一张《群众日报》摔到桌上：「你看看。」黑娃看到西北军政委员会主任贺龙签名的一则电讯，是表彰滋水县保安团起义的。电文的称呼为「滋水县保安团一营营长白孝文同志」。黑娃看罢说：「贺龙弄错了，咱们是整个保安团三个营千十个官兵全部参加起义了，不是一营三百多人单独起义的。」焦振国说：「你再看看下面的文章——」黑娃就看到白孝文写给贺龙关于率领一营起义的致敬信。黑娃咂了咂舌头说：「孝文这熊弄事光顾自个，你把咱们全团三个营一同起义的事全都报告给贺主任，贺主任肯定更高兴。」焦振国说：「给贺主任写这个报告也轮不到他嘛！你是起义的发起人，又是大家公推的起义的头儿，这是跟鹿兆鹏当面说定的事，他凭啥先给贺主任报头功？」黑娃不满意地瞅了焦振国一眼：「兄弟，不是我说你，你这人心眼儿太窄。这算个啥大不了的事？孝文报了也就报了，他没写上二营三营，难道你我就不算起义？」焦振国撇着嘴角说：「黑娃老哥！你给我开一张起义证明条子，我告老还乡务农去呀！」黑娃火了：「你这算做啥？咱们刚起义刚解放忙得恨不能长出三个脑袋八双手，你倒要走了？你走了革命工作撂给谁？我能架得住？」焦振国毫无所动地坚持要走。黑娃急了说：「你不说清道明，我不开证明！你是不是对我不满？」焦振国说：「我总怯着孝文补打到团长脸上的那一枪。」黑娃仍然没有放手焦振国归乡。半月后，中共滋水县县委第一任书记秦涨同志赴任，焦振国从他手里磨缠到一张起义证明件，终于回陕南那个闭塞的小县去了。临行时，黑娃只是简单地和他握了握手，很不满意甚至瞧不起这个结拜兄弟的狭隘心胸。

黑娃在监狱里蹲了不足一月，任何人都没有前来探望，这是有令禁绝的。他只被提审过两次，罪状有三条：一、土匪首残害群众；二、围剿红三十六军；三、杀害共产党员。黑娃对自个在土匪山寨做二拇指的罪行全部供认不讳，只是对人民法官提示一句：「我后来就学为好人了呀？」关于围剿红三十六军的罪状，黑娃做了充分的辩解，那是大拇指领人干的，只伤害了房顶的一个哨兵，随后又给其他红军战士分发了银元和烟土作为盘缠出山，而且把政委鹿兆鹏接上山去治好了枪伤……年轻的人民法官没有听完黑娃的辩解就笑得不屑再听，讥笑鹿兆谦的为人处事与名字不符，编排功劳跟编故事一样离奇，未免太不谦虚。至于杀害共产党员陈舍娃的事，黑娃已怒不可遏：「那不是共产党员，是游击队的叛徒！他在秦岭游击队里偷偷摸摸侮辱山里女人，事发后害怕受处治逃跑出山，投到我的门下。他并不知道我跟秦岭游击队政委韩裁缝是老交情，后来我向韩政委还要不要这个队员，韩政委说『人家投奔你了，就由你打发吧』！我知道打发的意思。我让部下把他崩咧！」只有这件事法官认真听了他的辩解，而且说：「我们再查查。」

黑娃回到号子里就又想起一件事，知道处治叛徒陈舍娃的事范围很小，事过几天之后，在团部开会时只有白孝文问过他。想到这件事，黑娃心里就疑滞顿住，这条罪状难道是白孝文提供的？但又无法对质，更无法肯定。知道这件事的人毕竟不是白孝文一个人。

第二次审判仍是那三条罪状的又一次复核，这一次黑娃激烈而坚决地拒绝第二条和第三条罪状，只对第一条中所列举的土

匪行径部分承认。他毫不含糊地向法官申明：「滋水县保安团的起义是鹿兆鹏策划的，由我发起实施的，从提出起义到起义获得胜利的整个过程，都是由我领导的：西安四周距城最近的七八个县里头，滋水县是唯一一个没有动刀动枪成功举行起义的一个县，我从来也没敢说过我对革命有过功劳，我现在提说这件事是想请你们向秦书记和白县长，我的起义能不能折掉当土匪的罪过？至于第二第三条列举的罪状，完全是误会……」

黑娃的这一席申辩，事实上加速了他的案子的了结。三天后接连的第三次审讯，只是履行了一个宣判审讯结果的简单程序，三条罪状全部取证充分。黑娃的辩解反而成为可笑的抵赖。黑娃在听到判处死刑的宣判时哑然闭口，法官问他还有什么话说，他摇了摇头。黑娃再被押回监狱后换了一间房子，密闭的墙壁上只开了一个可以塞进一只中号黄碗的洞，脚腕上了生铁铸成的铁镣。两天后，他的妻子高玉凤领着建生儿子前来探望，这是自他被囚二十多天以来见到的唯一一位探监的人。他透过那个递进取出饭碗的洞孔，只能看见妻子大半个脸，脸面上一满是泪水和清涕，嘴巴说不出话，只是张了又合，合了又张，像从水里捞出来扔到沙滩上的鲶鱼的嘴。黑娃说：「你要去寻兆鹏。你寻不着，你死了的话，由儿子接着寻。」高玉凤这时才哇的一声哭出来，随之把儿子抱扶起来。他看见洞孔里挤着儿子的小脸蛋，叫出了一声「爸」一声「爸」。黑娃突然转过身，他不忍心看见那张酷似自己的眉眼，便像一棵被齐根锯断的树干一样栽倒下去。

白嘉轩得悉黑娃被囚禁的消息，竟然惊慌失措起来。第二天鸡啼起身，背着褡裢下了白鹿原。佝偻着腰小心翼翼踏上滋水河上的木板桥时，有人认出他是解放后第一任滋水县县长的父亲，恭敬地伸出双手搀扶他过桥。白嘉轩挥动手杖，打开了那双搀扶的手，头也不抬踏上了吱扭作响的独木桥。他走进儿子白孝文的办公室时，扬起脑袋，满脸肃杀，语言端出直人：「我愿意担保黑娃！」白孝文愣怔了一下，又释然笑了。从父亲肩头卸下粗线织成的「白记」褡裢，扶着父亲在椅子

上坐下，倒下一杯茶。这是他荣任县长以来第一次在县城接待父亲，倍觉欢悦。正月十五县城用传统的焰火放花欢度新中国第一个元宵节的时候，他曾邀请父亲和弟弟以及弟媳们到县城去观赏，结果父亲没来，也禁住了弟弟和弟媳。白嘉轩捏着茶杯又重复一遍：「我今日专意担保黑娃来咧。」白孝文却哈哈一笑：「新政府不瞅人情面子，该判的就判，不该判的一个也不冤枉，你说的哪朝哪代的老话呀！」白嘉轩很反感儿子的笑声和轻淡的态度：「黑娃不是跟你一搭起事来吗？容不下他当县长，还不能容他回原上种地务庄稼？」白孝文突地变脸：「爸！你再不敢乱说乱问，你不懂人民政府的新政策。你乱说乱问违反政策。」屋子里的干部出出进进，忙忙碌碌向白县长汇报请示。白嘉轩还是忍不住说：「这黑娃学好了。人学好了就该容得。」白孝文对父亲说：「你先到我宿舍歇下，我下班以后再陪你啊爸！」

镇压黑娃的集会是白鹿原上乡民现存记忆中最浩大的一次。时间选择在农历二月二龙抬头白鹿镇传统的古会日。消息早在三天之前就从滋水县人民政府发出，通过刚刚成立的白鹿乡人民政府传达到各个村庄，乡民们迫不及待地掐算着古会会日。遵照县政府的指示，乡政府的几个干部夜以继日奔跑在各个村庄，通知各村的男女老少一律不许自由行动，擅自逛会，要由村干部和民兵队长召集排队前往。村民们从来也没有列队行进过，不是挤成圪塔就是断了序列。胳膊上扎着红袖筒的民兵推推搡搡，把那些扭七趔八站着蹲着的男女推到应该站的位置上去。好多村子还没有置备下红旗，于是仍然把往年给三官庙送香火时用的花边龙旗撑出来，只是撕掉了龙的图形贴上了村庄的名字。会场设在白鹿镇南边与小学校之间的空场上，各个村子的队伍按照灰线划定的区域安顿下来。当一队全副武装的解放军战士押着三个死刑犯登上临时搭成的戏台以后，整个会场便潮涌起来，此前为整顿秩序的一切努力都宣告白费。

黑娃在被押到台上的时候，才知道和他一起被处决的还有岳维山和田福贤。他被卸下脚镣，推出那间只有一个洞孔的囚室时，就想到了生之即止。随之又被反缚了胳膊，推上一挂马车，由四个解放军押着半夜里上路。马车驶上白鹿原时，天色微曙。凭感觉，他准确地判断出回到原上了，忍不住说：「能让我躺到我的原上算万幸了！」他站在台口，微微低垂着头，胸脯里憋闷难抑，转过身急嘟嘟地对坐在主席台正中的白孝文说：「我不能跟他俩一路挨枪，请你把我单独执行，我只求你这一件事！」没有人搭理他。他被押解的战士使劲扭过来。黑娃就深深地低下头去。

白孝文县长发表了讲话。四名各界代表人物做了控诉发言。最后由军事法庭宣布了死刑判决和立即执行的命令。

白嘉轩一反常态地参加了这个声势浩大的集会。他对这类热闹事从来缺乏热情和好奇，宁可丢剥了衣服热汗蒸腾地踩踏轧花机，也不想挤到人窝里去看耍猴的卖大力丸的表演，即使是几十年不遇的杀人场合。镇嵩军枪杀纵火犯时，他没有去；田福贤在小学校西围墙外枪崩鹿兆鹏的那回，他也没有去；这回镇压反革命岳维山田福贤和鹿黑娃的集会他参加了。这个重大活动的地点选择在白鹿原的用意十分明显，被镇压的三个罪犯有两个都是原上的人，只有岳维山是个外乡客；主持这场重大活动的白县长也是原上人。白嘉轩尾随在白鹿村队列最后，因为腰背驼得太厉害，行动迟缓赶不上脚步。他背抄着双手走进会场，依然站在队列后头，远远瞅见高台正中位置就坐的儿子孝文，忽然想起在那个大雪的早晨，发现慢坡地里白鹿精灵的情景。在解放军战士押着死刑犯走向戏台的混乱中，他浑身涌起巨大的力量，一下子挤到台前，头一眼就瞅见黑娃焦燥干裂的嘴唇和布满血丝的眼睛。黑娃瞅见他的一瞬，垂下头去，一滴一滴清亮的泪珠儿掉下来。白嘉轩没有再看，转身走掉了。他没有瞧和黑娃站成一排的田福贤和岳维山究竟是何种面目，他跟这俩人没有干系。白嘉轩退出人窝，又听到台上传呼起鹿子霖的声音，白鹿原九个保长被传来陪斗接受教育。他背抄起双手离开会场，走进关门闭店的白鹿

镇，似乎脚腕上拴着一根绳子，绳子的那一头不知是攥在黑娃手里，还是在孝文手上。他摇摇摆摆，走走停停，磨蹭到冷先生的中医堂门口，听到了一串枪响，眼前一黑就栽倒在门坎上。

白嘉轩醒来时发觉躺在自家炕上，看见许多亲人的面孔十分诧异，这么多人围在炕头炕下的脚地干什么？他很快发觉这些人的脸色瞧起来很别扭，便用手摸一下自己的脸，才发觉左眼被蒙住了，别扭的感觉是用一只眼睛看人瞅物的结果。白孝文俯下身叫了一声「爸」。白嘉轩睁着右眼问究竟发生了什么事？孝文只是安慰他静心养息，先不要问。白嘉轩侧过头瞅见坐在椅子上的冷先生：「难道你也瞒哄兄弟？」冷先生说：「兄弟，你的病是『气血蒙目』。你甭怨我手狠。」白嘉轩还不能完全明白：「你把话说透。」冷先生这才告诉他，倒在中医堂门坎上那阵儿，手指捏得掰不开，双腿像两条硬棍子弯不回来，左眼眼球像铃铛儿一样鼓出眼眶，完全是一包滴溜溜儿的血。这病他一生里只见过一例，那是南原桑枝村一个老寡妇得的。她守寡半世，把两个儿子拉扯成人，兄弟俩分家时，为财产打得头破血流，断胳膊坏腿，老寡妇气得栽倒在地气血蒙眼。冷先生被请去时已为时太晚，眼球上薄如蝉翼的血泡儿业已破裂，血水从眼窟窿里汩汩流出来，直到老寡妇气绝。冷先生说：「我来不及跟谁商量就动了刀子。这病单怕血泡儿破了就收拾不住了。」白嘉轩摸了摸左眼上蒙着的布条儿，冷漠地笑笑：「你当初就该让它破了去！」众人纷纷劝慰白嘉轩。白孝文压低声儿提醒冷先生说：「大伯，这件事日后再甭说了，传出去怕影响不大好。」

一月后，白嘉轩重新出现在白鹿村村巷里，鼻梁上架起了一副眼镜。这是祖传的一副水晶石头眼镜，两条黄铜硬腿儿，用一根黑色丝带儿套在头顶，以防止掉下来碎了。白嘉轩不是鼓不起往昔里强盛凛然的气势，而是觉得完全没有必要，尤其是作为白县长的父亲，应该表现出一种善居乡里的伟大谦虚来，这是他躺在炕上养息眼伤的一月里反反复复反思的最终结

果。微显茶色的镜片保护着右边的好眼，也遮掩着左边被冷先生的刀子挖掉了眼球的瞎眼，左眼已经凹陷成一个丑陋的坑洼。他的气色滋润柔和，脸上的皮肤和所有器官不再绷紧，全都现出世事洞达者的平和与超脱，骤然增多的白发和那副眼镜更添加了哲人的气度。他自己一手拄着拐杖，一手拉着黄牛到原坡上去放青，站在坡坎上久久凝视远处暮霭中南山的峰峦。

白嘉轩牵着牛悠悠回家，在村外路边撞见鹿子霖就驻足伫立。在一道高及膝头的台田塄坎上，鹿子霖趴在已经返青的麦田里，用一只废弃的镰刀片子，在塄坎的草丛中专心致志地掏挖着羊奶奶的块状根茎。他的棉衣棉裤到处线断缝开，吊着一缕缕一串串污脏的棉花套儿，满头的灰色头发像丢弃的破毡片子苫住了耳朵和脖颈，黄里透青的脸上涂抹着眼屎鼻涕和灰垢，两只手完全变成乌鸦爪子了。他匍匐在地上扭动着腰腿，使着劲儿从草丛中刨挖出一颗鲜嫩嫩的羊奶奶，捡起来擦也不擦，连同泥土一起塞进嘴里，整个脸颊上的皮肉都随着嘴巴香甜的咀嚼而欢快地运动起来，嘴角淤结着泥土和羊奶奶白色的液汁。鹿子霖抬头盯了白嘉轩一眼，又急忙低下头去，用左胳膊圈盖了一片羊奶奶的茎蔓，而且咕哝着：「你想吃你自个找去，这是我寻见的，我全占下咧！」白嘉轩往前凑了凑问：「子霖，你真个认不得我咧？」鹿子霖头也不抬，只忙于挖刨：「认得认得，我在原上就没有生人咯！你快放你的牛，我忙着哩！」白嘉轩判断出这人确实已经丧失了全部生活记忆时，就不再开口。

鹿子霖被民兵押到台下去陪斗，瞧见了即将被处死的岳维山、田福贤和鹿黑娃，觉得那出膛的快枪子弹将擦着自己的耳梢射进那三人的脑袋。耳梢和脑袋可就只差着半寸。他瞅见主持这场镇压反革命集会的白孝文，就在心里喊着：「天爷爷，鹿家还是弄不过白家！」当他与另外九个保长一排溜面对拥挤的乡民低头端立在台子前头时，就听着一个又一个人跳上台

子控诉岳、田和黑娃的罪恶，台下一阵高过一阵要求处死这三个人的口号声浪。鹿子霖感到不堪负载，双腿打软几次差点跌跪下去。突然脑子里嘣嘣一响，似乎肩上负压的重物被谁卸去，浑身轻若纸灰。拥挤在鹿子霖近前的人嗅到一股臭气，有人惊奇地嬉笑着叫起来：「鹿子霖吓得屙到裤裆了！」许多人捂鼻掩口，却争着瞧鹿子霖。屎尿顺着棉裤裤筒流下来，灌进鞋袜，流溢到脚下的地上，恶臭迅速扩散到会场。民兵发现后，请示过白孝文，得到允许就把鹿子霖推着搡着弄出会场去了。

冷先生的中药和针灸对鹿子霖全部无能为力，他被家人捆在树上灌进一碗又一碗汤药，仍然在裤裆里尿尿屙屎。他的有灵性的生命已经宣告结束，没有一丝灵性的生命继续延缓下来。女人鹿贺氏也不再给他换衣换裤，只在饭时塞给他一碗饭或一个馍，就把他推出后门，他身上的新屎陈屎足以使一切人窒息。夜晚他和那条黄狗蜷卧在一起，常常从狗食盆里抓起剩饭塞进嘴里。

白嘉轩看着鹿子霖挖出一大片湿土，被割断的羊奶奶蔓子扔了一堆，忽然想起以卖地形式作掩饰巧取鹿子霖慢坡地做坟园的事来，儿子孝文的县长，也许正是这块风水宝地荫育的结果。他俯下身去，双手拄着拐杖，盯着鹿子霖的眼睛说：「子霖，我对不住你。我一辈子就做下这一件见不得人的事，我来生再世给你还债补心。」鹿子霖却把一颗鲜灵的羊奶奶递到他眼前：「给你吃，你吃吧，咱俩好！」白嘉轩轻轻摇摇头，转过身时忍不住流下泪来。

农历四月以后，气温骤升，鹿子霖常常脱得一丝不挂满村乱跑。鹿贺氏把他锁在柴禾房里，整整锁了半年之久。他每到晚上，便嚎着叫着哭着唱着，村里人已经习以为常。入冬后第一次寒潮侵袭白鹿原的那天夜里，前半夜还听见鹿子霖的嚎叫声，后半夜却屏声静气了。天明时，他的女人鹿贺氏才发现他已经僵硬，刚穿上身的棉裤里屎尿结成黄蜡蜡的冰块……

一九八八·四—一九八九·一 草拟

一九八九·四—一九九二·三 成稿

一九九七·十一 修订于长安